老　街

吴春富　著

中国言实出版社

图书在版编目(CIP)数据

老街 / 吴春富著. -- 北京：中国言实出版社，
2022.4
ISBN 978-7-5171-4098-6

Ⅰ. ①老… Ⅱ. ①吴… Ⅲ. ①长篇小说－中国－当代
Ⅳ. ①I247.5

中国版本图书馆CIP数据核字（2022）第046013号

老 街

责任编辑：张馨睿
责任校对：郭江妮

出版发行：中国言实出版社

地　　址：北京市朝阳区北苑路180号加利大厦5号楼105室
邮　　编：100101
编辑部：北京市海淀区花园路6号院B座6层
邮　　编：100088
电　　话：010-64924853（总编室）　010-64924716（发行部）
网　　址：www.zgyscbs.cn　　电子邮箱：zgyscbs@263.net

经　　销：新华书店
印　　刷：北京中科印刷有限公司
版　　次：2022年8月第1版　　2022年8月第1次印刷
规　　格：880毫米×1230毫米　　1/32　　11印张
字　　数：220千字

定　　价：58.00元
书　　号：ISBN 978-7-5171-4098-6

楔入乡愁的书写

——吴春富长篇小说《老街》序

洪 放

一

1948年，社会学家费孝通先生出版了他著名的《乡土中国》，他提道："从基层上看去，中国社会是乡土性的。"时隔70余年，我们再来理解费先生乡土中国的意义，不难看出：费先生对中国基层社会的定义，至今仍然具有较强的哲学意义与情感共性。乡土中国，或者说乡土性的中国社会，至今仍能让我们产生"泪水"的情感，其实是乡土所孕育、成长和不断修正的乡土历史之魂魄、乡土传统之精神、乡土文化之灵魂。简言之，或许就是时下不断被人咏唱的"乡愁"。

乡土性的中国社会，因其特殊的乡土结构和乡土人情，其所蕴含的"乡愁"便更加深刻、深入、深邃。生在乡土中国，没有人能够抵抗住时代发展尤其是工业化与城镇化的浩大步伐。乡愁在事实上有与生俱来便已经深入血液的特质。从这个意义上来说，我们也可以认为：乡愁是我们对乡土文明怀念的一个出口，是我们血液中乡土文明因子的一次回溯。

那么，我们也可以在读完吴春富的长篇小说《老街》后，掩卷思考，回味那楔入乡愁的书写。诚然，吴春富的写作，也许并没有一开始就提升到"乡愁"所具有的哲学高度，他只是一种自觉——对于老街的情感、依恋、怀想，交织成了他笔下的最朴实的乡愁——他必须拿起笔来，写一直活在他心中的那些老街的房屋、店铺、石板路、井、土戏台，然后写在此生活与腾挪着的人、狗、鸟儿、树和草。他写这些，并由此构建了他心目中的"乡土老街"，实现了一次跨度长达60年的老街乡愁之旅。无论从小说本身，还是就其以历史真实与虚构双向建立的老街，这都体现了深刻的乡土性，注定将会成就"老街"这一乡愁书写的重要文本价值。

二

在长篇小说《老街》之前，吴春富著有另外两本同样具有乡土社会书写性质的长篇小说《生产队长》和《长青洲》。作为一个作家，吴春富显然一开始就呈现了乡土写作的典型特征——他忠实并恪守着乡土传统，无论是人物塑造还是主题选择以及叙事方式，他都首先从自己脚下的泥土写起。他是一个实诚之人，文字和故事，无法替他造假。事实上，他亦不需要任何造假。他几乎是赤裸着地写完了这三部长篇小说。然后又近乎虔诚地将他们奉献出来。而由此三部长篇小说，已经确定了他长篇小说创作的基本风貌。

老街踞于历史的长河之中，风云际会，动荡或者安逸，繁华或者衰落，是偶然，更是必然。这种偶然与必然，恰恰就是乡土社会中令人惆怅之处。春富说他要写老街，要写老街上的人和事，他这一发愿，便定下了这部长篇的基调。他是带着乡愁来书写的，他是看着夕阳来书写的，他是流着泪水来书写的。所以，这部长篇的第一个成功便是：情感丰沛、真诚、朴素。

通读《老街》，我总是禁不住想到一个词：热气腾腾。

热气腾腾的老街茶馆，热气腾腾的米饺，热气腾腾的细菜，热气腾腾的烟铺，热气腾腾的柴集，热气腾腾的鱼市，热气腾腾的澡堂……热气腾腾，多么宏大、亲近；又因为时光的远逝，这些宏大、亲近，被笼罩在热气腾腾之中。热气腾腾就是最现实最鲜活的生活，热气腾腾就是最简单最贴心的日子，热气腾腾就是最地道最触及时代根本的浮世绘。

而且，这部长篇小说的所有人物，似乎都活在这热气腾腾之中。三位战友——葛大宝、程旭升、赵小发，就每时每刻地浮现在这热气之中。他们的面目，随着时代的变迁，不断地沉浮。有时，他们浮在热气之上，成为老街上的荣光与代表；有时，他们却又被强压到热气之下，成为草芥或泥土。老街生养了他们，却无法左右他们的人生。他们的人生，看起来与老街的一草一木，互相关联；但深究起来，他们都只是时代大潮中的一粒微尘。运动来了，他们莫名地被批斗；运动走了，他们又莫名地成为老街权力核心中的一分子。即使三位战友中最老实最本分的赵小发，也在一次次的老街事件中，俯仰浮沉。因为偷着带回细菜，他被从沉默压向了更深的沉默。但小说最后，时代又将赵小发推到了热气之上，他成了大饭店的厨师，收入颇丰，悠然自足……当然，还有很多的人物，包括工作队的"眼镜"、茶馆里的小莲、机灵调皮的葛皮，还有耐人寻味的高新潮，这些人都在热气之中，悲、喜，苦、乐。

热气腾腾是不是也是乡土社会的一种景象？读完《老街》，挥之不去的热气之中，我想起黄昏大野上的暮霭，想起清晨天地间的岚气，想起油灯浮现的光晕，想起梅雨季节老街上氤氲的水汽……

三

作家创作的地域性，往往决定了一个作家作品的总体走向与精神面目。春富长篇小说楔入乡愁的书写，我觉得是有底气、有坚持和有意义的。有底气在于他有取之不尽的生活源泉，他生长在老街，与老街的人和事血肉相连。他懂得他们，甚至超过自己。他熟悉他们，如同熟悉自己。有坚持是一个作家的良好品质，向生活掘进，为乡愁书写，他的三部长篇小说，都是在他故乡的丘陵山冈之间游走，他坚持着为那些逝去的或者还活着的乡愁人物立传。用他自己的话说："过去有必要，在现今这个年代更有必要。"有意义中的意义，其实在长篇小说的文本中已经凸现。我觉得最大的意义就在于：他忠实地记录了一片乡土，一条老街，一些人物，一个时代。

今年的春天，是过往无数个春天中最为特殊的一个春天。我们宅在家中，因为宅，思绪有时就会跑得很远。借着春富的《老街》，我仿佛又再一次走在老街的青石板上。那些瓦松、飞檐、穿枋、青砖、老店、车辙，还有街角一闪而过的人影，阁楼里安静的天光……春富把老街上的人物都唤醒了。然后，让他们一个个地出现在老街的风俗与变迁之中。这部小说，虽然以葛大宝等三位战友为主线，但围绕在他们身边的众多人物，同样鲜活生动。有的，甚至就人物塑造上看，超越了三位主要人物，获得了较为可喜的成功。比如高新潮，这个人物的小聪明与对机遇的把握，令人想到乡土上无数"能人"。还有周小安，这个人物有小坏，而又胆小怕事。通过微小事件的叙述，刻画人物性格中的冲突，最能见作家功力。

我一直以为，所谓序，必得有真感情，真见识，成真文章。现在，春富的长篇小说《老街》即将付梓，他也是从"热气腾腾"中犹豫着探出头，问我能否为他写几句？我答应了。我喜

欢春富的为人，喜欢他的做事，喜欢他创作的诚实。我写下
这篇小文，也算是对春富的致敬，对老街的致敬，对乡愁的致
敬吧！

2020 年 3 月 19 日于合肥天鹅湖畔

洪放，当代作家。安徽省作家协会副主席、合肥市作家协
会主席。

目 录
CONTENTS

第一章

一

1964 年早春。天气有点微寒。

河东街的上街街口处，早晨"肠梗阻"。这里是老街最繁华的地块。一边是茶馆，清晨老街居民拥到茶馆里面喝茶、拣早点；一边是鱼行，从事水产品交易，从白兔河里打捞上来的鱼虾龟鳖这里全都能见到。鱼行两间门面，日晒雨淋使得门板已经灰暗，门板卸下来靠在屋子里拐弯处，嵌门板的麻石槽子在清晨的薄光下闪闪发亮。

卖鱼的人一长溜蹲在麻石槽子前面。鱼放在腰箩里或破盆子里，都很鲜活；还有卖鱼的因陋就简把鱼摊放在石槽前的麻石条上。卖鱼人身子蹲着，头却抬着，眼睛瞅着街面上的人。买鱼的基本上是老街居民，大都是中年妇女，她们往前争挤，挤不靠前，就在后面指着某号鱼大声地问价。满意，就拼命地插进去买起了鱼；不满意，就转向其他的摊位。她们是小市民，钱捏得紧，不轻易出手。人们这样转来转去，无形中就挤占了街面，这段街就显得拥挤不堪了。

称鱼哦！称鱼哦！！称鱼哦！！！选中了鱼讲好了价钱的老街居民对着一个三十岁上下脸模样俊朗的年轻人紧喊。这个年轻人叫程旭升，他正拎着秤跑来跑去，气喘吁吁。他是对面茶馆的职工，早晨负责在鱼行称鱼。当然也有为了躲手续费不在鱼行这指定地点卖的，他们要是被老街上的市场管理部门逮到，会连人带鱼一起被带走的。

茶馆三开间，中间门面是过道。北头贴着麻石槽子摆了一张小方桌子，早晨一般坐着三两个常客，他们一边喝着茶水，吃着早点，还一边煞有介事地摆出茶馆主人的架子招揽街面上的熟人进来喝茶。这张桌子后面是一张大八仙桌，长条凳子连体围着四方，骑着每个拐坐，这张大八仙桌可以坐十二个茶客。桌子上端放着一个白瓷的圆柱体大茶壶，还放着七八个下小口面大的小白瓷杯子。八仙桌后面是一个石灰面大锅台，上面嵌着三口大铁锅，锅与锅间安有井罐，里面水突突突地跳着，一个三十二三岁脸色阴郁身子矮瘦的厨子抓起一个小葫芦瓢，舀起滚沸的水沿着锅沿一圈转到最里面的大铁锅里。

大铁锅上架着一垛篾蒸笼，颜色暗了的白老布从蒸笼边沿拖下来，水汽顺着锅四周往蒸笼上方蹿。厨子望着散发着米香的热气，耳朵听着响声，然后很有经验地说一声，好了！端起整个蒸笼，将最下面的篾蒸笼放置在最上面。

给我拣！给我拣！给我拣米饺！围在大锅台前的老街居民眼睛馋馋地望着最上面的篾蒸笼，身子急迫地往前挪动。

围坐八仙桌的几个老头正喝着茶，他们不急着拣米饺，正有滋有味地扯着话，其中一个老头瞟了一眼锅台边吵嚷的人群说，都喜欢吃米饺，你们几个老家伙可知道，我们老街上的米饺来头？

米饺来头？米饺还有来头？米饺什么来头？围坐八仙桌的另外几个老头来了兴致。

从三国时来的！

说说！说说！是怎么从三国时来的！老街上的老头子都喜欢听古书，他们对"古"的东西都感兴趣。

那我说了啊！这老头卖关子，端起小白瓷杯子。

你快说！老头子们催促。

这个老头放下小白瓷杯子，开始慢条斯理地说起来。

话说三国时，吴国水兵驻扎在我们白兔镇，有一年春节，军中厨子将汤圆与米粉粑同时端放在吴国将军面前，这位将军突发奇想，能否用糯米粉做粑呢？厨子满足将军愿望，在糯米粉里掺了籼米，做成了糯米粑。将军很高兴，但他又对外形不满意。厨子动脑筋，捏了很多种花样，其中一种是小兔子形状。白白的小兔子，将军一看可爱，十分高兴，一拍案桌说，好！以后就捏成这样！这就是米饺的来头。

哦，米饺就是这么来的呀，以前还真的不知道呢！几个老头听了都感觉长了见识。

这老头说累了，端起小白瓷杯子，猛咕了几口茶。

另外几个老头还泡在"三国"里没有出来。

你与我们都是黑脚肚儿，大字不识几个，这典故你是怎么知道的，快说！其中一个老头醒悟过来，盘问道。

你说对了，我与你们一样都是黑脚肚儿。典故是小学校的毛校长告诉我的。这老头兜出底儿。

前面热闹，后面忙碌。

那个厨子的手像在热油锅里捞铜板一样快速地拣起几个米饺，有点烫，他往一旁事先预备好的碗里蘸了下冷水，接着再拣。连着拣，可能烫着了，他手一缩，嘴巴噏了一下，手指又快速地蘸向冷水，然后又接着拣起来。

二十个，好了！他边说手边伸向边上一个装有黄亮亮熟猪油的碗，拿起汤匙，舀起小半勺熟猪油，先沿盘子边沿儿抹油然后往正中撩俏地一洒。米饺的吃法，洒了熟猪油，既解馋又不粘口。边上等着拣米饺的老街居民口水都流出来了，舌条一卷。

茶馆的南头在炸油条，一口油条锅在石槽子外面，圆烟囱一节一节的，被四根竹条竖绑着一直到屋檐，圆筒子接头处挂着油烟块子，黑黑的，揭下来可以当墨用。大铁锅里滚动着油条。锅边沿站满了人，他们缩着身子，眼睛热辣辣地盯着油锅。

我两根！我三根！一个个高举着刚买的、茶馆里用纸壳子做的、油拉拉脏兮兮的油条牌子。街面麻石条上过往的行人，眼睛也热热地望着滚动的油条，猛烈地吞着口水。

上午十一点钟光景，这处繁华街面上的人明显减少，鱼行前卖鱼的也大多散去，也有极个别卖鱼的，在数着一分一分的硬币、一角一角的纸币。这时，有三两个干部模样的人说笑着进了茶馆，他们来"上茶馆"，也就是来茶馆里面喝茶谈事情。前面没遮掩，都到后面雅间去，穿过一个天井，再转过一个光线暗淡的堂屋，掀起一块脏兮兮的厚布帷子，就是"雅间"。里面摆放着四张像外面那样的八仙桌子。颜色黑拉拉的。

程旭升望了望街面，这时没有事情了，他一扇一扇地上了鱼行的门板，然后走进对面茶馆里。

今天营业额怎么样？一个在茶馆里面晃动，个子不高眉毛浓黑笔直的人板着脸问。这个人就是茶馆经理高新潮。

老街除上街头茶馆外，还有下街头茶馆，这两家茶馆都隶属合作商店。

合作商店的货物由供销社供应。合作商店的摊子大。河东上街头、中街、下街头、河西的四个南货店——卖日杂食品（搭带卖北货——布匹绸缎、鞋袜），以及河东中街靠河边的豆腐店，还有河西街古墓弄边的小猪集都隶属于它。

以往这光景高新潮都在下街头茶馆的办公室里，今天这个时候怎么来这里了？程旭升纳闷。

你来！我与你说一件事！高新潮板着脸对程旭升招手。程旭升感觉到出事情了。他靠近高新潮。高新潮并不急着说，背着手往后面天井方向走！

到底什么事？程旭升心里嘀咕。

跨过天井，走到卖牌子的暗黑后堂，高新潮开始说话：有人向我反映，赵小发经常偷着把炒细菜带回家，你可知道？程旭升一惊，心想，高新潮知道了，这事非同小可，小发应该还不知道，得想办法告诉他。

你可知道？高新潮盯着程旭升的眼睛又问了一句。

不知道！程旭升利落地回答，不让高新潮看出破绽。

啊！葛主任来了！里面请！这时一个身材魁梧额头宽阔的人甩着手走进后堂，高新潮急忙笑脸相迎。

葛主任叫葛大宝，是河东上街头的街道主任，选举的时候白兔镇以街道为单位划分选区，居民习惯上喊街道为"选区"，一喊就是几十年，直至现在有些上年纪的人嘴里还"选区""选区"的。葛大宝父亲以前在码头上当挑夫，新中国成立后葛大宝保家卫国参了军，后复员回到老街。

程旭升对葛主任点了点头。

旭升好！葛主任也点了点头。

高新潮上前，掀开了帷子，葛主任走进雅间。程旭升急着往外面走。

你陪下你老战友！高新潮喊道。程旭升只好回转身。高新潮放下帷子。

外面蒸米饺的那个厨子，也就是高新潮口中的赵小发，他正在忙着炒细菜。

他将大号锅烧红，然后抡起大铁瓢，舀了些猪油，沿锅沿一转，划了道闪亮的弧线。油滴落了下去，发出嗞嗞的响声，随之冒起一股轻烟。前面的茶客闻到油喷香的味道使劲地耸鼻子，解馋。他嫌火小了点，蹲到锅灶底下，手捏住一把柞叶柴，猛劲地抖动，柴火噼啪欢响。接着他小跑着站在锅台前，从一只大蓝边碗里抓起一把上好了芡的淡红色肉丝扔进锅里，大铁瓢猛劲地划几下；再将黄干丝子、高瓜丝子、红辣椒丝子等配菜全部倒下去，大铁瓢再猛劲地划几下；然后急速地舀了点酱油、咸盐放锅里，再猛劲地划几下；起盘，再撒点葱花在上面。一盘颜色好看、香气扑鼻的炒细菜就成了。

菜全部炒完，赵小发解下围裙，抖了抖，往墙壁上的一根洋钉上一挂，然后抓起一个掉了好几块瓷的搪瓷缸子，往茶馆外面气定神闲地走！

等一下！高新潮威严地喊道。

二

来！来！来！葛大宝拽着程旭升在自己身边坐下。程旭升坐下后，身子往起抬了抬。

你坐下！老高让你陪我，你不要有什么顾虑！葛大宝亲热地按了按程旭升的肩膀头子。程旭升落座，眼睛却盯着帷子，希望目光能穿过帷子，还能绕向，到达门面。

你盯着帷子干吗？葛大宝顺着程旭升目光望向帷子，再收回来，紧盯着程旭升的脸，犯疑惑。

……

程旭升嘴巴动了动，没有出声。

帷子被掀开，茶馆里被大家喊作程四嫂的职工端着一盘冒着热气的炒细菜走了进来。细菜是芽菜、黄干丝与肉丝在一起急火快炒的，香气在空气中弥漫开来，十分馋人。葛大宝闻着了禁不住猛吸了一下鼻子——他已经有几天没有上馆子了。

程旭升更加的不安起来，又抬了抬身子。

不急！不急！先陪老战友干一盅再走！葛大宝抓起了桌子上一个二钱的白瓷杯子。

程旭升与葛大宝是同时参军的。程旭升祖上开酒坊，后来家道败落，到了程旭升父亲时，沦落到倒转过来给人家酿酒。老街上与他二人一起参军的还有赵小发。赵小发祖上开布匹店，后来店里着火，一把火烧光了家当，为了生计他开了个裁缝店。当时，为了保家卫国，老街上年轻人一个个热血沸腾，都争着参军，赵小发也争着报名。

程旭升老婆倪菊花在粮站上班，粮站是好单位；葛大宝老婆薛爱英在选区下面的柴集称秤。程旭升与葛大宝两个人性格开朗，尤其葛大宝，性格算得上爽朗。而赵小发不同，他上有六十老母，老婆孙小兰又没有工作，一大家子吃饭全靠他一个人工资，性格就有些沉郁，闷着头做事，不爱说话。

赵小发用搪瓷缸子偷带炒细菜回去给家人吃的事情，程旭升早就知道。一次客人嚷着炒细菜怎么还没有上桌，而程四嫂正在装开水，程旭升就替程四嫂到锅台来端炒细菜，他瞅见赵小发掀开搪瓷缸盖子，快速地将一勺冒着热气的炒细菜装进白底蓝花上面印有"金猴奋起千钧棒"几个红漆大字的搪瓷缸里。赵小发见被程旭升看到，他拿大铁铲子的手猛地抖了一下。

程旭升急忙转过脸去。赵小发慌忙盖上搪瓷缸盖子。

三

程旭升以为干一盅就可以走，他给自己慢慢地斟了一盅，接着往起一站，举起酒盅子对着葛大宝说：我敬老战友！说完他把酒往嘴巴里一倒，抹了一下嘴，一只脚就跨到了连体凳外。

不行！不行！老战友怎么也要敬你一盅子！葛大宝一把拽住了程旭升。

战友有亲疏之分，比起赵小发来，程旭升与葛大宝的关系多少要疏些。据程旭升说，赵小发在战场上救过他，具体细节没有描述；还有，程赵两家曾戏说过结亲家的事。

赵小发大孩子叫赵昆仑。赵昆仑出生时，倪菊花已经怀有七个月的身孕，她挺着大肚子到赵小发家看望孙小兰。孙小兰躺在床上，赵昆仑偎在孙小兰怀里，倪菊花凑上前，赵昆仑咧开小嘴对着她笑。倪菊花很开心，她开玩笑地说，小兰，你这小家伙与我有缘。然后弓起手指轻轻刮着赵昆仑的小嘴。赵昆仑笑得更欢。倪菊花更开心，她摸着自己滚圆的肚子说：小兰，我这肚子里也不知是男孩还是女孩，假如是女孩的话，就许给你们家这得人疼的小家伙！说完又喜不自胜地弓起手指逗赵昆仑。

那敢情好！倪菊花的话尽管是玩笑话，孙小兰听了还是很高兴。后来倪菊花生下的还真是女孩，起名叫程秀丽。

俩小家伙刚出生时，两家都亲家、亲家地亲热地称呼着，年把过后，彼此都没把"亲家"二字挂在嘴上，但心里都把对方当成亲家看。

程旭升在雅间里，竖着耳朵听外面可有异样的声音，隔着厚厚的帷子，还是听到了外面压低了的训斥声。他想，坏了！高新潮捏住了小发的手颈子了，小发麻烦了。

我还有点事！他几乎没有看葛大宝就往起一站，一只脚跨过连体凳，另一只脚随即跨了出去。葛大宝诧异地望着程旭升，不清楚他为什么急着走。

你知道你这是什么行为吗？！你这是偷窃！！哼！你这是偷公家财物！！高新潮脸黑破了，压着嗓门，手点着赵小发，冷笑。

高新潮尽量不让葛大宝听到，主要有两个考虑：一来茶馆里面出了这事情传出去不光彩；二来他清楚葛大宝与赵小发的战友关系，葛大宝是选区主任，茶馆里生意还要靠葛大宝罩着，让葛大宝知道不好。

搪瓷缸子放在八仙桌上，盖子歪斜着，"金猴奋起千钧棒"七个字特别地惹眼。赵小发头低着，几乎看不见脸，两只手放在两侧，抽风一样地抖着。

假如这时劝说高新潮停止训斥小发极不明智，容易引起高新潮不高兴；假如不劝说，让小发继续受辱，作为战友，心里过意不去，情急之下，程旭升脑瓜子一转。经理！葛主任喊你！程旭升三步并作两步上前，装着带话对高新潮说道。

晚上职工会再说！高新潮狠狠地瞪了一眼赵小发，抬脚往天井方向走。

赵小发可能被高新潮训呆了，钉子一样站着不晓得移步子。程四嫂，还有负责往油锅里放油条初坯子的姚二，都望着赵小发，不知是上前安慰好，还是不安慰好。

只见程旭升端起搪瓷缸子，走到锅台前，拿起烟囱边一垛小碗中浮头的一个，将搪瓷缸里面的炒细菜倒了下来，然后走到赵小发身边。

啦！把搪瓷缸子递给了赵小发。

赵小发手像柴油机的马达仍在不停地抖动，他没有接程旭升递过来的搪瓷缸子。程旭升望了一眼天井，捏了一把赵小发的手，把搪瓷缸子塞到他手上，然后推了他一下。赵小发低着头出了茶馆。

赵小发偷窃炒细菜的这个时候，正好农村在清查集体账目。老街居民吃商品粮，虽说这里不属于农村，但街后就是农村，这种气浪还是涌向了老街。

老街有人因此害怕，也有人因此欣喜。

偷窃炒细菜的事非同小可，高新潮当即向合作商店主任鲍满发作了汇报。鲍满发，据说他这名字与他的满头密发有关，他出生时满头黑漆漆的毛发，满发，满发，吉利，父母一高兴，便给他起了这名。鲍满发虽说满头毛发，但身子病恹恹，职务就是挂了个名，常年在县里住，事情都是下面人在问，不过下面人不敢欺瞒他。

当时供销社派驻了一名干部在合作商店指导经营，鲍满发就把这事对这名干部汇报了。干部表态：开个会有必要，让赵小发作个检讨，以观后效。这样当晚在下街头茶馆就开了个小范围的职工会，赵小发当众作了检讨，保证以后不再偷带炒细菜回家，这事情也就算了。

炎热夏天到来的时候，农村清账的气浪涌进了老街。来了一个工作队，领头的是一个叫王桂华的女人，外表很有气势。她留着短发，四方脸，嘴唇圆润，说话还打着手势。听说她是从市里下来的。工作队还有四个队员，都是男的，一个也是从市里下来的，另外三个是从周边县抽调来的。他们来到老街，先到各单位宣讲清查贪污腐败的意义、内容，让各单位对照检查，说清问题。这一下子让老街的空气空前紧张起来，各单位的头头全都惶惶不安起来。

上午十一点，街面上热气熏人，王桂华领头，迈着大步往上街头茶馆而来。高新潮正好在茶馆里，他见工作队气势汹汹地来，身子像打摆子似的抖动，上前弓着腰笑脸相迎。王桂华脚跨过石槽时，赵小发正把炝过的肉丝砸进了锅里，抢起大铁铲子一阵猛划，肉香飘进了王桂华的鼻子里。

好香！生理本能，王桂华想吸一下鼻子，可是她意识到自己的身份，当即装出憎恶的表情，撇了一下嘴巴，意思这香味很讨厌。深层次的意思是我行得正站得稳，不会被"糖衣炮弹"麻痹。

这时程旭升正好从雅间出来，他见来了一帮气势很正的人，马上判断这是进驻老街的工作队。

大事不好！他心里惊叫。转身就往雅间里退。

葛大宝这会正好在雅间里喝酒。以往隔两三天葛大宝就来茶馆一次，喝几盅酒。这阵子工作队来，他强忍着没有来上街头茶馆。不会我去喝酒，工作队就来茶馆，这么巧吧。上午他酒瘾发作，委实忍不住了，就来到茶馆。

所谓侥幸心理就是妄图通过偶然去取得成功或避免灾害。侥幸心理成了许许多多失败、丑陋、悲惨生活的罪魁祸首。不能为的事情千万不要为，否则就要栽跟头。葛大宝就倒霉在侥幸心理上。

不好了！工作队来了！就在外面！平时一向镇定的程旭升这时有些惊慌失措。葛大宝一听程旭升的话，脸瞬间变色。

雅间，只是相对外面来说，安静一点，其实里面并不雅，但有一方壁子倒很雅致，一色的雕花木窗户，带有徽派建筑特色，这在老街上是大户人家才有的。木窗户外面是个小院子，拐落有个深釉色的大瓦缸，还有一盆长得很茂盛，红艳艳的洗澡花。葛大宝望了一眼帷子，然后抬脚就往院子里跑，他站在瓦缸上，双手一攀，纵身上了墙头，往下一跳，块头大，跌倒了。

王桂华往后堂走的时候，程旭升已到了后堂，他见工作队气势汹汹地过来，手抖个不停。高新潮弓腰上前，掀起了帷子。

这是怎么回事?！王桂华望着八仙桌子上的三个小炒，一盘花生米，严厉地询问。

没事！高新潮猜王桂华没有看到葛大宝，心里稍微安定点。他畏缩地望着王桂华。

你说！刚才谁在喝酒?！王桂华逼视着高新潮。

是……是……是……高新潮吞吞吐吐。

你不说是吧！那说明你们茶馆大有问题！清查就要重点清你们茶馆！

高新潮一听这话，是……是……是选区葛主任！葛大宝主任！话出了口。

四

上街头最南边茶庵巷隔壁，有一个卖黄烟的小铺子，屋在老街最矮，下方是可以卸下的木板门，上方是薄薄的编泥，外面刷了石灰，年头久了，石灰的颜色暗淡了。

门板下在一边，一个可折叠、上面放了黄烟与小秤盘的桌子摆放在了石槽子外面，以便招揽生意，店主刘三爷搬了张凳子靠桌边坐着，眼睛睖着街面。他右手常年吊着个黄烟锅，几个手指肚儿被黄烟熏得通黄。铺子里放了两张长板凳，还有两个高凳子，供到黄烟铺来东扯西拉的人坐。

几个大小高矮不一的铁盒子里面装着金黄色诱人得像糕片似的黄烟丝，刘三爷故意把盖子掀了，让买黄烟的人可以直接瞄。买黄烟的人上前，这个铁盒子瞅瞅，那个铁盒子瞅瞅，然后瞄一眼刘三爷。刘三爷清楚他要买，气定神闲地坐着，不急着起身。买黄烟的人将手伸进其中的一个铁盒内捻出一点点黄烟放鼻子边嗅嗅，然后望着刘三爷。这时刘三爷才缓缓地起身，拎起桌子上的小秤盘。

来几两？刘三爷瞅着买黄烟的人脸问。

来一两。

假如这人与刘三爷很熟，刘三爷会来上一句：叨！一两有什么买头？来二两！回家炕着，又不坏！

黄烟时间长了容易上霉，吃黄烟的人有法子，拽下一点放在烟杆子下方吊着的小布袋里，然后将黄烟包好，放在锅台上方靠近烟囱的地方炕着。

买黄烟的人生怕铺子里人认为他小气，会装着大方地说：二两就二两！依你三爷！

见对方听从了自己的话，刘三爷会很开心地露出黄牙说：这就对了！

买黄烟的人转背，刘三爷招呼：炕好了！别上霉了！

每天刘三爷只要开门，他的黄烟铺子里就坐满了人。都是些老街上的闲散居民，他们往黄烟铺子里一坐，天南海北地扯。老街上发生的稀奇古怪事都在黄烟铺子里发布，要了解老街上的事情只要往黄烟铺子里一坐就全都知道。

葛大宝摔伤了，你们不知道吧？找由头从上街头茶馆溜出来闲扯的姚二神秘秘地发布消息。

啊！葛大宝摔伤了呀？什么时候摔伤的？铺子里所有人都亢奋地坐直了。

葛大宝胆子也够大的，工作队来了，还敢到茶馆里喝猫尿，他在雅间里正倒猫尿，工作队进去了，葛大宝慌里慌张爬墙，摔了！

伤得厉害不厉害？坐在外口的刘三爷来了兴致，他脸朝向铺子里，屁股离开板凳。

听说相当的厉害，一只胳膊摔断了。

哦！刘三爷像是捡到什么，脸掩饰不住地笑。

三爷有酒喝了！姚二开起了玩笑。

三爷有酒喝了！铺子里闲扯的所有人都笑了起来。

在大家笑得最开心的时候，老街上的柴五爷来到了黄烟铺，柴五爷的脸就像干柴一样的打着褶。他不看铺子里的人，只对刘三爷干脆地说一个字，走！转身离开。

铺子里人心照不宣，都站了起来。刘三爷张开黄牙，笑着对大家拱手说：我先去去！我先去去！

柴五爷与刘三爷在老街上是拜把子兄弟。刘三爷开黄烟铺。柴五爷给死人收殓，还给活人治跌打损伤。他收殓有绝活。死人放进棺材前都要穿"老衣"，有的死人胳膊僵硬，不配合，贴身的衣服脱不下来，其他收殓的人硬来，柴五爷不然，他嘴巴念念有词：一家老小都好，你顺顺气气地走哈。手把死人的胳膊自上往下一捋，死人的胳膊就顺了。周边看的人啧啧称赞，赞叹柴五爷有办法。收殓与治跌打损伤的活不是天天都有，有的活柴五爷必带着刘三爷，也就是两个人一起到人家。不过交代一下，柴五爷这么义气，刘三爷也义气，不然两个人也不会拜把子，柴五爷的黄烟全都是刘三爷供应，一个角子儿不要。

一番忙碌后，人家除给报酬外，一般都留喝酒，喝的是县里产的八角一分的粮食酒。刘三爷喝酒，菜不要求多，三样就行了——一角钱的花生米，一盘韭菜炒鸡蛋，还有一盘炒黄豆。老街卖花生米的有几户人家，其中胖子钱大姑的花生米最地道，五香味，个大粒圆，有味道。

老街房屋大都七进深，自前至后有上十丈长，住着很多人家，出入靠巷弄。巷子一般宽一点，弄子比较窄，有的弄子里阴雨天少人走，一个人走在弄里面寂寂的，心里老是感觉后面跟着个人，怕怕的。

葛大宝家住在河东上街头寺巷的后面。这地方在老早的时候有一个清真寺，顶圆圆的，像葫芦一样，后来消失了。

老街有清真寺，应该与发达的水上交通和繁华的商贸有关。

葛大宝家比一般居民家宽敞。斑斑驳驳的薄砖高墙上开了个小门对着巷子，进门是个独立的院子，正屋有一个很阔气的门楼子，上方两侧都有"人骑马"的砖雕，这砖雕似乎有某种寓意。再进去是一个天井,跨过天井是厅堂,朝向天井的一方除下面一点是砖外,其余都是精致的木雕刻。

厅堂里有一个木屏风,屏风上面有四幅家训木刻,字迹已经模糊了。

葛主任家与其他居民家隔开了,这一路老宅据传是老早时为一个姓周的木材商人的大宅,后来葛大宝与老街上的一些住户慢慢住了进来。

葛大宝躺在厅堂里平放的竹椅子上,双手搭着两边扶手。他脸色苍白,龇着牙,皱着眉,一看就很痛苦,不过即使这样,他多年养成的习惯也没有改,仍旧架着二郎腿。

刘三爷随柴五爷跨进厅堂,应该是考虑到自己的黄烟铺子正好在葛大宝葛主任的地盘上,他见到葛大宝抢在柴五爷前喊了声葛主任好。

这不行!坐起来!坐到藤椅上!柴五爷上前搀葛大宝。葛大宝小心翼翼地起身,坐到藤椅上。

脱衣服!柴五爷带命令似的说。葛大宝以为让他自己脱,苦着脸望着柴五爷,意思说我脱不了。

是我帮助你脱。柴五爷温和地望着葛大宝。边说边帮葛大宝解褂子扣子,把衣服从葛大宝受伤的胳膊上褪下时,葛大宝面部肌肉夸张地扯动。

把葛大宝上身衣服脱掉,刘三爷瞟了一眼葛大宝胸膛,发现葛主任胸脯肉雪白的、鼓胀胀的。柴五爷看着葛大宝受伤的手臂,发现上面有淤青。他用手轻轻地弹了下受伤的地方。

不能碰！我这地方痛！葛大宝皱着眉说。

知道，我看看！我看看！柴五爷解释。然后上下摸了摸。

你这地方脱臼了。刘三爷对葛大宝说。

哦。怪不得这么痛。

刘三爷嘴唇收缩，然后鼓起，噗！对着葛大宝受伤的地方猛劲喷了一口酒精。酒精顺着葛大宝胳膊流了下来。柴五爷也不拿东西擦，又吞了一口酒精进嘴，又喷了一次。

之前刘三爷一直闲着。来！帮个忙！柴五爷这会儿对刘三爷交代。

刘三爷站到了柴五爷边上。葛大宝望着柴五爷，不清楚下面他要干吗。

你把上胳膊托好！柴五爷对刘三爷吩咐。刘三爷托住了葛大宝上胳膊！

托紧了！柴五爷喊。刘三爷捏了一下葛主任胳膊，表示自己托紧了。

哟！葛大宝叫了声。

不要紧！不要紧！柴五爷安慰道。他一只手握着葛大宝伤胳膊上方，另一只手握着葛大宝胳膊下方，只见他往上轻轻一提，再往下猛地一拉，说了声，好了！然后得意地甩了一下手。

就这么轻巧地接好了？葛大宝一家人狐疑地望着柴五爷。

对上了！柴五爷轻松地说。

五

葛大宝主任的上街头选区对着火神巷，这选区只有一开间，后面还有两间屋，再后面就是住着的人家了——人家与选区隔开。选区的三间房屋，出入靠一条很窄的弄子——是屋里的弄子，也就是假弄子，三间屋的门都通向假弄子，形状有点像一根水管子上安装的三个水龙头。

从街面走进弄子，左拐，便是第一个办公室。第一个办公室空间最大，选区的干部基本上都在这里面办公，里面摆放着三张办公桌，房间显得有些拥挤。一张是文书的，他见人总是笑笑的；一张是选区妇联主任的，她话不多；一张是选区周副主任的。周副主任名叫周小安，比葛大宝小三岁，中等个子，平头，喜欢拖着地走路。他人很精，反应快，一看就是个见风使舵的人。他服从葛大宝，平时不论葛大宝说什么，他都说主任说得对，葛大宝也乐于放手让他做一些事情。再往弄里走，一个门进去，就是葛大宝的办公室了，里面不大，一张办公桌子，一组陈旧的木橱子。后面一间是杂物室了。

大热天，选区里的干部热得难受，妇联主任拿着一本书在扇，还不时地掏出一方手帕抹汗。王桂华一点也不怕热，这时候她带着几个队员神气十足地来到上街头选区，跨进第一个办公室，屋内三个人见到她立刻像弹簧一样弹了起来。王桂华的目光在三个人的脸上睃着，像是在寻找什么。

领导您是工作队的吧，我知道，你们是来找葛主任的吧？

文书与妇联主任还在惶恐之中时，周小安已经缓过神来，讨好地上前询问。

稍稍留意一下，不难发现，周小安的话中少了"我们"二字，这放在平时，他一定会这样地询问：领导是来找我们葛主任的吧，有"我们"二字，现在却少了"我们"二字，这很有些耐人寻味。

葛大宝人呢？王桂华厉声问道。

葛主任他没有来！周小安走到王桂华身边，讨好地说。

他人到哪里去了？！王桂华提高了声调。周小安并不因为王桂华生气就吞吞缩缩，相反他倒十分镇定，他面带笑容地回答，葛主任可能在家里！

嘿嘿！王桂华鼻子哼哼。另外两个选区干部身子抖了一下。周小安照样镇定，望着王桂华微微地笑。

王桂华欣赏地对周小安说：你带我们去葛大宝家！

葛大宝胳膊接上了，感觉疼痛好多了。柴五爷对葛大宝交代，你好好躺着，要一个礼拜才能恢复。

柴五爷迈脚要走。不要走！不要走！留下喝盅酒！葛大宝另一只手轻轻抬起，对柴五爷招了招。其实，柴五爷说走只是个幌子，意思是我柴五爷品行正，从不蹭人家酒喝。实际上他次次蹭人家酒喝。他喊刘三爷一道既是有个帮手，还有就是让刘三爷陪着他喝酒。受伤的人即使想喝酒，也是没有办法陪的，为了招待好柴五爷，会事先喊了人过来陪柴五爷喝酒，都怕柴五爷治跌打损伤时留一手。

葛大宝这回情况特殊，一来翻墙跌倒，不光彩；二来正好在风头上，得避着，不好喊人。喝酒就刘三爷与柴五爷俩人。平时肉难买，就食品组里卖，有时还不卖。接骨头那是不能掺假的事，得好好招待，防止"暗害"，妻子薛爱英在柴集做事，葛大宝特地嘱咐她歇了柴集的事大清早地到食品组称肉。食品组组长姓孙，人不错，有事找他买斤把肉，他一般都唰唰唰地当场开票，也就是随手撕下报纸的边拐，写下"1斤"或"2斤"的字样，再在纸上唰唰唰地写上自己的大名。

葛大宝平躺在竹椅子上，接好的胳膊摊放在竹椅的护沿。葛大宝家也有一个八仙桌，柴五爷与刘三爷对坐在八仙桌旁。薛爱英首先放上一个平盘子，将从胖子钱大姑家买来的花生米倒进盘子里，花生米喷香的味道引得柴五爷与刘三爷咽了一把口水。薛爱英接着又端上炒肉丝、炒肉片两样炒好的细菜，刘三爷这回忍不住舔了一下嘴巴，柴五爷望了刘三爷一眼，意思是多亏了我带你来吧。刘三爷会意地对柴五爷笑了下。薛爱英又端上了一大蓝边碗肉汤，上面浮着几片碧绿的青菜叶子与葱叶子。

他不能陪你们！你们俩自个喝哈！像家里人一样！薛爱英指着桌子上的菜对两个人说。

你们俩喝！葛主任摆动了下另一只手，筋骨牵动，刚接的这只手臂有点痛，他咧了下嘴。

柴五爷拿起两个白酒盅子，往自己面前放一个，往刘三爷面前放一个。接着柴五爷习惯性地将酒盅子倒过来，沥沥水。

刘三爷提起酒壶，给柴五爷倒，柴五爷不推辞，很享受地接受刘三爷给自己斟酒。

啦！喝！柴五爷与刘三爷同时举起了酒盅子！酒进嗓子，刘三爷与柴五爷同时狠劲地嗒了一声。刘三爷猴巴巴地拿起筷子往炒肉丝盘子里插。

你们倒晓得享受嘛！这时王桂华脚跨进了厅里，眼睛对两个人横着。薛爱英贴在王桂华身后，显得没有办法。王桂华跨进大门的时候，薛爱英吓坏了，准备阻挡，王桂华把薛爱英往旁一推，迈开大步往里面闯。

葛大宝试着抬了抬身子，痛，没有能起来。

刘三爷夹着的一大筷子肉丝散落到八仙桌上。

六

选区主任葛大宝的跳墙行为，让老街的清查工作找到了突破口。葛大宝被王桂华宣布免职，主任职务由副主任周小安临时代理。

不经意间捡了个主任位子，周小安心里很是得意，他瞅这个位子已经很久了，不过平日里也只是瞅着，没有动作，他明白自己的能力在葛大宝之下，得到这个位子根本不可能。

现在，他不像平时一贯那样拖着地走，这回他甩着手，迈着大步子走，走到河东中街寺巷口北的陶爷剃头店门口，他神气十足地朝着店里喊：陶爷！陶爷！给我刮个脸！

陶爷的店面很显眼，他招揽生意，在门前街面上拉了一根铁丝，铁丝上吊着三块白铁，上面用红漆写着"理发店"三个大字，街面上来来往往的人大老远都能看到。

陶爷剃头店外屋很深，被隔成两部分，前面占店总面积的三分之二。隔墙上糊着书报，背墙上张贴着一张雷锋戴着棉帽手端枪的画像。外间摆着一张带把手的黑皮活动椅子，椅子前面有一个暗旧的木条台，椅子后面放着一张长条板凳，供来剃头的顾客坐。屋里还有一个洗脸架子，架子上面搭着一条不太洁净的毛巾，边上放着一个篾壳热水瓶。

陶爷岁数接近四十，小眼睛，一笑眼眯成一条缝，他人精明。陶爷的手艺在老街剃头师傅中顶好，刮胡子舒爽，刮脸更舒爽，刀片呲呲地在脸上走，脸就像被漂亮的女人摸着一样麻酥酥的。陶爷的剃头店名义上也属于合作商店。为什么合作化的时候他的剃头店没有被合作进去呢，这与他的油滑有关。当年合作化的时候，陶爷拖，今天说，明天去办合作，明天说，后天去办合作，拖着拖着就没有人过问了。

周主任今天怎么这么的神经——哟！说错了！精神！是遇到什么好事了吧！陶爷很鬼，他先故意说错，接着再纠正过来，目的是拿周小安取笑。

哪里有什么好事哦！周小安装着谦虚，脸上掩饰不住笑意。

还瞒我？我是什么人，上通天文，下晓地理，一看你脸上的笑沟沟就知道你心里事！陶爷紧盯着周小安的脸。

你陶爷是什么人啊！鬼精得很，老街居民谁不知道！周小安恭维道。

既然你这么说，那你心里有什么鬼就快说出来！陶爷鬼出了名，他不怕周小安，况且他的店开在中街，不在周小安的地盘上，说话可以放肆些。

话怎么这么难听！周小安装着无奈地摇头。

你说不说？不说，我就不给你刮胡子了，更不给你刮脸！陶爷手拿起刮胡刀，然后往沾满毛发的脏兮兮的台子上一撂。

我说！我说！你知道不？葛大宝，就是我们选区的葛主任，现在无事可干了！然后补了句：你知道什么叫无事可干不？哈哈！

你小子捡便宜了吧，怪不得这么得意！陶爷手指着周小安逗趣。周小安掩饰不住地笑。

陶爷将椅子放倒，从椅背里抽出一截，将椅子拉长。周小安得意地躺在椅子上。陶爷向脸盆里倒了点滚开水，然后将架子上方毛巾取下来，放进滚开水里，撩了两下后，快速拎起，哟！烫！他嘴巴嘬了一下。

陶爷双手捏住毛巾上下头，一绞，滚水被挤出来了，他将毛巾透开，按在了周小安的胡子上。毛巾散着热气。周小安感到胡子部位热乎乎的，毛孔全都张开了，格外地舒爽。陶爷如此这般又给周小安敷了一次。然后用一只已经毛了的牙刷沾了点肥皂泡沫，在周小安的胡子上走了一遍。

嗒嗒！陶爷捡起刮胡刀，在一块高高挂着像皮带一样的黑皮条上用力地荡了两下，接着给周小安刮胡子。刀子在周小安上嘴唇上走过，吡吡地响，周小安感到格外的舒爽。

就在上嘴唇胡子要刮完时，陶爷手腕动了一下，哎哟！周小安痛苦地叫了一声。

哟！哟！不小心！不小心！把你嘴碰破了！陶爷边赔不是边拿毛巾为周小安敷。只见碰破地方的毛孔在往外渗血。

清查工作在上街头选区与茶馆同时进行。周小安上嘴唇被刮破，一道血痕肿起，嘴巴有些疼。葛大宝贪污腐败，每个礼拜都到上街头茶馆去喝酒，有时还到下街头茶馆去喝酒！——周小安手摸着血疤子处龇牙咧嘴，倒腾葛大宝以往所干的不当事，似乎他嘴上的血疤子是葛大宝给刮破的。

葛大宝是不是他说的这样？王桂华目光睽着选区的另外两个干部。这个……这个……文书与妇联主任支支吾吾。

到底是不是这样？！王桂华吼了一声。

听说是到茶馆喝酒，可是我们就是听说，从没有跟着去过，实在是不清楚。两个选区干部被吓坏了，身子抖着。

怎么样？我说的话不假吧！周小安有些得意。

彻底清查选区账目！王桂华对一道来的一个细高个子戴眼镜的工作队员下指令。

好！队长！这个戴眼镜的干部高声答应。

走！我们再去茶馆！王桂华得胜一般地迈开大步走出选区。另外两个工作队员紧跟在后面。

七

下午三点钟光景，街上的热气往茶馆里面逼，火喷喷的。这时候是茶馆一天中最闲的时候，寡坐着热，几个职工围着大锅台前面的八仙桌子甩牌。牌场子大都是姚二挑头的。他不直接组织，而是鼓动负责炸油条的小莲组织。

小莲十七八岁，细瘦的个子，细勒的腰，清秀的脸庞上常年挂着甜甜的笑，模样就像一杆高高出水含苞待放的红莲，谁见谁喜欢。她有一张谁听了都舒服的巧嘴。

遇到高新潮正好在茶馆里，姚二想甩牌，眼珠子转向小莲，嘴不停地朝着高新潮站的方向歪，唆使小莲对高新潮开口。

小莲灵巧，嘴巴甜咧咧地叫：大经理，甩牌可行啊？

高新潮假板着脸骂：上班时间甩你个巧嘴丫头！骂语中带"巧嘴"二字，实际上是含着喜爱——无形中默许了。

小莲马上顺着杆子往上爬，说：大家可都听清楚了，大经理说了，甩巧嘴丫头，那大家赶紧围着来，甩我这个巧嘴丫头！

还是我们的小莲说话管用！姚二不失时机地奉承道。

于是大家笑呵呵地围坐在八仙桌旁，开始甩牌。这时高新潮为了保持与职工的距离，故作正经地往天井方向走，然后晃出来，转到牌桌前看甩牌。

他脸稍稍放和缓了些。

大经理！看我的牌好不好！小莲见高新潮靠在自己边上，

乖巧地举起牌，给高新潮看。

高新潮瞄了一眼说，这巧嘴丫头的牌还真不错！

不错吧！不错吧！小莲得意地举起牌摇晃。

自从前几天王桂华闯进茶馆雅间，弄出了葛大宝翻墙摔伤胳膊的事后，茶馆里风声鹤唳，气氛一下子紧张起来。姚二不敢再唆使小莲甩牌了；平时一向活泼的小莲也变得沉静起来，不敢提甩牌的事。程四嫂拿了一把芹菜坐在天井边清理，利索地把上方叶子一把把地抹下来。小莲瞅了瞅坐在八仙桌边闷着喝茶一言不发的高新潮与程旭升，觉得没味，便搬了一把小凳子坐到程四嫂边，与程四嫂一起抹起芹菜叶子来。

小莲抹第三棵芹菜叶子的时候，只见王桂华气势汹汹地跨进了茶馆，外面天气太热，王桂华的白色带有小红花的褂子后面已经湿了一大片——她走得太快。

她目光威严地睃着茶馆里职工，喉咙里吐出粗重的"开会！"声音。然后甩手往后堂走去，走到雅间前准备掀帷子，发现帷子被斜挂在了一边的壁子上。

她在雅间的一张八仙桌子边坐下。热，她用手当扇子不停地扇着。

高新潮心怦怦的，在靠近王桂华的一张八仙桌子旁坐下，眼睛畏缩地瞄着王桂华。程旭升、赵小发、姚二、程四嫂、小莲，还有馆子里另外两个职工都坐了下来。

怎么就你们几个人？王桂华目光睃着众人。

馆子里职工都在！高新潮颤抖着声音说。

人太少了，不行！通知，把另外一个茶馆的职工都集中到这里来，开会！开互查会！王桂华抬起右手用力地一划，显示出她的威严。

嘣唑！一个搪瓷缸子被碰倒了。众人目光都转过去，发现是赵小发把搪瓷缸子碰倒了。赵小发胆小，他一听"互查"二字，立马就紧张起来。

搪瓷缸子里水泼洒出来，溅到了边上坐着的小莲褂子上，小莲连忙掏出一块湖蓝色的手帕擦。

细高个子戴眼镜的工作队员目光瞄向小莲，他目光有些放肆——仗着自己是工作队员，从小莲的湖蓝色手帕移到小莲的脸上，接着移到小莲的胸脯上。小莲穿了件颜色很亮的褂子，与她的脸很搭。

王桂华朝赵小发狠狠地瞪了一眼。意思是，你胆真大，还敢当着我的面把搪瓷缸子碰倒，这不是蔑视我是什么？其实赵小发哪里敢蔑视她，就是紧张，他不敢朝王桂华看，把右手臂伸向桌面，用衣袖揩起桌子上泼洒出来的水。

不一会儿下街头茶馆的职工都神色慌张地来到上街头茶馆——来齐了也就十来个人。

人到齐了么？王桂华睃了一下众人后询问高新潮。

到齐了！都到齐了！高新潮忐忑不安地答道。作为茶馆经理，他心里没底，不清楚接下来大家会说出哪些意想不到的事。

葛大宝腐化堕落，现在在清查，他还敢到你们茶馆来喝酒，这说明他先前三天两头到你们茶馆来喝酒，是不是？！王桂华目光像锥子从高新潮的脸扎向程旭升的脸，又从程旭升的脸扎向赵小发的脸。

赵小发见王桂华盯着自己，身体不由地抖了一下。王桂华目光犀利，留意到了赵小发慌张，她确定从赵小发下手，可以取得突破。

你！你叫什么名字？王桂华右手食指笔直地指向赵小发，像是要把赵小发戳倒。王桂华抬手的时候，赵小发已经低下了头，他稀里糊涂的没有丝毫反应。

我问你叫什么名字？！怎么不回答！啪！王桂华用力地拍了一下桌子。八仙桌子上摆着的大茶壶与白瓷酒盅全都跳了起来。

他叫赵小发！见赵小发没有反应，程旭升赶忙代答。

我是问他叫什么名字，你抢着答干什么？！王桂华目光凶狠地瞪着程旭升。

我现在不问他了，我问你！葛大宝先前是不是经常来你们茶馆喝酒？

来喝过！不是经常来！程旭升迎着王桂华的目光镇定地回答。

葛大宝豪爽，平时喜欢喝点酒，有时他带人来喝，有时人家请他来喝，反正半个月要来一次。

王桂华询问葛大宝是不是经常来，高新潮听了身子抖了一下，葛大宝经常到茶馆来喝酒，他是茶馆经理，由着葛大宝，等于纵容了葛大宝腐化，他很害怕。说经常来，问题大；不说经常来，假如被别人说出来，问题更大。他就担心王桂华问他了，现在程旭升答了，他松了一口气。

王桂华板着脸，眼镜干部脸松弛着，他似乎是来看演出的。他目光在众人脸上转着，留意着众人面部表情，好似在琢磨众人的心理。他目光转着转着就又转到了小莲身上。他瞄了一眼小莲的胸脯，小莲的胸不大，不过圆溜溜的。他把目光转到小莲的脸上，开始琢磨小莲的脸来，他发现小莲的脸就是漂亮。"眼镜"盯的时间过长，被小莲察觉到了，小莲抬起头，瞧见"眼镜"在盯着自己，脸腾地一下子红了。

"眼镜"将目光收回又放到程旭升脸上。

你们说说，葛大宝是不是经常来？王桂华目光又睃了一下众人。几乎所有的人都低着头。

王桂华转问高新潮说：你是茶馆经理，你说说，葛大宝是不是经常来喝酒？！高新潮开始还以为他躲掉了，现在王桂华又转回来，怎么回答好呢？天气本来就热，他又紧张，头上渗着细密的汗珠子。

他抹了一把汗，偷瞟了一眼王桂华，然后吞吐地说：有时候……经……常来，有时候……不……经常来。

模棱两可！你这是什么话？王桂华目光像两道剑刺向高新潮。

看来抵挡不过去了，高新潮壮着胆子说，经……经……常来！

那你怎么说"不经常来"？！王桂华怒气冲冲地质问程旭

升。程旭升没有想到高新潮抵挡不住，道出了实情，于是只好补救说，他过段时间才来一回，也都是朋友间打平伙，轮流做东。

你这么为葛大宝说话，你与葛大宝什么关系?! 王桂华头脑反应快，她察觉到程旭升与葛大宝关系非同一般。

程旭升稍迟疑了一下说，我与他是战友。

怪不得呢，你为葛大宝说话，看来你也有严重的问题。

下面大家就来说说他的问题! 王桂华手指向程旭升。

八

穿过河西街的西湖巷，就见一个面积约五十亩的湖。湖的四岸栽种着柳树，立秋后柳枝格外茂盛，婀娜多姿。湖中有荷，虽然立秋，荷叶仍碧绿着铺在湖面上。

湖心有座拱起的石桥，砂石路与石桥连接，通往湖的南北两岸。

王桂华埋头搞清查，晚饭后不放闲，在房间里盘算。"眼镜"喜欢逛趟子，前几天听镇政府里人说老街有个"西湖"，这天他吃了晚饭就手持一把折扇来逛"西湖"。

镇政府里那个人绘声绘色地介绍说，"西湖"先前只是一个大水塘，清同治二年（1863）的时候，本县的汪县令逛到大水塘边，他发现塘水清幽，塘也有一定的规模，便萌生了建湖的念头。请人按江南的格调设计，因湖在河西，汪县令来了情致，提笔便给湖起名"西湖",这样老街除了有白兔河风光外,又多了一处"西湖"风景。

现在这"西湖"成为了老街居民逛趟子的一个妙处。当然一般居民忙于生计,是没有闲心思来这里逛的,到"西湖"来逛趟子的不外乎怀春的少男少女。

湖西边是连绵的山,山势不是太高。

立秋了,天比前些日子黑得早点了,"眼镜"逛趟子到达"西湖"的时候,热辣减弱了的太阳正擦着山沿。湖大,山近,太阳倒映在湖中,分外得红艳。此时的"西湖"就像一位搽抹了胭脂的热辣少女。

"眼镜"就是在这种美妙的情境下走向拱桥的,他到过江南,觉得这拱桥与他在江南见过的很多拱桥一样,优雅而有味道。他一步步地走上拱桥顶,就见从拱桥的另一方走上来一位身穿湖蓝色连衣裙的少女。

啊!你!"眼镜"分外惊喜。

你……少女脸有些绯红。

这少女就是小莲。工作队未来之前,晚上茶馆里还有些生意,她得留在里面端菜。工作队来了之后,白天没有人敢到茶馆里喝酒,晚上更没有了人,于是下午五点不到,姚二便嘟哝着要下班,高新潮便闷声挥着手让职工上门板。小莲乐得关门,她可以早早地吃了晚饭到"西湖"逛趟子。

那天,王桂华让大家说程旭升的问题,大家闷声不响。她在扫了一箍众人后把目光停留在了程四嫂身上。程四嫂头发梳得清爽，衣服也穿得清爽，一看就是个整洁的女人，不过脸上挂着淡淡的愁绪。

你说！你来说！他——王桂华望着程四嫂，用少有的温和语气诱导说：你来说说他是怎么包庇葛大宝的，他在茶馆里有什么腐化行为？

我……不清楚。程四嫂抬起头语气平和地说。

可能是王桂华对程四嫂的整洁有好感，也可能是王桂华从程四嫂的面容感受到她的生活艰难，竟没有生气，也没有继续询问，而是转换了一个话题问：你在合作化前是做什么的？

我在合作化前开米粑铺。程四嫂照样语气平和地说。

你是店主？王桂华突然很感兴趣。这时茶馆职工们的紧张情绪开始放松，一齐抬起头望着王桂华，好奇王桂华为什么问这个。

嗯！程四嫂点点头。

那你丈夫呢？王桂华接着问。

……

王桂华没有生气，将目光转向高新潮，问高新潮是怎么回事。

她男人生病，有哮喘病，做不了事。

哦。王桂华叹了一声，她似乎有些同情程四嫂。

你几个孩子？

三个。

大的多大了？

十九!

男孩,女孩?

男孩。

还在念书?

不!不念了!在县里上班。

还有呢?

还有一个女儿,今年十七了,初中毕业闲着在家。

在家,没有工作?

嗯!

可考虑安排她在茶馆里做事!王桂华语气温和地对高新潮说。高新潮点点头。

程四嫂连忙站起来,对王桂华鞠了个躬。

也是怪事,立马,茶馆里所有职工看王桂华的目光都柔和了起来,他们感觉王桂华也有人情味,之前在他们心目中,王桂华就是个恶魔,就是到老街上来整他们的恶魔。其实他们不清楚,世界上很少有纯粹的好人与恶人。好人偶尔也有犯浑不善的一面,恶人偶尔时候也会出现良知,而且很多情况受环境与场景影响。

王桂华为什么对程四嫂语气这么的温和呢?除了她人性中有善良成分外(这"善良成分"还常常受到外界因素的压抑),其实还有一个外人不清楚的重要原因——王桂华的娘像程四嫂,头发也梳得清爽,性情也沉郁。王桂华父亲早年去世,是她娘含辛茹苦把她养大,还供她读了书。解放军来了,她积极参加革命工作,她性格遗传了父亲,说话与办事都风风火火。

她心里同情娘,可怜娘,因而见到与她娘相像的程四嫂心便软了。

合作化之前,程四嫂开的米粑铺在西街,她男人帮不了忙,她也不让男人帮忙——来买米粑的人担心被传染。程四嫂做的米粑在老街上是一绝,雪白雪白的,像一块块粉扑子,稀松稀松的,又像一块块海绵。望着舒服,吃着又香甜。

九

薛爱英早晨四点半就起了床,舀了半升米淘了煮稀饭,她塞茅草给锅笼里,火势熊熊地起来了,不一会儿大气铺天,锅盖被顶开了。

减了火,焖稀饭。

我到柴集去了!你等会儿起来扒稀饭。薛爱英大声地对着里屋喊,然后急忙忙地进了寺巷弄。

这时候天才麻麻亮,寺巷弄子里麻乎乎的,薛爱英走惯了,要不然一般人单独走在里面还真有点怕。

葛大宝醒着躺在床上,不做声,他现在"落榜"了,心情很不好。以往的这个时候,他已经早早地起了床,到白兔河边上溜达去了,边走边扩胸,还踢腿子,一路下来,浑身冒热气,然后活动着身子回家。稀饭焖着,他呼呼地喝上两大蓝边碗,然后碗一撂就去选区了。

柴集在上街头茶馆隔壁东岳弄后面的一块空地上。弄子名的出处缘自后面过去有座东岳庙，里面的山门殿金碧辉煌，人走到边上就像罩在太阳的光芒里。

薛爱英娘家在街后，属于农村。薛爱英个子高高的，白净的脸，模样儿不错，当年葛大宝当兵复员回到老街，有人就给葛大宝与街后的薛爱英做媒，葛大宝认识薛爱英，一听人介绍是薛爱英，就点头了。能嫁到街上，薛爱英也高兴，况且葛大宝身材魁梧，举手投足间有男子汉气概。

薛爱英嫁给葛大宝多年，一直都没有工作，闲着在家，洗衣浆衫。葛大宝当上选区主任办柴集她才有了工作。早年，老街上没有柴集，河西那边山里人挑了柴火到镇上来没有地方歇脚，就挑着担子在大街上来来回回地询问居民家可要柴火，大街上没有居民买，就挑到巷弄里问，有的巷弄子窄，挡着了进出的居民，还会遭到白眼。

一天早晨葛大宝溜达好后回家，走到寺巷口，当时正好一个山里人挑着一担柴火从寺巷里出来，这个山里人头上滚着汗珠子。寺巷窄，柴火担子里一根伸出来的棍子把葛大宝的腿刮了一下，哎哟，葛大宝弯腰摸了摸腿子。那个山里人眼珠子惊恐地望着葛大宝，挑着沉甸甸的柴火不知道是走好还是不走好。葛大宝连忙站起来，对那山里人挥挥手——示意没有关系，你赶紧去卖柴火吧。

葛大宝没有找那人麻烦，那人挑着柴火赶紧走。葛大宝往巷子里走了几步，转过身，对那人喊，回来！你这柴火我买了！

那山里人疑惑地回头望着葛大宝，然后转过身。

葛大宝充满同情地说道，你们山里人挑着担子到处转，赚两个钱也真不容易的。

那山里人见葛大宝随和，顺口说了句，这老街上要是像县里有个柴集就好了。

说者无心，听者有意，随后葛大宝就动起了开办柴集的念头。正好东岳弄子后面有块空地，又在上街头选区，于是葛大宝就支派几个居民把场子收拾好，过几天柴集的牌子就挂了起来。

柴集是选区办的，选区收点管理费理所当然，正好薛爱英在家闲着，葛大宝就有了点私心，趁机把薛爱英安排在了柴集，同时被安排进柴集的还有一个闲在家的老街妇女，那个妇女负责称柴，薛爱英负责收手续费与开票。

山里人卖柴赶早，夏天一般五点不到就来了，在红彤彤的太阳与老街屋檐平齐时必须将柴卖掉，要不然回去晚了上工就迟了，除了要被队长骂之外，还要扣工分。山里人赶早，薛爱英也必须赶早，但柴集的事务就一个早晨，比起其他事务来说还是很轻松的，因而薛爱英一般都早早地到。

薛爱英来到柴集的时候，场子上的天光还不是太明朗，不过能看出柴担子都已经歇下来了，并且有早起的居民已经在与山里人谈价钱了。薛爱英急急地拿出票据，另一个妇女拿出长约五尺的一杆麻黄大秤。居民与卖柴人讲好了价钱，柴担子就挑到了她们面前。柴火一头头地称，一头担子脱离地面，大秤随之高高地翘起，那个妇女将大秤的砣往后一拨，翘起的秤杆子平了下来。

72 斤！那个妇女报斤两。

接着又报了声，76 斤！

72——加——76，薛爱英算盘珠子一拨，148 斤出来了。她拿出票据，画了一个数字，然后哗地一撕票据，递给了卖柴人——手续费由卖柴人缴。薛爱英正准备接手续费的时候，一个女人手一伸，把钱夺了过去。

你！薛爱英正要生气，一抬头，发现是工作队队长王桂华，她大吃一惊。薛爱英认识王桂华，那天男人葛大宝胳膊甩脱了榫，请刘三爷与柴五爷到家里来接，王桂华闯进她家，当时她想拦，却被王桂华的气势给镇住了。

顶替葛大宝的周小安站在王桂华的边上。

你就是葛大宝老婆？王桂华目光在薛爱英脸上睃，仿佛在验明正身。

嗯。薛爱英害怕地回答。

你这差事是葛大宝给你谋的吧！王桂华嘲弄地问。

薛爱英留意到了周小安把脸偏向了一旁，她立马明白这事与周小安有关，王桂华无疑是他引来的，自己谋的这份差事肯定也是他说的。

我宣布：从今天起，你在柴集的这份差事没有了！王桂华抬起右手，对着薛爱英很有气势地点了一下。

薛爱英望着王桂华，脸色煞白煞白的，她获得这份差事很不容易的，现在这份差事就这么轻易地丢掉了，她一时接受不了。

王桂华伸手就要拿薛爱英的算盘。就在王桂华手往前伸的一瞬间，一条棕色体毛的狗从边沿呼地扑向王桂华，一口咬住了王桂华的手腕子。

哎哟！王桂华痛苦地叫了一声。

这条棕色体毛的狗很机灵，它咬了王桂华后掉头就跑，王桂华另外一只手捏着受伤的手腕，脸上的肌肉在痛苦地扯动。周小安急忙上前，想看看王桂华手腕被咬成什么样子，王桂华捂着不松开。

薛爱英朝狗奔跑的方向愣愣地望着，她脸吓得比先前还煞白，她明白这下闯大祸了。狗跑得不见了杪子，惹祸的人也早溜之大吉了。这个惹祸的人，不是别人，正是她的皮条儿子——葛皮。葛皮，本名葛效春，因为打小顽劣，被老街人起绰号"葛皮"。葛皮在老街上无人不知，无人不晓。

葛皮在读小学二年级，他读书不上进，心思全在玩上，而且喜欢恶作剧。他把蝲蝲蛄放女同学书包里，女同学往外拿书，蝲蝲蛄往出一跳，把女同学吓一大跳。他还特别喜欢玩狗，一户人家生了一窝小狗，他提了一只棕色体毛的小狗回家，起名花花，放学放下书包就抱着花花玩，花花也皮，跟着他到学校，他就抱着花花往这个女同学面前凑，往那个女同学面前凑，把女同学们吓得一个个哇哇地叫。

葛皮受父母的影响，平时早晨也醒来得早，他一睁眼睛就下床，然后带着花花出去溜达，溜达的地点不一定，完全看他兴趣。

这天早晨就这么的巧，他遛花花遛到了柴集，正好看到王桂华要抢她妈的算盘。

这还了得！葛皮把绳索一松，嘴巴对花花一嘟：去！

花花机灵，明白是让它帮主人夺算盘，于是就呼地上前，猛咬了王桂华一口。

十

"王桂华被狗咬了"成为了老街上的头条新闻，街头巷尾都在闲扯这件事。下午黄烟铺里可热闹了，老街上闲人几乎都凑到这里来了，凳子坐不下，没有关系，屁股挨屁股，挤着坐，先来的客气说，啦，挤挤，边说边把屁股往里边挪。

姚二上班时间也溜到黄烟铺里面来听新闻，他来得迟，没有了座位。平时他到黄烟铺来，没有座，就老叭叭地说：挤挤！挤挤！让我也落一屁股，边说边把屁股落下去，已经坐在板凳上的人清楚姚二是什么人，也不多说，屁股就往里挪，姚二的屁股就落了下去。

陶爷也凑到黄烟铺子里，坐在板凳外头。上午剃头店里忙，他抽不开身，下午剃头店里清闲，他急吼吼地跑到黄烟铺子里来听"狗咬王桂华"的新闻。

姚二油滑，在陶爷边蹭座，陶爷烦他，挥手说，滚！滚！

到屋拐站着去！不让。姚二打皮赖子，往陶爷的胳膊上坐，陶爷越推他，姚二越赖得很，板凳另一头的人是好人，见他们吵，往边沿移了下，陶爷让姚二落了座。

还有几个人不好意思厚着脸皮蹭座，就站在墙壁边上，站久了腿肚子酸，但他们不介意，能参与闲扯就满足了。

黄烟铺子里打打闹闹，招来了老街上一个疯子，他木木地贴着黄烟铺的隔墙站着。这疯子蓄着很长的胡须，且喜欢不停地捋胡须，肩上常年挎着一个脏兮兮的黄布包。他家在西山里，距老街有七八里路。老街上人说他是花疯子，以前找对象时受刺激疯的，不过这花疯子从不在街上吓小姑娘。

疯子虽然疯，但在某个特定的场合脑子特正常，也受到人尊重，这个特定的场合就是棋摊子。下午三四点的时候，闲，一伙人围着街头某个棋摊子点点嚷嚷，疯子也伸着头看，一方被"将军"准备举手投降时，他随便地吐出了一句话。众人在琢磨了一会儿后，都认可这办法可以反败为胜，疯子不简单！众人都向疯子投去钦佩的目光。

疯子你来下一盘！有人下累了，站起来，邀请疯子。

让疯子下！让疯子下！围观的人也嚷着。疯子不推托，很开心地捋一下胡须，取下黄布包放在地上，还望了两望；然后，正襟危坐在小板凳上，捉棋下了起来。

人都有自尊，这个时候的疯子是很自尊的，他也获得了别人的充分尊重。

到黄烟铺来的人一般都烧黄烟锅，平时黄烟铺里就烟雾缭绕的，这天人比平时多，铺里雾成一团。黄烟本来有淡淡的清香，烟雾重了，味道变得难闻。其中有个把人"喀喀"地咳嗽起来，这更加重了里面气味的难闻。

谁也不在意铺里几乎令人窒息的味道，大家的兴致都在王桂华手被咬这件事上，生怕谁的一个见解被自己漏听了。

柴五爷也凑在黄烟铺子里。

叭！叭！他连叭了几口黄烟锅，喉结骨碌骨碌地耸动，随之火光猛烈地亮了几下，就见一股青烟扶摇直上，然后在铺子上方平铺开来。叭黄烟是一种享受，此时柴五爷皱巴巴的脸皮子上泛起兴彩。在听了张三李四对王桂华被咬的见解后，柴五爷有些按捺不住，搁下了黄烟枪，连咳两声，开始发表见解，他说：这狗把王桂华咬得好，让她也晓得老街居民厉害，不然她整天发号施令，根本不把我们居民当人看。

是！是！咬得好！众人附和。

不过葛主任更倒霉了！坐在黄烟架子边的刘三爷插话道。他对葛大宝没有坏感，葛大宝虽然是选区干部，但人没有架子，办事也还公道。再说葛大宝胳膊脱臼，他与柴五爷去接骨头，葛大宝还客气地招待了他。

肯定要倒更大的霉！陶爷眨着小眼睛插话。

那倒不一定！姚二发表高论。姚二的脑瓜子怪，他的见解往往与别人不一样。

怎么个不一定？众人好奇。有的准备磕烟锅里烟灰，这会儿停住了；有的在烟袋里捻烟丝，这会儿也停住了。大家目光都朝向了姚二，听他分解。

姚二老油子，知道大家想听，他卖关子，不急着说，慢腾腾地从腰里摸出了一支东海牌纸烟。东海牌纸烟在纸烟中算上品，在老街上能吃得起的人少之又少。

尽管别人都吃黄烟，但假如递东海烟给他们，他们肯定会接。姚二想，把整盒拿出来，不递给别人，别人肯定会说他小气；递，他又舍不得，所以干脆不往出拿，只在腰里摸。

怎么个不一定？快说呀！大家催促。

姚二把东海牌纸烟放到鼻子边嗅。

快说啊！不说让你滚出三爷的黄烟铺！柴五爷性格耿直，讨厌卖奸耍滑，站起来要抢姚二的东海烟。

姚二急忙把烟往裤腿下面一藏说：王桂华哪认识葛皮呀？她哪知道狗是葛大宝家的！

这倒也是！大家交头接耳。

不对！不对！总有人会对王桂华说的。陶爷对姚二的话不以为然。

除非你对王桂华说，老街居民就那么贱啊！姚二笑陶爷。

你个鬼东西，你对王桂华说！滚！滚！陶爷假装生气推了一把姚二。

哈哈！哈哈！我就开个玩笑，看把你吓的！姚二开心地从板凳的边沿站起来。姚二的烟习惯性装在左裤腰里，靠陶爷这边，就在姚二站起来的时候，陶爷的手指利索地弯进了姚二的腰里，勾出了东海烟。

我到茶馆里去了，你们继续扯！姚二拍拍屁股，然后手掌反过来，对着后面拨了拨。

啦！啦！东海烟你们谁吃？陶爷眯着小眼睛开心地散烟。

一个个手伸老长地讨。

姚二转背，涨红着脸从陶爷手上抢烟。

你个吝啬鬼！陶爷笑骂，上下眼皮笑得挤在了一起。

哈哈！哈哈！黄烟铺子里人笑成一团，有的人剧烈地咳嗽起来。

老街上很多人不清楚，包括姚二，包括陶爷，包括黄烟铺子里的其他人都不清楚，当时周小安在场，周小安应该看到了葛皮，即使没有看到葛皮，也应该知道狗是葛主任家的，周小安会不会说呢？

姚二出门，正好碰到住在河东中街桂花弄中间的江八奶奶。江八奶奶年纪并不太大，她上身套着一件蓝士林的斜襟大褂子，褂子长了点，遮了下身。她不讲究，上方两粒圆布扣子常常不扣，衣领都耷拉了下来；胸前褂子也脏，上面有粥壳子或鼻涕壳子。她老人家腰里常常揣着瓜子，走到哪，吃到哪，瓜子壳乱飞。江八奶奶在老街上名气大，她老人家忙完了家里事，就喜好到街面上闲逛，虽是"女流之辈"，但行侠仗义，大人物都不怕，遇不平事她要管，嘴里还老娘老娘的。

江八奶奶住在桂花弄南，小门破天井墙对弄子开。这房子在新中国成立前是一个甲长家的。甲长是管老百姓的小官，相当于今天的村民组长，老街以前被划分成十甲，因而有十个甲长。

天井里有一棵金桂，传说有二百个年头。每年的阳历九月，桂花开了，树上缀满金黄色的粉粒，香气飘着整条巷子，不少人家找江八奶奶讨要桂花粒子，她老人家也不问人家做什么，搬了凳子就站上面捡，也不怕跌倒。

江八奶奶手里提着一个白色的布袋，看样子是到上街头粮站去买米。粮站在火神弄斜对面，四开间，四进。高高的门楼子上面写着"粮站"两个大字。

姚二见到江八奶奶，不敢不打招呼，他脸上堆着笑，亲热地喊：江八奶奶，您老去买米啊！

你不在茶馆里面做事，又蹿到黄烟铺子散布谣言，总有一天要烂舌条！江八奶奶斜了姚二一眼。

江八奶奶，告诉您老一件大快人心的事！姚二凑上前讨好。

就你嘴巴里跑火车，能说出什么好话？！江八奶奶不以为然。

江八奶奶，我这回说的还真是好话。您老不知道，工作队王桂华那女人的手被葛皮的狗咬了，咬得好！姚二边说边转着眼珠子瞟着江八奶奶脸上表情。

人家一个女的，细皮嫩肉的，到我们老街上来，被狗咬了，你还高兴？！噗！江八奶奶嘴一噘，一粒瓜子壳吐到了姚二脸上。

您老早知道了呀，我不明白了，您怎么还帮那女人说话？！姚二边说边抹脸上瓜子壳。

一码归一码，工作队王桂华不让薛爱英在柴集做事不厚道，葛皮放狗咬人家也不厚道！江八奶奶迈开大步走了。

这个江八奶奶！姚二摇头。

十一

那天在"西湖"拱桥上遇到"眼镜"，小莲虽说平日里一向大方，但遇到的毕竟是生人，她还是有些羞答答，脸瞬间地红了，像三月里的桃花。"眼镜"见小莲满面桃红，更觉得她妩媚。

小莲与"眼镜"打过招呼，便有些慌乱地从桥顶上下去。"眼镜"紧跟着小莲走下桥。小莲脸更加的红了，她朝两边的湖岸瞟了一下，生怕被熟人看到，加快脚步。

别急着走啊！我问你点事！"眼镜"在后面喊。小莲迟疑了下，放慢脚步。

你在茶馆几年了？"眼镜"瞅着小莲的脸问。

一年多点。小莲有些娇羞地回答。

你在茶馆里做什么工作？"眼镜"似乎不清楚小莲在茶馆里做什么活。他问话注意方式，不问做什么活，而是问做什么工作，让小莲感觉到体面，也体现他有修养。

炸油条儿！小莲利索地答，一点也不顾忌。

还做什么工作？

还……端菜。小莲迟疑了下回答，在她看来一个漂亮的姑娘端菜不是什么体面的事，因而回答时有些犹豫。

哦……那，哪些人经常到茶馆里来喝酒，你应该都一清二楚吧。"眼镜"不露痕迹地套起了小莲的话。

我也就是有时候帮帮忙而已。小莲机智地绕开"眼镜"的话。

这女孩子看来不仅漂亮，而且还机智。"眼镜"心里揣摩。

不好再问，"眼镜"换了个话题，问，你们茶馆里的那个叫程旭升的人怎么样？

他很好啊！能干，有威望，而且从不沾茶馆里一点东西，大家都说他好！小莲说话时两只眼睛晶亮亮的，显然她对程旭升有好感。

哦。你是说他很正派，是这个意思吧？

嗯，总之他人很好的。

那——那个高新潮呢？又怎么样？"眼镜"继续试探。

他呀……他话很少，他是我们经理，上下茶馆都归他管。小莲的回答回避了对高新潮的正面评价。

小莲边说边迈开了步子。"眼镜"很欣赏地望着小莲袅袅婷婷的背影。

哟！这不是工作队队长吗？身后传来一个娇嗲的年轻女子的声音。"眼镜"回头一看，这个女子大约二十七八岁模样，两边腮红红的，像是搽了胭脂，两只眸子顾盼流连，谁看了像是对谁有意思。

这女子显然知道自己是工作队的，她应该清楚工作队队长是谁，她这样喊纯粹是在讨好自己。"眼镜"心里想。

见这个女子长得有模样，"眼镜"含蓄地笑了笑。

队长也来我们这"西湖"逛趟子啊，我们这"西湖"不错，年轻人都来逛趟子。年轻女子的嘴朝岸边噘了噘。"眼镜"顺势瞄了岸一下，瞅见三三两两的年轻人在柳树边闲逛。

我家住在上街头的仙姑弄，食品组隔壁。我们那条巷后面过去有个仙姑庙，也就是八仙过海里面的那个何仙姑的庙，干旱年份老百姓来仙姑庙求雨，特灵验了。年轻女子滔滔不绝地说。

现在还在？"眼镜"好奇地问。

没有了！早没有了！年轻女子摆着手。

太阳咚咚掉到了西山里，天空上现出一大片浓红，片刻功夫，浓红变成了浅黄，再片刻功夫，天黑了下来。

队长，天黑了！我回去了！年轻女子恋恋不舍地与"眼镜"告别。

这一定是个不正经的女人。"眼镜"心里揣摩。

"仙姑庙""仙姑庙"，他嘴里念叨着。他想，得空的时候我到仙姑庙的庙址上去转转。

与"眼镜"搭讪的这个年轻女子，老街居民都叫她"妖精"，她的本名知道的人反而不多。她看人喜欢轻佻地抛一下媚眼，说话喜欢噘嘴巴，哪个男人见了，魂不被她勾走才怪，因而老街上的女人都贬损她，目的是不让自家男人被她撩了去。

"妖精"不是地道的老街人，她的家在西山里，人说西山里泉水润泽出美人，"妖精"虽不漂亮，但也妖媚撩人。"妖精"嫁到老街上是高新潮做的大媒。"妖精"是高新潮家的远房亲戚，"妖精"男人又与高新潮同住在仙姑弄里，人老实到磨子压不出半个屁来，扫大街三十五了还光棍一条。高新潮把两边条件瞅瞅，就给做了媒。"妖精"嫁过来的时候只有二十岁，比男人整整小了十五岁，有些不般配，不过"妖精"想想自己一个山里姑娘能嫁到老街上来，男人又有薪水拿，还算赚着。

那是"妖精"当时的想法，嫁到老街上来之后，"妖精"把自己的男人与老街上的男人作对比，她就有点感觉这桩婚姻有点"潘金莲嫁给武大郎"的意思，心里憋屈，心思便不在男人身上。

王桂华手被咬，肿得像大馍馍，动一动就痛，只好歇在镇政府里，把清查的事情交给了"眼镜"等其他几个工作队队员。清查抓重点，王桂华认为葛大宝是重点，而"眼镜"对葛大宝不感兴趣，他对茶馆感兴趣。一来小莲在茶馆里，清查茶馆就能见到小莲，见到小莲那张像米饺一样白白亮亮的脸，他心里就舒服，此外，见到小莲羞答答地偷瞄他，他心里就更舒服了，说明小莲对他有好感；二来他留意了高新潮，发现这人很有城府，是心理学上说的"黏液质"类型的人，他想好好研究这个人。

"眼镜"与其他工作队队员不同，他在大学里学的是心理学，毕业后分在一个乡政府的办公室工作。学有所用，他能把所学的心理学知识用于工作实践。一次办公室来了一个生病哭哭啼啼求助的人，这时候正好进来了一位到办公室来盖章的人，这个人夸夸其谈说自己如何有钱，"眼镜"就利用这人的"多血

"质"气质类型，指着哭哭啼啼的人诱导他说：我知道你是个有爱心的人，现在他正好生病需要钱，你就捐助点，算做件好事。这个人被他一套，顾面子，只好掏腰包了。

像这样的例子多着。

"眼镜"别出心裁，在下街头茶馆主持互查，下街头茶馆比上街头茶馆多一间门面，宽绰。外厅里竖着一些粗大的白果树柱子，支撑着房梁，老街人都称外厅为"白果厅"。传说太平军的英王陈玉成曾把这里当作指挥部。

上街头茶馆米饺好吃。下街头茶馆渣肉好吃。五花肉，切成薄薄的片子，把两面都滚上喷香的渣肉粉，然后沿着黄泥瓦碟子的边沿一片片地码好，再放进蒸笼里蒸熟，香气漫逸，不仅整个茶馆里面香，而且夸张点说，整个下街头都香。

小莲坐在靠近"眼镜"的一张桌子旁，她不怕"眼镜"，眼睛偷瞄着"眼镜"，唇角现出一丝丝浅笑。

"眼镜"面前放着一本笔记本，一支新农村钢笔。哼！哼！第一次主持互查会，他稍稍有些紧张，用咳嗽来遮掩，之后心情稳定下来，声调变得铿锵起来，他说：当前清查事情在老街上轰轰烈烈地开展，遗憾的是我们茶馆的清查活动现在还停留在开始阶段，这不行！我们要跟上整体的步伐！

顿了顿，他宣布：下面大家开始互查！他目光扫视了一下会场，发现一个个都低着头。他很得意，认为震慑的话起了作用，他就要这效果。他将目光瞄向小莲，小莲发现他在看自己，脸红了。他对小莲点了下头。

没有人发言。

没有人发言啊？他提高了声调。他把目光移向了高新潮，他发现高新潮在紧张地搓着手指。于是他威严地说：既然没有人主动说，那现在我就点名了，高新潮！高经理！你作为茶馆经理，你肯定知道哪些人占了公家的便宜！现在请你把这些人说出来！

十二

穿过中街的白塔弄到街后，能见到一个高高的白塔竖在一个菜园子的另外一头。白塔估计有三丈高，塔身砖块剥落了不少，塔脚四围有许多的砖雕。塔门是敞开着的，沿着石级可以绕着上去，站在塔的最高一层，朝西边看，整个老街以及白兔河尽收眼底。

传说这塔建于唐朝。

赵小发家就在白塔的边上。这一带属于乡下生产队，不知道何故，老街上吃商品粮的赵小发住在了这里。

赵小发家的房屋是个大四合院子，两家合住，还有一家是乡下生产队的社员家。社员家一般都是草房，这户社员不清楚为什么住上了瓦房。

两家各自对外开门，用着一个院子，怪有意思，赵小发家朝着西边老街方向，社员家朝着东边生产队方向。

几天前的一个下午，赵小发闷闷不乐地回到家，他什么事情也不做，捡了张小板凳坐在门口低头吃烟。他不像姚二能吃得起东海烟，他吃的是大铁桥纸烟，绿色的盒子，上面印着大铁桥图案，图案上方有"大铁桥香烟"五个字，两边印着"二十支装香烟"几字，下面标明安徽蚌埠卷烟厂出品。"大铁桥香烟"是劣质烟，一支吃完咳半天，孙小兰反对他吃。他家境不好，吃得也少，只在心情不好时吃。

孙小兰走到他边上问：你闷坐着干吗？

赵小发犹疑了下，说：我感觉要出事。

你指的是端炒细菜回家的事？孙小兰问。

赵小发不吭声。

你这么一说，我也感觉要出事，我这几天右眼皮子老跳。孙小兰牵了一下右眼皮子，似乎右眼皮子还在跳。

孙小兰与赵小发一样都瘦小，不过孙小兰的瘦与赵小发的瘦截然不同，赵小发瘦得单薄，瘦得缺少男子汉气魄。而孙小兰杨柳细腰，瘦得好看。

孙小兰比赵小发整整小六岁，年龄悬殊，即使年龄相仿，孙小兰也看不上身子细瘦缺少男子汉气魄的赵小发。孙小兰是如何嫁给赵小发的呢？

孙小兰的父亲早年在老街上开裁缝铺子，老街铺子起名大都俗套，主人姓什么，在后面加上个"氏"字铺名就出来了，或者像陶爷的剃头店，在姓后面加上个"爷"字，店名就出来了，这种给铺子起名的办法，易记，且朗朗上口。孙小兰父亲人规矩，店名起得也就规矩，裁缝铺名字就叫孙氏裁缝铺。老街上布匹店多，裁缝铺并不多，也就五六家，这几家中，孙小兰父亲的手艺算最好，呱呱叫，老街上的居民，做衣裳都找他，乡下体面的人家找他找不上，只好人托人，宝托宝，找他。

孙小兰父亲手艺了得，家里虽不大富大贵，但有日子过。她父亲有四个儿子，就孙小兰一个闺女，自然是宝贝。不过她父亲没有读过书，对给孙小兰读书觉得无所谓，但她母亲是乡下一个很有几亩田地的人家女儿，读过私塾，当地有"穷不丢书，富不丢猪"的讲究，她对读书看重，坚持要让孙小兰读书识字。先在河东街下街头的高等小学就读，接着又送她到县里中学读书，孙小兰肚子里学到了不少"货"，还懂得了不少礼仪。

赵小发光荣复员，蝲蝲蛄想吃天鹅肉，连赵小发自己都未想到，他家的一个亲戚竟信心十足地帮他到孙家说媒，说赵小发保家卫国，光荣，你家小兰假如嫁给小发，你们家也就是光荣人家。

孙家被说动了心，只是孙小兰坚决不愿意。孙小兰眼中的郎君应该风度翩翩，有男子汉气魄，而赵小发不符合。无奈，孙小兰父亲看上了赵小发，不仅如此，孙小兰母亲也看上了赵小发。夫妻俩意见一致，劝说并威逼孙小兰，孙小兰只好答应。不过外人不清楚，结婚半月孙小兰都不让赵小发碰自己身子。赵小发人老实，知道孙小兰委屈，不碰她身子，睡得离她远远的。孙小兰见赵小发人虽然瘦弱，但心地善良，有一天晚上把赵小发那边的被子拽了拽，于是两个人贴着睡在了一起。

当时在下街头茶馆，"眼镜"让大家互查的时候，赵小发就开始紧张了，事实上上次王桂华让大家说葛大宝问题的时候，赵小发就已经紧张了，他生怕连带着扯到了自己身上。当"眼镜"指名让高新潮说别人的问题，赵小发身子不禁抖了一下，他想，这回坏了，高新潮一定要说自己带炒细菜回家的事情了。

果然，高新潮抬头望了一眼"眼镜"，接着将目光投向坐在东北拐的赵小发。赵小发像是知道高新潮要朝自己望一样，也在这时抬头望了望高新潮，当他看到高新潮在望自己，目光像被灼痛了一样，急忙缩了回来，胆怯地低下了头。

程旭升心拎了起来，他知道这回赵小发在劫难逃了。望着身体瘦小缩作一团的赵小发，程旭升不禁同情起他来。赵小发家庭负担重，大家都晓得，另外赵小发在茶馆里人缘好，寡言少语，从不坏大家事。有顾客的时候，忙着炒菜，没有顾客的时候，他一个人坐在拐落里默默地吃烟。至于他用搪瓷缸子偷带炒细菜回家，大家都清楚，只是装作没有看见。

你说他的问题啊！怎么停住了？！假如你不抖他人的问题，那你就抖抖你自己的问题！你作为茶馆经理，肯定多吃多占，贪污腐化！"眼镜"一改前几天的温和，手像剑出鞘一样唰地指向了高新潮。

小莲开始时神色轻松，现在见"眼镜"脸色大变，她紧张了。

高新潮抹了一把额头，湿黏黏的。

我来说！他！赵小发，趁人不注意时偷偷地将茶馆里的炒细菜装在搪瓷缸里带回家！

是不是？！赵小发！"眼镜"瞳孔放大，露出凶相。

十三

"眼镜"是工作队员中的文化人，对文化遗存情有独钟。打"妖精"说了仙姑弄后，他满脑子都是何仙姑广袖长舞、腾云驾雾的曼妙场景，他想象着仙姑弄里也一定会仙气缭绕。

最好是清晨去，清晨太阳未出来之前老街上还是有些薄雾的，想必仙姑弄里有仙气，在里面行走定能体验到仙姑在里面广袖轻舞的美妙。

清晨起床，"眼镜"漱口洗脸，对着一面小圆镜子梳好头发，然后出了门，向上街头走去。

街面上不少人在走动，街两边已经摆了一些菜摊子，边上有居民在问菜价；还有挑着浅口篮子的街后农村妇女正在落担子，她们赶早卖菜，卖完了好回家上工。

脑子里想着何仙姑，"眼镜"的心情分外地好，脚步轻飘飘的，好似何仙姑一样。走到茶庵弄时，弄口的黄烟铺子已经在开门，刘三爷正一块块地在下门板。边上立着一个背微微驼、面色有些枯黄的乡下老头，他可能黄烟烧完，发了烟瘾，大清早就急抓抓地来买黄烟；也可能上午要上工，起早上街来办事，先把最紧要的黄烟买了，再去买农用品或日常生活用品。

继续往前走，到了上街头的长井弄，弄子里面有口水井，井口出地面估计有一尺高。上街头的居民，还有部分中街的居民都到这里来挑水，井沿被磨得光玉玉的。"眼镜"朝巷里面瞄了一眼，只见井边已经围了一些挑水的人，其中有一人正低着头，一只手在上，一只手在下，揪着绳子不断地往上扯。这弄子比较阔，里面通透透的，没有那种仙气，"眼镜"想，这不可能是仙姑弄。他继续往前走，到了火神巷，巷子比长井弄更阔。

应该还在前面，"眼镜"想。

他继续往前走。前面不远处的街面堵了，他清楚，这是上街头茶馆与鱼行了。这边上有两条巷子。"眼镜"想，仙姑弄必是这其中的一个了，至于是哪个，最好自己能猜出，这样有趣些。

先到仙姑弄，他不清楚，朝里面望，只见弄子窄得只能一个人过，两边的风火墙高高的竖上去，里面显得有些阴森，加上是清晨，还有些骇人，"仙"的味道有了，"眼镜"这回想，这应该就是仙姑弄了。

他想象何仙姑是平着身子在弄子上方穿过的。

两边居民家的门都对着仙姑弄子里面开。有些人家清晨就打开了门，走到其中一家门口，"眼镜"朝门里瞄了一眼，他想知道"妖精"家是哪个。

弄子还是很长的，快走完了，也没有见到"妖精"，或者说，不知道哪个是"妖精"家。他想，自己可能走快了，把"妖精"家走过去了。要不再走一遍？他否定了自己的想法。他想，清晨来，又不是来看"妖精"的，是来感受仙姑弄仙气的，看看仙姑庙庙基的。

继续往前走，他在出弄子口的时候几乎与"妖精"对撞，两个人都愣怔了一下。

看清楚了是工作队的"眼镜"，队长！"妖精"惊喜地喊了一声。她有些慌张，此时她一手拎着个刚刷洗过外表湿湿的马桶，一手提着个湿湿的竹刷子。

我来看看仙姑庙！"眼镜"在尴尬了秒把钟后解释。

就在这弄子外口，等下我指给你看。"妖精"嘴巴习惯性地轻曝了下。

弄外有一条沿着白兔河的土路。土路内侧开垦了不少菜地，只在离弄口二十来丈远的地方，有一块地空着在，这块地比周边的地高些，上面长满了杂草。

这应该就是仙姑庙的庙基了！"眼镜"想。他大步向这块地走去。

庙基上尽管草长得密，还是能见到翘起的瓦屑；有的地方虚，被草遮盖着，不知深浅，"眼镜"踩向一处，身子往下一落，一阵脆响，草底的瓦片碎了。

这就是仙姑庙！"妖精"急急地跑来。听老街居民说，先前仙姑庙在的时候，早晨白兔河起雾，庙被雾罩着，就像一团水汽泡。

过来！你过来！一个中等个子，腰身细勒，脸模子很精致的女人在弄口对着"妖精"招手。

"眼镜"瞄了一眼这个女人，他立马想到了"月儿"一词。

这个像月儿的女人手里拿着一踩本子，焦急地朝着这边张望。

大组长！我在陪工作队的队长看庙基！"妖精"边喊边朝着"月儿"那边快走。

"眼镜"在庙基上转圈子，然后捡起一个瓦片翻过来翻过去地看，在努力地寻找仙姑庙的踪迹。

不一会"妖精"转回来了。她讨好地对"眼镜"说，她是我们的大组长，趁早来收粮油本子，我家他吃供应粮，每个月要核对一次，大组长负责收发本子。

她是你们大组长？"眼镜"对"月儿"感起了兴趣。

嗯，她是我们大组长，叫王月娥，肤皮子白白的，性情温和和的，组里人都喜欢她，开玩笑喊她"嫦娥"。不过他个性有些清高，不随便与人搭话。说这话时，"妖精"似乎有所指地瞟了"眼镜"一眼。

"眼镜"眼睛偏了一下。

"妖精"接着介绍说，大组长人长得清爽，又喜欢养花，家里养的花也像她人一样的清爽。你有机会到她家里去看看，她家天井里养了好几种花。有一种叫茉莉的，青藤子绿叶子，一年开好几季米粒大小的白花，淡淡的香味，就像她人一样的香。"妖精"津津有味地说着王月娥，看来她很欣赏王月娥。

大组长负责收粮油本子？"眼镜"问。

嗯。负责收粮油本子。"妖精"补充：不仅收粮油本子，所有上传下达的事情她都做，别看她年纪比我大不了多少，在居民中却很有威望，大家都听她的话。

她在选区里有威望？"眼镜"感兴趣地问。

在我们大组里有威望。谁家有什么事情，她一劝和都能解决。至于在选区里，那就不一定了，毕竟她只管我们大组，其他几个组都有大组长。

干吗大清早的就来收粮油本？"眼镜"有些不明白。

大清早居民都在家，好收。等八点过了不少人都上了班，粮油本就收不齐了。"妖精"解释。

哦！"眼镜"恍然大悟。他感觉这个像月儿的女人很精明。

你说说葛大宝这个人怎么样？"眼镜"话锋一转，突然问起选区主任来。他想从侧面了解一下葛大宝。

这个——我们是小老百姓，不能随便说。"妖精"偷瞟了一眼"眼镜"，看"眼镜"什么反应。

你说说看，我就是了解，了解，不对外人说，话是你说的。"眼镜"打消"妖精"的顾虑。

葛主任这人，就是好喝点酒，其实人还是很正派的。

噢，这似乎颠覆了葛大宝在"眼镜"心目中的印象，"眼镜"盯着"妖精"的脸问：你具体说说看，葛大宝怎么个正派法？

"妖精"瞟了瞟土路，又瞟了瞟河岸，见边上无人，放心地说，就说招工吧，他就很正派。上街头茶馆里面的程四嫂，她男人常年生病不拿半个角子儿，就靠她一人养活全家。县曲轴厂到老街上招工人，分配给了我们上街头选区一个名额，居民们打破了头都想要，许多人晚上送东西到葛主任家，最后他还是让程四嫂儿子走了。"妖精"在顿了下后继续说，队长你想，假如葛主任不正派，程四嫂儿子怎么能走得了？

"妖精"的话略略改变了点葛大宝在"眼镜"心目中喝酒、贪污的印象。

十四

赵小发问题被抖搂出来的第二天早晨，"眼镜"打开挂在镇政府大门外的问题反映箱，发现里面有一张从小学生算术簿子上撕下来的带有黄色草茎的纸。他像猎人瞄到猎物似的一把抓出纸，没有摊平就睃了起来，只见题目字是：高新潮私自占有茶馆的石岩子。见到高新潮三个字，"眼镜"像捡到宝贝似的兴奋起来，他一把摊平纸，唰唰地往下看，然后抓着纸小跑着去向王桂华汇报。

王桂华还没有起床，门关着。在被狗咬之前，王桂华特别的来精神，天麻麻亮就起床，漱口刷牙，然后拿出工作笔记在上面划，誓言要把老街上问题大的人都抓出来。可是"出师未捷身先死"，别说把所有问题大的人都抓出来，就是对葛大宝都没有来得及深入追查，她就被凶恶的狗咬伤了手腕。她虽然到下街头寺巷南边的卫生院消毒包扎了，还打了几天针，可是手腕部位还是肿了起来，抬一下都痛，更谈不上出去搞清查，深查葛大宝了。

周小安跑到镇政府献"宝"，说，老街上的柴五爷治跌打损伤独到，有许多人跌倒摔伤脱关节都被他治好了。王桂华这是被狗咬伤，又不是跌伤，柴五爷的那套对王桂华不管用，马缰绳拴羊头——路子不对，周小安等于献错了"药方"，王桂华没有理睬他，他讪讪地离开了镇政府。

王桂华门关着，"眼镜"叩了下门，见没有动静，他又喊了声队长，没有应声。他急于汇报最新情况，推了下门，门吱呀的一声开了，正好看到了衣衫单薄的王桂华坐在床沿上。"眼镜"感觉心狂跳不已。

他转过身，急急地向门外走，心里忐忑，生怕王桂华要训斥自己。然而王桂华并没有怪罪他。王桂华拿起褂子先套住了一只胳膊，然后小心翼翼地往另一只胳膊上套，套好后，对着门外喊，有什么事情，进来！

王桂华应该手腕痛得厉害，心神不宁，昨天晚上忘记闩门了。

昨天高新潮抖出赵小发问题，后来在"眼镜"的严厉逼问下，赵小发也承认了自己偷带炒细菜回家，而且还不止一回的事情。这是典型的偷窃、贪污行为！必须立即停职！等候处理！"眼镜"咬牙切齿，像是与赵小发有不共戴天的仇恨。

赵小发被喝令站起来，他弓着身子，头差点低到裤裆里。当"眼镜"宣布让赵小发停职时，赵小发抬起头拱着手向"眼镜"求饶：求求队长！求求队长！我下次再也不偷带炒细菜回家了！

茶馆里所有职工都望向"眼镜"。程旭升望着赵小发，目光也转向"眼镜"，期待赵小发的求饶能起到作用。

"眼镜"眼睛一瞪，训斥赵小发：你这惯犯！想等下次，迟了！

赵小发只好再次拱手，几乎哭着哀求：求求队长！求求队长！你不晓得，我一大家子！不给事情做，我一大家子日子没法子过！

茶馆里大部分职工目光都变得凄哀，同情赵小发，平时职工们都清楚他家情况。

队长，一码归一码，处分他行，但不能停他职，不然他一大家子日子真的没法子过！程旭升在肚子里打着腹稿，准备站起来为赵小发说话。毕竟赵小发与他是战友，现在赵小发落难，他理应站出来帮助赵小发。

我管你日子有法子过还是没法子过！"眼镜"凶狠地将笔记本一摔。

不能不给人活路！再说赵小发保家卫国作过贡献！一向持重的程旭升认为自己现在必须站出来为老战友说话，不然他对不起老战友，他动了动身子，准备往起站。

不清楚是谁在使暗劲拽他的衣拐，程旭升犹豫了下，没有站起来。

"眼镜"在茶馆挖出了偷盗的赵小发，其他工作队队员也都有收获。食品组孙组长也被抖出问题，他利用职权损公肥私，私自为熟人、亲戚朋友开猪肉票。被抖出问题的还有招手车站的女站长。女站长脸皮子有些黑，两根手指头间常夹着根烟，指甲通黄通黄的，她板着张脸，乘客都有些怕她。

招手站在老街的东北面，一天有东西向、南北向共八班客车路过，虽说班车数不少，可每个方向上午、下午都只有一班车，错过了这班车，就得等半天甚至一天。招手站不像起点站，得等车子到了，看上面空几个座位，才卖几张票，这样票就显得极其紧张。有点身份的人，就私下找女站长。

候车室很小，光线也很暗，地面高高低低，像一个害满疖子的人脸。从外面进入候车室，再从候车室进入售票室。售票室的窗口不对着候车室，直接对着外面。有身份的人不在外面的窗口排队，拎着个包进入候车室，叩售票室的门。叩一下不会开的，得连续地叩几下，而且声音不能重，这时女站长板着脸拉开一点门，从门缝里看看是谁，然后把叩门的人放进去。叩门的人讨好地对女站长笑笑，然后拉开包链子，从里面掏出两包大前门纸烟递给女站长。见到烟，女站长脸色稍放缓些，指着板凳对叩门的人无所谓地说一个字"坐"，然后问三个字"到哪里"。

客车到了，外面排队买票的人群开始骚动，纷纷往前面挪动。女站长出来，从司机手里接过单子，然后走进售票室。售票窗口外排在第一个的人有些兴奋又有些着急地把钱递进窗口内。女站长在一张票上盖了章，这人以为这票就是他的了，兴奋地再次把钱往里递了递。女站长对里面那个有身份的人说了声，票。那个人欣喜地接过票，然后打开售票室的门，再关上门，拎着包得意地往候车室外走。外面排队的人都知道这人买到了票，羡慕地望着这人。

来一趟车就几个空座位，一般情况下，在窗口很难买到票。买不到票，还不能发牢骚，假如发牢骚被女站长知道了，那就别想买到票了。有次赵小发丈人阑尾炎在县里开刀，他请了假大清早来车站排队，排在了第三位，他尿气泡要胀破了都不敢去跑厕所，就这么忍着。到九点的时候，车子来了，排队的人兴奋地喊起来，赵小发也兴奋，他认为自己排在第三位，十拿九稳能买到票。可是到他头上女站长说没有了。一向老实寡言的赵小发这时抓了急，他气愤地对着窗口里面喊：怎么没有了？！怎么没有了？！你把票卖给里面了！

女站长怒气冲冲地来到外面，对着赵小发吼：你在喊什么！你在喊什么！

赵小发被吓住了，脸煞白的，不敢再吭声。

十五

高新潮不清楚自己怎么夜深人静还在黑黢黢的长不到头的街道上，两边的老房子像旧时的兵卒高举盾牌向中间压过来；有人家晒衣裳的竹竿子从阁楼伸到街面上，未收，暗夜里放大，高新潮瞄见了，身子一拎——把竹竿子当成了横空的蟒蛇。他毛骨悚然。他想快点过去，可是腿脚像被麻石条吸住似的快不了。

嘶！他听见背后发出很响的像是巨舌吐出的声音，他想这一定是夜深人静的错觉。他紧走了几步，可是这种声音并未消失，相反越来越响，越粗重。他害怕了。证实一下只是错觉，回了下头，这把他吓坏了，只见一条硕大的火龙蛇从麻石条上站起，吐着手指长的舌条逼近他。

妈呀！高新潮吓得大喊了起来。

醒了。

摸摸身子，浑身是汗。他爬起来，拿了条毛巾擦了擦，然后站到尿桶前想屙尿，可是屙不下来。站立了半天，才把尿屙完，回到床上，一闭眼，脑子又回到黑黢黢的街道上，站立的火龙蛇又凶狠地朝他吐着舌条。

高新潮拉着了开关，索性不睡，望着天花板。梦了火龙蛇是不祥征兆，他想，自从合作化进茶馆当了经理，从没出过事，现在看来要出事了，出大事了。

他一件件地回想做过的错事。

第一件事情，没有把茶馆的地宕窝子送回去。茶馆的地宕窝子极其精致，七八寸高，外表褐黄色，光玉玉的，像琥珀，里面槽子也光玉玉的。地宕窝子是用来碾芝麻的，芝麻碾碎了做汤圆芯。程序是，把芝麻倒进地宕窝子里，用一个石杵不停地杵，底下完整的芝麻被挤压就会沿着边沿漫到中间，这样反反复复，芝麻就全碾成了粉末，用白糖拌着，黑里透白的汤圆芯就做成了。老街上习惯，正月初一早上鸡汤下光面，正月初二早上炸春卷，正月初三早上稀饭搭汤圆，因而家家都要碾芝麻。要碾芝麻就要借地宕窝子，到处借，有的人家借到了，周边街坊都端着芝麻到这家去，排队碾芝麻，一时轮不到自己家，就正好在一起闲扯，小孩子们跟在大人后面，这会也正好在一起打打闹闹的，过年的气氛就浓了。

茶馆的地㟁窝子比一般的地㟁窝子好用，外面与茶馆关系不错的人都端着芝麻到茶馆里来碾——茶馆的地㟁窝子不对外借。

高新潮是前年四月将地㟁窝子带回家的，老爷子要吃汤圆，他就带地㟁窝子回家碾芝麻，当时茶馆里职工都在，他没有对任何人打招呼，端着就走了。职工们都看着他，没有谁多话，大家心里都这样想，他是经理，带回家明天再带回来，用不着对我们说。

以往职工家碾芝麻也偶尔向茶馆里借，高新潮还好，不说话——算默许，第二天完璧归赵，归还茶馆里就行。

就这件事来说，高新潮内心里并没有占有公家地㟁窝子的不良念头，就是带回家碾点芝麻第二天早晨再带回茶馆里。可是第二天早晨他提着地㟁窝子出门时，在仙姑弄子口正好碰到"妖精"。"妖精"含情脉脉地对他说，经理，能不能把地㟁窝子借给我用用。高新潮是一个冰冷的人，对"妖精"的含情脉脉没有多少想法，就是觉得"妖精"是自己做媒嫁过来的，生活方面自己尽量照顾点她，于是就顺手把地㟁窝子递给了"妖精"。过了几天，他找"妖精"要，"妖精"说，我还要用一下，就没有及时归回茶馆里。后来又问过一次，"妖精"还是同样的话，再后来他就没有放心上了，地㟁窝子就放在了"妖精"家。

去年正月的时候，茶馆里准备做汤圆卖，找地㟁窝子，没有找到。有职工说，好像是高经理借回去的。职工们"哦"了声就没有再说话——不便再说，大家骨子里都有不犯上的劣根性，也正是这样才助长了歪门邪道。

经理，茶馆里面要地窨窝子用呢。茶馆里要地窨窝子用，大家都不说，程旭升人正直，他说了。他人精明，话点到为止，高新潮也没有不高兴，应了句，我明天带过来，可是第二天并没有带过来，此后包括程旭升在内，再没有人提了。正月里茶馆也就没有像往年那样卖汤圆了。

地窨窝子没有还回去，这在工作队眼里，是占有公家财产，一条大罪。

还有……高新潮望着天花板，冥思苦想。

平时儿子到茶馆里买油条，他在，便对小莲喊，给拣四根油条！小莲本来拣给别人，听见经理喊，连忙把人家搁下，也不问他儿子有没有买牌子，就拣给了他儿子。那个被搁下的人也不生气，望着小莲拣——一来小莲长得好看，犯不着为迟拣油条生气；二来也是习惯了。

还有，"妖精"来茶馆买米饺，他在，"妖精"朝职工轻噘下嘴，牌子也不买就站到了赵小发跟前，赵小发也不向"妖精"收牌子，掀开蒸笼就拣起滚烫的米饺。

还有……还有……头脑有些糨糊，高新潮眨巴了两下眼，猛劲地想。

天亮的时候，高新潮睡着了，老婆喊了声，你早晨不到茶馆里面去呀？他没有听见，酣睡着。不知睡了多会儿，猛然一惊，醒了，揉了揉眼，赶紧出门。

　　没有到下街头茶馆，他心情不安地往上街头茶馆紧赶。自己昨天说了赵小发问题，会不会已惹了麻烦？他心里估摸，只要瞅职工们的脸色，就知道有没有麻烦。

　　小莲在低着头炸油条，以往他来的时候，小莲见到他，总朝他甜甜地笑一下。今天小莲不知道是没有注意到他，还是知道他已经出了问题，目光避着他。

　　高新潮朝小莲脸上瞅了瞅，发现小莲的脸是紧张的，他心里咯噔了一下，想，出事了！

　　他慌忙走进茶馆，一看，吓了一大跳，"眼镜"正端坐在八仙桌旁，脸阴沉得像要下大暴雨。

　　你到现在才来！"眼镜"冷笑了声，站了起来。哐当！高新潮大脑猛劲地摇晃了一下，他清醒地意识到灾难来了。

　　你跟我到后面来！"眼镜"瞪着他，迈开步子向天井后面走。他心怦怦跳着紧跟在"眼镜"后面。他心里急速地揣摩着，一定是地窨窝子事情外面晓得了，可是仅仅一晚上，又是谁反映的呢？是赵小发？我反映了他，他掉头也反映我？可是赵小发一向胆小，即使自己反映了他，他也不敢反映自己的呀？那是程四嫂了？应该也不会！自己对程四嫂不错，她家难，男人有病，茶馆里晚上有客人，自己在的话，有时照顾她，让她提前回家，程四嫂应该感激他才是。还有，程四嫂有时也趁人不注意，用报纸包了油条揣进腰里，他就发现过一回，不过装作没有看见。应该不是程四嫂！高新潮判定。那是小莲了！也应该不是。

哦，对了，一定，一定是程旭升！高新潮猛地想起。他有些怪自己，脑瓜子怎么这么迟钝，想了多一会儿才想到程旭升。假如不是与"眼镜"在一起，他一定会死力拍前额。

十六

包括高新潮在内的一批问题严重的人被抖搂出来，工作队认为清查行动取得了重大成果，决定造大声势，开教育大会，让老街居民都清楚这些人的贪污侵占行为，以起到警示作用。

会场设在了河西街古桥巷边的"万年台"——戏台子，现在正面与两侧砌有石头的土台子，上面长满了绊根草。

被带到台上的人有高新潮、葛大宝、食品组孙组长、招手站女站长，另外还有赵小发等几个有问题的人。这些人站成一排，葛大宝与孙组长紧挨着，招手站女站长与赵小发紧挨着。大家都垂着头，只有葛大宝眼睛平望着前方。台子下面是黑压压挤坐在一起的老街居民，还有不少看热闹的街后生产队社员。

"眼镜"与另外几个工作队队员站在台子前方。"眼镜"挽起了袖子，显示他的神气。王桂华手腕被咬，没有好，大家本以为她不会来，出人意料地她也来了，走上了台，手腕上还缠着纱布。

啦！看咯！那个被狗咬的王桂华也来了！台底下的群众喧哗了起来。他们眼睛齐刷刷地看着台上的王桂华，有的手还指着王桂华。

"眼镜"急忙上前，询问王桂华下面程序。

工作队队员站在台前，遮挡了这批"问题严重"的人。

赵小发被安排与招手站女站长站在一起，两个人互相望了望，身体都偏了下。赵小发不愿意与女站长站在一起，女站长当着那么多的人面训斥了他，伤了他的面子。女站长也不愿意与赵小发站在一起，她觉得自己是有身份的人，赵小发猥琐，不配与她站在一起。

"眼镜"留意到了这两个人的小动作，急忙训斥：站好！于是两个人都站正。女站长倒没有什么，赵小发鼓着嘴巴，他倒不是生"眼镜"的气，他也不敢生"眼镜"的气，他是生女站长的气。

那天，赵小发被女站长训斥后，面色苍白，嘴巴颤抖，为了能买到票，他强压着屈辱，没有顶撞女站长。女站长走进大厅，大厅外面的赵小发心里七上八下，他想，女站长发这么大的脾气，她肯定不卖票给我了！正在这时，葛大宝迈着大步来到招手站，赵小发求助地望着葛大宝。葛大宝问了一下赵小发的情况，然后甩着手大步走进大厅，不一会儿就拿着一张票出来递给赵小发。

河东下街头按照现如今的说法，就是一个历史文化街区，在清朝的时候有北乡书院，另外还有多家瓷器庄、玉器行，还有老街文苑、金宝斋等多家经营笔墨纸砚、名人字画的店铺。后来老街上的学校、电影院、文化站以及新华书店也都集中在这里。河东下街头这样的布局，应该是考虑到了静雅的因素。

高中与初中在一个园子里，大门朝着街面。小学大门则朝着白兔河。进校门就能见到一栋砖木结构的古楼——北乡书院。教室全部在古楼的后面，古楼犹如一座巨大的屏风，遮蔽住校园。葛皮所在的二年级一班在校园的最后面，靠近围墙处。非常有趣的是三个老战友的孩子赵昆仑、程秀丽，还有葛皮在同一班。赵昆仑与程秀丽在同一排，两个人紧挨着，葛皮在赵昆仑的后面，也紧挨着。

程秀丽人长得就像她的名字一样的秀气，脸长长的，笑起来甜丝丝的，像嘴里嚼了冰糖——那年头能吃到冰糖的人很少，但老街居民都知道冰糖。

葛皮虽然年纪小，才小学二年级，可是他懂事早，知道如何讨人喜欢。

星期天大清早，他牵着花花在街上游荡，眼睛朝街两边睃。荡到供销门市部门口，他眼睛唰地一亮，放狗过去。只见一个乡下人在摆柿子摊，在一只稻箩上面放了筛子，筛子上面摆放着许多黄澄澄的柿子。花花在前，他在后拽着绳索。花花抖动着棕色的毛发，吐着长长的舌条，绕着筛子转，吓得那人惊慌失措。

他不说话，花花也不汪汪叫，只反反复复地绕着筛子转。那人清楚，牵狗的小孩想要柿子，这柿子是用来换盐换火柴的，舍不得也得给，于是从后面稻箩里托起几个柿子，可怜巴巴地递给葛皮。葛皮抢着接过来，往腰里一揣，一提狗绳索就走。

花花没有得到好处，不配合，眼睛盯着他裤腰不挪步子，意思是你得让我尝一口。葛皮不乐意了，抬起脚就朝花花屁股上踢去。花花机灵，转了个身，葛皮脚落了空——其实葛皮踢花花只是摆个架势，他并不会真踢。

葛皮要了柿子舍不得自己吃，装在书包里准备讨好程秀丽。现在是吃柿子的时候，学校里男女生都在玩一种游戏，就是把柿子核穿通，然后在上面插一根火柴棍，再捻动火柴棍，柿核就转动起来，非常的好玩。程秀丽那个柿核是赵昆仑给的，给的时候葛皮在场。赵昆仑从书包里掏出弄好的柿核递给程秀丽，程秀丽接了过去，对着赵昆仑甜甜的一笑。葛皮看了心里怪不是滋味的，他心想自己也太大意了，怎么都不知道送柿核给程秀丽，于是瞅着星期天弄了柿子。

他急着快到礼拜一，到了礼拜一，他大清早起床，没有像往常去遛狗，扒了碗稀饭就急急地往学校赶，到了学校班上一个人都没有。

他焦急地等。

赵昆仑比葛皮迟到一点，到的时候，见葛皮不停地朝窗外望，诧异地问：葛皮，你老是望窗外干什么？

葛皮遮掩说：窗子外热闹。

程秀丽进了教室门，葛皮迫不及待地从书包里面掏出两个弄好的柿核往程秀丽手里塞。

程秀丽推挡说：我不要！不要！

葛皮不放手，说：这是特地送给你的！不要怎么行？！

程秀丽求助地望着赵昆仑。赵昆仑说，你就把接着！程秀丽就把接了过来，然后递给赵昆仑。

赵昆仑说：你放给书包里！程秀丽就听话地放到了自己的书包里。

放学的时候，赵昆仑与程秀丽先出了教室门，葛皮在后面喊：程秀丽！程秀丽！候我一起。

程秀丽像没有听到，从书包里面摸出柿核，递给赵昆仑。自己的东西怎么能给赵昆仑，葛皮瞄见了，有些气，上前抢，赵昆仑就给了他。

给人家了，还要！丑不丑？！程秀丽小手在自己脸腮上划。

是给你的！又不是给他的！葛皮犟嘴。

葛皮因为柿核的事恨赵昆仑，还有考试的事恨赵昆仑。赵昆仑学习成绩好，语文、数学在班上都是第一。试卷到了他手上，三下五除二就做好了。葛皮学习不用功，做不来，他就在后面不停地拽赵昆仑的衣裳，赵昆仑不理睬他。

葛皮就在后面小声地喊：昆仑！昆仑！

赵昆仑回了一下头就转过来，不再理他。不理就不理呗，葛皮能想得开，可是赵昆仑目光却瞟着程秀丽，见程秀丽有几个题空白，趁老师晃到后面，撕了片纸，哗哗地写了答案，手一抹，就抹到了程秀丽那边。程秀丽机智地用胳膊盖住纸片。

赵昆仑的动作虽然快，可是被后面闲着无聊的葛皮看到了，他生气，本想报告老师说，赵昆仑递纸条子给程秀丽！可是一想，这不把程秀丽给惹了，得不偿失，于是强忍着没有报告，心里想着什么时候单独拿赵昆仑开心一下。

学校围墙外面有一排刺槐树，葛皮遛狗时见上面有乳黄色透明的知了壳，他来了主意，捡了两个知了壳。他见过两条狗在一起交合的情形，他不清楚是怎么回事，就觉得这两条狗很亲热。于是有天中午在程秀丽还没来学校时，他在课桌上把一只知了壳架在另一只知了壳的屁股上，然后扯着前面的赵昆仑衣拐嚷，你快看看！你看看！你像不像这上面的知了？

赵昆仑懂事迟，不知道他的用意，只知道不是好意，狠狠地瞪了他一眼。

耍弄了赵昆仑，葛皮觉得很开心。

葛皮顽皮，觉得这样还不过瘾。上学路上他来到河边逛，见河岸边有一条乌蛇，便蹲下身子察看，见蛇不动，便用手指撩了撩，见蛇还不动，便确信这是条死蛇。于是他拿出作业本，撕下几片纸将蛇包了起来，放进书包里。

十七

世上的事情往往就那么蹊跷，假如大会早半个小时开始或者顺序调换一下，就不会发生后来会场大乱的情形了。

台上"问题严重"的人中，葛大宝是现行，按道理应该排在第一个，可是不知怎么搞的，愣是把高新潮排在了第一。

台底下热闹了，纷纷地嚷：你看高新潮！你看高新潮！脸灰成那样了！

平时对高新潮不满但压抑着不敢说的人，这会开始发泄心中的不平了：我们小老百姓难得吃上早点，他当茶馆经理，天天吃，天天吃到！现在站台理所应当！

边上有人反唇相讥道：你也当茶馆经理，不就天天有油条、米饺吃？

高新潮身子抖得厉害，嘴唇像黑桑葚果子般黑污……

高新潮被带到后排，这时应该轮到葛大宝了，群众都这样估猜着，可是又不知道什么原因，赵小发被带到了前台。先让高新潮站前台，紧接着让赵小发站前台，可能考虑到他们俩都在茶馆，关联性强。

赵小发本来胆子就小，他骨头像被抽掉似的，瘫到了地上。

把他拽起来！王桂华吼道。

哟！哟！你看哦！你看哦！又瘫了下去！坐在江八奶奶身边的老街居民殷梅芝不知道是兴奋，还是有些同情赵小发，指着台上让江八奶奶看。

你兴奋个什么劲儿？连尊重都没有，你还兴奋？江八奶奶对殷梅芝像看把戏似的兴奋有些生气。

我怕您老没……没有看到。殷梅芝支吾着。

我眼睛尖得很！江八奶奶还是有些生气。

赵小发老实，这样对待老实人也太过分。上街头选区大组长王月娥是个心善的女人，他同情起赵小发。

王桂华上前看的时候，"眼镜"为了让王桂华高兴，用脚敲了一下赵小发胳膊。

这个四只眼要遭报应！江八奶奶上牙咬着下牙。

肯定要遭报应。王月娥附和。

遭报应。殷梅芝嘴巴也动了一下。

万年台今天怎么这么热闹？这么多的人？葛皮就喜欢热闹，哪里热闹他身上皮子就兴奋。这会儿葛皮牵着花花来到了大会场。

葛皮不是在上学吗？怎么从课堂上跑出来了？前面说过，他把死蛇装在书包里带到学校。第一节是语文课，讲语文的是一位姓程的圆脸女教师，三十来岁，一年四季脸蛋红红的，像清晨的红太阳。同学们不清楚，以为老师脸蛋生来就红，其实不是这样。老师的男人大学毕业分配在广州，每年回来一次，每次回来都带胭脂，老师的红脸蛋就是搽胭脂搽出来的效果。

这位女老师特别喜欢赵昆仑，喜欢的原因是赵昆仑很默契地配合女老师的课堂提问。女教师说，我们学校历史悠久，可有哪位同学能说出我们学校的历史？连高年级学生都不一定能回答得上来的问题，让才上小学二年级的稚嫩孩童回答，学生们都一脸茫然地望着女教师。

老师！我晓得！赵昆仑蛮有信心地举起小手。

女教师欣慰地对赵昆仑点了下头。

赵昆仑蹭地往起一站，用脆嫩的童声回答：我们学校建于清朝末年，当时是书院，听说是一个姓汪的县令建的。

学生们都钦佩地望着赵昆仑。

小小的赵昆仑是怎么知道学校历史的呢？一次学校来人，毛校长带着来人在校园里指指点点，介绍学校的历史。其他的孩童觉得好玩围观，而赵昆仑在一旁用心地听，记着。

小小孩童懂得这么多，女教师很欣赏地望着赵昆仑，她忘记让赵昆仑坐下，从清末时候书院的创办，到书院有讲堂、内堂、账房，还有旷怀园的规模，再到"高等小学堂"、高等小学、今天老街小学的演化，百年出了不少人才，滔滔不绝地演说了起来。

女教师满面红光地说完，然后才想起来对赵昆仑按了按手，示意赵昆仑坐下。

赵昆仑往下一坐，屁股下滑溜溜的，感觉不对劲，扭头一看，一条蛇在板凳上。

赵昆仑大叫了一声：蛇！

葛皮正襟危坐。

女教师赶忙来到赵昆仑座位旁，只见蛇滑落到地上。同学们都好奇地站起来伸着头看。女教师看了看蛇，然后望着葛皮。葛皮把头正了一下，表示这事与己无关。

女教师明白这事是葛皮干的，她厉声地对葛皮说：你出位子！然后走到葛皮座位边，要拎葛皮书包。葛皮一把抢过书包，抱在怀里。

女教师被激怒，她勒令葛皮：你给我出去！现在就出去！

葛皮悻悻地走出教室，他并没有像以往那样靠外墙站着——他弓着腰偷跑了。走在大街上，听两个老奶奶闲扯说，今天万年台热闹非凡。

太好了！葛皮一听，小跑着到家，牵着花花就往万年台来。

花花也像葛皮一样地喜欢热闹，到达万年台，见这么多人，兴奋地抖动着棕色的皮毛。场子上满是人，花花想往人缝中钻，钻不进去，只好顺着边沿往前跑，葛皮紧跟着它。到了前场的时候，这时遇上王桂华在朝葛大宝怒吼。

葛大宝性子刚烈，倔强地瞪着王桂华。

欺负我老子！葛皮恼了，他对着花花怒喊了一声：上！

十八

花花迈开前腿，往台上蹿的架势异常的凶猛，它眼珠圆凸，红殷殷的舌条吐出，无论谁见了都害怕。

狗上台了！狗上台了！台下群众都站了起来，凸着眼珠子看着台上，想看看狗飞奔上台接下来是怎样的情况。

王桂华正好站在花花飞奔上台的那边，她眼睛尖，察觉到这正是上次咬她的那条狗，吓坏了，急忙往后退。她脚没有站稳，身子往边上一歪，跌倒在地，咕咚！受伤的手腕与地面猛烈地撞击了一下，她面部扭曲，痛苦地哎哟了一声。

"眼镜"见王桂华倒地，急忙上前搀扶。王桂华忍着剧痛，对"眼镜"喊：快！快把这条疯狗打死！

不能让这条疯狗跑了，得组织围捕，把它打死。打疯狗！打疯狗！"眼镜"这时反应过来，他对着台子上喊。

快跑！快跑！台子下面的葛皮焦急地对在上面转圈，不知道再咬谁合适的花花喊。花花精明，听到声音一愣，然后急忙往那边侧面的台下跳。这时的花花在大家的心目中已经是一条彻彻底底的疯狗，侧面的群众纷纷躲让。花花很快消失在众人的视线之外。

王桂华被扶起，只见她吃力地抬着受震的手腕，由于过分疼痛，她龇着牙齿扭曲着脸，已经顾及不了工作队的脸面。到老街上来，她不走运，已经被这条狗袭击了两次。第一次是猝不及防，当时倒没受多大惊吓，不过手腕伤得很厉害；这次亲眼看到狗扑过来的凶恶样子，心理上受到的惊吓比上次大，而且前伤未好，这么一震，可能这只手腕会留下后遗症。

这是谁家的恶狗？王桂华痛苦地询问。上次被咬，她准备追查，后来让一件事情给耽搁了，这次又遇到这条狗，她非要搞清楚是谁家的，要灭了这条狗。

十九

五月节前几天，细心的话能嗅到老街湿闷空气中微微的甜香味，上下街头的两个茶馆开始卖粽子，粽叶带着清香味，粽子里面包着的枣子带甜香味。一些老街上的居民脸上挂着笑意，把淘洗过的糯米摊晒在竹编的揽盘子里，把买回的粽叶一匹匹地清洗干净……老街居民暂时淡化了这年把的压抑情绪。

划龙舟是老街自古就有的习俗，老街夹着白兔河，五月节举办划龙舟有地利之便。五月节当天白兔河里可热闹了，两边河岸围满了看龙舟赛的人；河岸上每隔一段还竖着一个竹竿子，用来挑装着方片糕与银两的红绸包。河里游动着十三四条黄龙舟与红龙舟，见到红绸包挑到竹竿子上，鼓锤子便擂得震天响，拼着命划桨来抢。

上午八点欠一点，江八奶奶从床头方柜子里提出一个很小的木箱子，然后掏出钥匙横着插进一把口琴形状的铜锁里。锁被拨开，江八奶奶取下锁，打开小木箱子。上面是一本小书，她把书侧着放好，下面还有一本小书，她拿出小书，透开，夹页里露出一个手帕子。她一层层地透开手帕子，只见里面出现了几张一块的、几张一角的票子；还有一些布票、粮票与黄干子票。她没有动那些钱，只从里面抽出了两张"一市尺"的布票，然后把手帕包了起来。感觉不够，她又透开手帕，又拿出一张"五市寸"的布票。她家在桂花弄子，她不打算跑远路，就在桂花弄隔壁的供销社门市部扯点蓝卡其布，做件裲子，过节，换件新衣裳穿。

在供销社门市部扯了布后，江八奶奶就往上街头走，她打算到白塔弄后面的孙小兰家去。尽管老街上公家的缝纫社就在桂花弄斜对过的皂角弄——弄子后面有一棵形状像伞的大皂角树，但是一来她老人家相信孙小兰的手艺；二来孙小兰人缘好；三来她老人家心善，觉得孙小兰一大家子生活，只赵小发一个人拿薪水，不易，她得尽量地照应着。

桂花弄与白塔弄都在中街，路不远，五月节的街道两边比平时热闹得多。乡下人摆着腰箩或筛子卖桃子、李子、杏子，也有卖粽叶的，卖糯米的，还有卖艾草、卖菖蒲的，用三两根稻草捆在一起，两分钱一把。五月节民间有辟邪的习俗，老街有些居民信这，不少妇女丢两分钱，拿一把，也有拿两把，回家把艾草放在门外一侧，把菖蒲斜着插在门上方，估猜鬼神以及邪恶的东西见到都会避得远远的。

合作商店南货店的第二门市部就在街对过。老街上郑武的零货担子就摆在边上。郑武摆零货担子是因为他身子骨单薄，风大点都能吹倒，不能做其他事；还有他脸上一点血色都没有，像死鱼，初看有些吓人。他的零货担子有两个筐，一个筐上面架着扁平的玻璃橱子，里面一格格地放着针头线脑。另一个筐底下装着回收的鸡毛、鸭毛、鹅毛与牙膏皮、鳖壳等。上面架着的筛子上摆放着红艳艳的桃子。

一个乡下人急着回去上工，拎着还剩下的小半篮子杏子来到郑武面前，低声下气地问，你要不要杏子？要的话便宜点。

郑武瞅了一眼杏子懒洋洋地问：几分钱一斤（市斤）？

乡下人说，一毛钱一斤。

郑武摇摇头。

乡下人见他不要，只好委曲求全，说：不行就九分钱一斤。

郑武把眼睛偏向筛子。

乡下人见他不想要，无奈地说，那就八分钱一斤。

五分钱一斤，卖，就放下！不卖，你就赶紧走！郑武拿巧。

江八奶奶正好走到边上，她尽管同情郑武做点小生意不容易，但这会儿见郑武这副德行，还是有点生气。她嗑着瓜子，停下脚步，对郑武说：你不容易，人家也不容易，我做个中，就八分钱一斤，你把这杏子收了！

郑武装穷相，说：江八奶奶你老也晓得，我一大家子就靠这小本生意吃饭。

江八奶奶骂了一句：都是老街坊，你别给我装穷，哪家米缸里有几升米我还不清楚？这样，七分钱一斤你收了！

好！好！就依你江八奶奶！这总行了吧！郑武有些勉强地答应。

那卖杏子的人感激地望着江八奶奶。

江八奶奶嗑着瓜子，穿过白塔弄，一片菜地横在她面前。时逢五月节，菜地里辣椒与莴笋丰盈。一个个尖细的青辣椒在茂盛的青叶子下面吊着，有的全部露了出来，有的半藏在叶子里面。不少青叶子上面开着白色的小花，要不了多少时日，这些小花掉落，一个个青辣椒成形。

绕过这片菜地，再绕过白塔，就到了孙小兰家门前。场子上有一棵桃子树，下面的桃子都被好吃的孩子们打光了，上面的丫枝上挂着青色的桃子，还有一些微微泛红的桃子。

小兰在家吧！江八奶奶对着门里大声地喊。

在家哦！在家哦！江八奶奶来啦！孙小兰大着嗓门子答，她能听出江八奶奶的老腔。

江八奶奶抬腿跨进孙小兰堂屋里。屋里已经有不少老街上的妇女来做衣裳。只见孙小兰在一个板块台子上裁布料。

殷梅芝与王月娥也在，她们正在逗"坐车"里孙小兰家的孩子玩，说这孩子小脸多白哦。殷梅芝与王月娥她们两家住得近，是一对好姊妹，到哪里就像裤腰带子拴在一起，不会来一个丢一个的。

江八奶奶来啦！王月娥亲热地打招呼。

大组长也在啊！江八奶奶应声。

江八奶奶来啦！殷梅芝也喊。

你们俩也来做衣裳。江八奶奶问。

嗯！嗯！给孩子扯了点布，过节做件新衣裳。

你给你孩子奶奶也做件新衣裳，她老人家年纪轻轻守寡，把你家男人带大不容易，你要学着孝敬。江八奶奶快人快语，数落起了殷梅芝。

过年时才给做的。现在还是……新的呢！殷梅芝说"新"字时底气有些不足，声调放低。

还是过年做的，现在又到了过节，也要做！江八奶奶大着嗓门。

那到八月节时再做！殷梅芝红着脸。

江八奶奶这么说殷梅芝，是因为她了解殷梅芝个性，算小（账）。殷梅芝因为算小的事情与孩子奶奶前些年闹不痛快，老街居民都知道。她孩子奶奶就她男人这么一个独子，从小惯着的，殷梅芝算小，男人在搬运站扛大包，一天到晚累倒倒的，晚上回家搞点酒喝，她气牢牢的。孩子奶奶见媳妇不心疼自己儿子，就说了她句把，她不让奶奶说，与奶奶吵了起来。不过，她与王月娥是好姊妹，王月娥是善良的人，又是大组长，说话有威信，常常开导她，她与奶奶的关系逐渐好了，对她男人也大方多了。

堂屋开着个小门对着天井。赵小发母亲住在天井西边的屋子里，老人家与江八奶奶年纪相仿，不像江八奶奶喜欢出门，她常缩在屋子里。

我去看看赵奶奶！江八奶奶把布料放在台子上，走进天井。

赵奶奶门紧关着。砰！砰！砰！江八奶奶使劲地敲门，喊：赵奶奶，是我！江八奶奶！江八奶奶！我来看您老！

喊了一会，赵奶奶开了门，江八奶奶朝赵奶奶脸上瞅，见赵奶奶脸色有些慌张，她朝条几上望了望，只见上面有些香灰。江八奶奶明白了，刚才赵奶奶在烧香拜菩萨呢。

江八奶奶精明地把目光移开。

你吃桃子！赵奶奶从一个瓷盘子里拿起一个微红皮子的桃子递给江八奶奶。江八奶奶接过来，朝大襟褂子上揩了揩，一口咬起来。

好甜！江八奶奶松开嘴巴。

二十

王桂华的手腕先前被花花咬了后，经过消炎，伤口已长出一层薄薄的红殷殷的肉，假如不是后来花花又吓了那么一下，十天半月也就好了。花花那么一吓，王桂华的手腕受到猛烈震动，伤口崩裂，表层殷红的皮子裂开，血水迸了出来，顺着手背流到指缝里，再到手心里。王桂华将手一捏，再伸开，哇，整个手掌糊嗒嗒的，血红。

这回是二次创伤，加上是震伤，王桂华的伤口始终愈合不了，不断地流血水，伤口带动了周边发炎，手腕乃至整个手都肿得红紫。无法工作，上级准予她回去休养一阵子，剩下的事情暂由"眼镜"来负责。"眼镜"是文案出身，写文案在行，或者说出点子在行，可单独主事，没有王桂华的能耐。在王桂华走后，他本想雄心壮志，再弄点成绩，可是其他工作队队员不服他。"眼镜"只好宣布：前一阶段工作太累，不如稍稍歇歇，等队长回来再说，于是工作队的工作无形中就停摆了。

高新潮出事后，茶馆基本上处于瘫痪状态。一天清晨，闲着无事的"眼镜"突然想起了小莲，他想，这会，小莲肯定在炸油条。镇食堂每天早晨稀饭搭馍馍，很少有油条吃，他寻思，我去买油条，正好看到小莲，岂不美哉。他朝上街头走，心里美美地想，见到小莲，我朝她笑一下，她肯定也会朝我笑一下，那滋味多美，多有情调；转而又想，小莲不一定对我笑，自己这阵太凶了，小莲见到我，一定会转脸过去；他又想，不过不要紧，等有机会，我再对小莲解释一下，之前的事情，由不得自己的。他这样一路想着，不觉来到了茶馆前，他发现门板虽然全都卸下了，可是不炸油条，也没有小莲影子。

他非常的失望，转而朝鱼行那边看，他刚来老街的时候，这个时辰，鱼行那边已经人声喧哗了，可是现在前面只有三两个卖鱼的人失望地朝街上瞄。

程旭升手里拎着秤，见"眼镜"朝他望，急忙过来。

早晨怎么不营业？

我们高——，程旭升准备称呼高新潮职务，觉得不妥，急忙改口：茶馆现在少人来啊。

"眼镜"哦了一声后说，高新潮现在已经不适合再当茶馆经理了，我看你很有本事的，从今天起，你就是茶馆的经理！你把两个茶馆抓起来！

这……程旭升毫无思想准备。

有什么"这"的！从今天起你就是茶馆的经理了！你要把茶馆抓起来！抓不好就找你！"眼镜"严厉地对程旭升说。

我……恐怕不……行……

没有什么不行的！抓好了是你的功劳！"眼镜"目光变得温和。

那——好吧！程旭升迟疑了下答应下来。

夏日时傍晚六点，太阳还斜挂在西边的天空中，不舍得下去。河东街道的墙阳光仍很烈地晒着，街中央的麻石条经过了太阳一天的暴晒，这会正把它接收的所有热量向外散发，火烘烘的。镇政府的青砖木楼虽比周边高点，可也经不住整天的蒸晒，里面像个焖罐。

"眼镜"吃过晚饭后，捞了个澡，就打算出门逛趟子去——虽然他明白澡洗了也是白洗，但为了身子舒服，还是洗了。

他出门照例带了一把折扇，扇面上书写着"不管风吹浪打，胜似闲庭信步！"的诗句。一来可以扇风，二来提在手上也儒雅。先前他喜欢到"西湖"去逛趟子，现在很少去了，因为他去了很多次，都难碰到小莲，再说他现在搞清了小莲家的住处，想看到小莲也容易了。

小莲的家在河东下街头，紧贴着功名弄，在新华书店的后面。

功名弄名副其实，出过不少人物。两边的宅子里出过一个进士——殿试二甲赐进士出身，金榜题名；两个贡士；一个举人；另外近现代还出了一个京剧名家。

小莲的家在功名弄后面，小莲却没有沾到功名弄的光，她念书不行，就进了上街头茶馆炸油条，所以也谈不上给功名弄增光。

阳光从街面墙壁上一步步撤退，"眼镜"从镇政府往下街头走，一路摇着折扇。图凉快，男人无论大人还是小孩都赤着上身——也有个把老奶奶不在乎，解开外面大襟褂子扣子，两只瘪奶隐约可见，掉到了胸脯下面，也没有人朝她们的瘪奶看。大人们拎着提桶往门前的麻石条上泼水，有的直接倒，有的提着葫芦瓢一瓢一瓢地泼洒，水到麻石条上，哧！一阵青烟冒起，一股热气蹿向低着的胸口。对门的小孩子们好争抢，抬着凉床占领街中间的麻石条，不一会，麻石条上的凉床排成了长龙，俨然成为了夏日傍晚老街的一道风景。

功名弄不像其他的巷弄直，它成弧形，两边的薄砖墙也比其他巷弄都高——寓意学子们获得更高的功名。"眼镜"进入功名弄，他走在里面像被夹住了似的，有点透不过气来，衣衫也都湿透了。

他摇动着扇子想快速地走出弄子，这时一滴汗珠滚到眼睛里，咸咸的，腌人，他摘下眼镜，掏出手帕擦了擦。出了弄口，他像从棺材里爬出，长长地吁了一口气，猛劲地摇动着扇子，感觉湿褂子贴着背十分地难受。

小莲的家在这弄子的南边，尾上一户人家，因为靠河边，出场大。她家箍了一个院子，左右两边是土坯墙，前方是石头墙，不高，从外面可以望见里面。院里左右两边开着菜地，蕹菜长得十分的茂密，黄瓜吊在架子上，瓠子搭在架子上开着白花。

院子中央是一块扫得洁净的场地，放着一张小方桌子，一个背后甩着两条长辫子的中年妇女正在擦桌子，看来刚刚吃过晚饭。

"眼镜"个子高过院墙，他目光贼溜溜朝院子里睃，他希望能看见小莲，更希望小莲能看见他，然而睃了个遍，也没有发现小莲。

小莲肯定在屋里。

他眼睛直直地朝院子的屋门看，希望小莲从门里走出来。目光守了一会儿也没有见小莲出来。这时候，几个胳膊上挎着装有满满衣裳的提桶，手上提着棒槌的妇女打他边上经过，好奇地望着他。

"眼镜"感觉有些不好意思，他装作随便朝院子里看，向河边上走去。

二十一

太阳擦着西边的山头，但威力仍然厉害，白兔河面金光粼粼，有点像鲤鱼的鳞片在闪闪烁烁。河中有三两腰盆在忙碌地穿梭。有的人在放丝网，放一点，用木桨猛劲地往前划一截，再放一点……也有的人在收丝网，手用力地扯，丝网向着腰盆的方向跑，出河面，白餐条子在丝网上蹦蹦跳跳的，像星星在闪烁。

很有趣，"眼镜"看了一会儿河面，他将目光收向河边，只见先前遇到的两个妇女正与一帮妇女挨着在一起揉洗衣裳。妇女们说说笑笑，揉一会儿，然后把衣裳撒网似地向水面透开，湿着了水，再收网一样利索地拽回来，再揉一会儿。夏天衣裳薄，揉几下就可以，不适合捶，不然费衣裳。

我来捡！我来捡！一个清脆的童音传进了"眼镜"的耳膜。他望过去。只见一个小男孩手握着杆子挑起了一个蚊帐做的小罾，里面应该有小鱼或者河虾，边上的一个扎着两条小辫子相貌不错的小女孩蹦跳着到罾边，伸出手要捡里面的鱼虾。"眼镜"好奇地走过去，只见小女孩从罾里抓出了四五只晶亮的湿淋淋的虾子，还有一条小小的胖坯子鱼。

小女孩把河虾放到一只银铝色的大瓷盆里，一只河虾调皮，从里面蹦出来，小女孩手一扑，虾子被罩在手心里；她小心地掀开手掌，虾子蹦了两下，劲儿已经小了，小女孩轻松地将虾子捡起，开心地把它捏了一下，然后放进盆子里。"眼镜"朝里面看，估计有一小碗河虾。

这两个小孩子一个是赵昆仑，一个是程秀丽。孙小兰手巧，废物利用，把一床破得不能再用的蚊帐做成了罾，这样捞些鱼虾晚上就多一个菜。

我认识你！你是工作队的！程秀丽冷不丁地冒出了这么句话。

赵昆仑听程秀丽这么说，马上警觉起来。拎起的罾在放了香糠之后本来是原地放下的，这时他改变主意，提着走远——赵昆仑有了警惕性，他试图避开这个工作队里的人，他与葛皮等一般的孩子不同，他从小就有思想，这个工作队搅得老街不安生，他对这些坏人多了些戒备心。

单纯的程秀丽满面笑容地随着赵昆仑跑去。

"眼镜"往岸边走，他一抬头，惊喜地发现小莲挎着一提桶子衣裳往河岸走来——不过不是他这方向。他心怦怦地跳了起来。于是加快脚步，向小莲那边河岸走。

喀！喀！他猛烈地咳嗽了几声。

小莲闻声朝他这边望过来。

"眼镜"欢喜地朝小莲摇着扇子。

小莲望到了他，表情有些复杂，犹豫要不要停一下，见河边洗衣裳的妇女朝他们张望，脸瞬间红了，急忙转过脸，往河边走去。

不好打招呼，也不好站在河岸上看小莲洗衣裳，"眼镜"装着逛趟子的样子，不甘心地走了。

那次在拱桥见到小莲，小莲那细勒的腰身，甜甜的笑，就驻扎进他的脑子里。一日不见如隔三秋，越是见不到小莲，他越是想见小莲。其实他到茶馆里是完全可以见到小莲的，只是到茶馆里是要代表工作队出现，脸必须是板着的，甚至是凶煞煞的。这很让他纠结。小莲开始对他是有好感的，觉得他斯文，人长得又俊，对小莲也温和，不像王桂华凶神恶煞的；后来"眼镜"凶巴巴地对赵小发，小莲感觉"眼镜"也像王桂华一样的凶，便对"眼镜"没有了好感。尽管"眼镜"看到小莲，目光有意放温和，小莲也赶忙躲避。

"眼镜"就想在"西湖"或者在河边遇到小莲，可是小莲现在不到"西湖"去了，他只好侧面打听小莲的家，当得知小莲家就在功名弄后，便上了心，可是这回见到，又没有与小莲说上话。

他有些后悔要是不下河岸看两个小孩子扳罾就好了。

这时一个跛脚小孩牵着一条很漂亮的花斑狗走了过来。花斑狗见到"眼镜"，以为这人很斯文，紧跑了几步，来到了"眼镜"脚边。"眼镜"收回了目光，他看着花斑狗，觉得很好玩，准备将身子弯下来，逗逗花斑狗，可是他脸一偏，看清这跛脚小孩正好是葛皮。他瞪了一眼葛皮，意思是你怎么又弄了这么一条狗？葛皮肚子里有气，反过来瞪了他一眼，随即把狗绳一拽，说了声：走！

花斑狗注意力在"眼镜"身上，它自我感觉"眼镜"温和，便想与"眼镜"亲热一下。葛皮抬起另外一只好脚朝狗屁股上猛地一踢。花斑狗痛得汪汪叫了一声，转过头看着葛皮，意思是，好好的，你干吗踢我？

那天一伙人将花花团团围住，这架势花花从未见过，但毕竟在家门口，花花紧张心情要好些。它稳住阵脚，朝着一方汪汪地叫。它朝向一方的时候，这方的人把棍子头对着它的头，做着打的架势却并不向前。另外三方的棍子见机出击，有的棍棒就落到了它的尾巴上，它痛得身子颤动。应对后方，花花调整姿势，另外三方的棍棒不仅落到它尾巴上，还有的落在了它的背上。就这样花花不断地转身，不断地转身，棍棒不断地落到它身上。估摸十几分钟后，花花转累了，眼睛也转花了，头上挨了一棒。花花在有气无力地汪了一声后倒在了地上。

打！打！打死它！众人上前，棍棒齐砸到花花身上。

你们不要打花花！不要打花花！葛皮哭喊着，力图冲进人群，被一个人的胳膊扫了一下，栽倒在了地上，脚扭了。

二十二

葛皮急急地往河边走，来找程秀丽。现在的这条花斑狗他给它起名漂漂，意思是很漂亮。他喜欢程秀丽，程秀丽也很漂亮。他牵着漂漂到程秀丽家玩，倪菊花告诉他，小丫头跟昆仑扳罾去了，于是葛皮急不可耐地撵到了河边。

花花咬了王桂华，王桂华受到惊吓，葛家人受到了牵连，葛大宝停职，葛皮被要求停学一个月。对于停学葛皮不在乎，反倒很高兴，这样可以自由自在地玩耍。可是薛爱英在乎，儿子本身成绩就不好，再停学一个月，那学习不就"甩了"。

花花死后，葛大宝与薛爱英倒没怎么伤心，他们觉得花花是祸根子，死就死了。葛皮就不同了，花花是他的玩伴，花花死了，我的花花！我的花花！他抹了两天的泪。没有去上学，即使去，学校也会把他赶回家，因为学校怕工作队找麻烦，说纵容学生养狗，便作出决定，让葛皮停学一个月。

花花被葬在了院墙外的乱岗子上，开始时葛皮天天坐在坟头上抹泪。后来他目光无神地在街前街后转，老街上的人都误以为葛皮脑子受到了刺激，在找花花的魂，其实他是在找一条新狗。转了半个月，毫无所得，他把目光放到紧邻的乡下，在一个庄子里发现了漂漂，当时村庄里人都下田干活，他下手快，把漂漂抱回了家。

这是条母狗。

薛爱英骂儿子，你怎么又找来一条狗，惹的祸还不够啊？！葛大宝不骂，他来硬的，拎起漂漂的后颈就往院墙外丢。漂漂被摔疼了，惨叫一声。葛皮心疼要出去看，葛大宝猛劲地将他拽回。

葛家人都以为漂漂走了，可是几个时辰后发现它就龟缩在院内那个洞口边。葛皮将漂漂抱回屋内，葛大宝又磕了他一板栗子，然后拎起漂漂，打开院门，走了好一截路，将漂漂放下。漂漂又从洞口进了院子。葛大宝把洞口堵起来，漂漂就在院门口睡着。

葛皮再次把漂漂抱回屋内，这回葛大宝不拎了，随他去。薛爱英烧好了饭，葛皮急不可耐地拿了蓝边碗盛，这时葛大宝喊：去给我买一毛钱花生米！边说边从腰里掏出毛票。

葛皮撅着嘴说：你怎么不早说？！

你个招惹是非的兔崽子，让你买你就得买！哪里这么多废话！葛大宝眼里露出凶光。现在失意，他满肚子里窝着气，无处出，想借酒浇愁，没想到葛皮塌皮，他火气更大。

好！好！好！葛皮见老子真的生气了，赶忙答应。他尽管心里不情愿，但还是接了钱，小跑着往钱大姑家去了。

钱大姑家近，就在火神巷口边，但不属于街面上人家。从一个假弄子进去，里面有一个四合院子，里面住着三户人家，钱大姑家是其中一户。

钱大姑胖胖的，大肚子被一件蓝大襟褂子罩着，或许是体胖的原因，她一只脚迈了，另一只脚不能马上跟上，这样两只脚叉开显得有些滑稽。她就一个人，没有职业，就靠炒花生米维持生活。老街上炒五香花生米的人家有四五家，上街头就有两家，她家是一家，王月娥家也炒点，河东中街卖零货的郑武家也炒点，河西一家。

钱大姑炒的五香花生米最好吃。个大粒圆，粉红色的皮衣子包裹，看着舒畅，闻着喷香，进口可以慢慢咂摸。吃花生米通常要用右手的大拇指与食指把皮衣子捻掉，然后再塞进嘴巴里，因为她炒花生米的窍门，皮衣子也变得好吃，有的人先把皮衣子捻掉，然后舍不得再把皮衣子捡起来，塞进嘴巴里吞掉。

至于她的花生米是如何炒出来的，街坊众说纷纭。据说她家一个亲戚知道，在钱大姑死后，透露了钱大姑炒花生米的诀窍，先挑个大粒圆的花生米，用咸盐水浸了，让咸味渗进花生米里，然后再用清水洗一下，让咸味变淡，再放太阳下晒。炒的时候，用白兔河里从上游漂流下来的白得似雪的石英砂粒，再加上五香八角拌炒，味道自然地道。

钱大姑靠炒花生米为生，在工作队进驻老街之前，花生米在四合院里光明正大地摊晒，明着卖；工作队进驻老街后，卖花生米成为了不正当行为，她就偷偷摸摸地晒，偷偷摸摸地卖了。晒的时候像做贼似的，身子缩在弄子里口，伸出半个头朝街面上左瞅瞅，右瞅瞅，发现没有可疑的人，便赶紧挪步子回屋搬筛子出来晒；晒了也不踏实，身子又缩在弄子里口，伸出半个头朝街面上瞅，当瞅到工作队或是选区干部往这边走，又赶紧挪着步子进四合院，把筛子急急地往回端，然后关紧屋门。

卖花生米时也一样，有街坊到她家，她先问街坊，你来的时候，弄子外面可有什么人？街坊说，没有。她为了把稳，急挪步子到弄子口，往外瞅一眼，然后又急挪步子回四合院，将屋门关紧，然后从床后掏出一个洋铁箱子，拧开盖子。

钱大姑拿出一本书，撕下一片纸，折成一个三角形的小纸包，然后手伸进洋铁箱子，抓出几把花生米放进小纸包里，那花生米黄黄的，喷香的，让人见了流口水。钱大姑再拿出一杆小秤称称，多了，抓几粒放回去，不够，再抓几粒添上。然后把上头一折，纸头插进缝里，小纸包就严实了。

河西街卖花生米的那户被逮到，工作队对他家进行了严厉处罚。钱大姑没有出过事，一来她谨慎；二来街坊，还有选区干部都同情她生活不易；三来怕把她说出去，再也买不到好吃的花生米下酒。

二十三

"眼镜"让程旭升代理茶馆经理职务，既是一时之兴，同时也是他平时对程旭升观察的结果。就他对程旭升的了解来看，程旭升为人正派，说话做事都很得体，在职工中有威望，虽说与葛大宝是战友关系，可他本人在茶馆里清清白白。

程旭升代理茶馆经理职务后，首先想到的是让赵小发重新掌勺当厨子——出了偷带炒细菜回家的事情后，赵小发就被降职为打杂的了。程旭升为了把赵小发用起来，很动了一番心思。在一天下午四点半"眼镜"再次来到上街头茶馆时，程旭升把赵小发炒细菜的绝妙厨艺向"眼镜"绘声绘色地描述了一番。

他炒细菜真有你说的这么神？"眼镜"兴致被勾起。

那当然了！不信，我让赵小发现炒给队长看。程旭升为了讨好"眼镜"，很精明地称呼"眼镜"为队长。"眼镜"心里很舒坦，嘴上却很谦逊：我不是队长，不准你称呼我队长。

程旭升笑笑，说：代理队长就是队长。

"眼镜"满意地望着程旭升，心里说：你很精明嘛！

那还让赵小发掌勺怎么样？程旭升见"眼镜"心情好，便不失时机地把赵小发名字带了出来。

好！——"眼镜"嘴里吐出了"好"字的大半个字音，他猛然意识到不妥，剩下小半个音在喉咙里嘎隆了。

不行！他不适合！"眼镜"摇着头。

程旭升失望地望着"眼镜"。

就他炒细菜好吃？"眼镜"疑惑地问，他盯着程旭升的眼睛，生怕程旭升说了假话。

其他人也能炒，可炒出来的味道远不及赵小发。程旭升郑重地说。

哦……"眼镜"在茶馆前后转了一下，每个人的脸他都瞄了瞄，职工们都恭敬地对他点着头。他瞄小莲的时候，小莲对他浅笑了下，小莲好长时间没有对他笑了，他很开心，也笑着对小莲点点头。

你们忙！我回去了！"眼镜"对程旭升挥挥手。

在"眼镜"一只脚跨出石槽子的时候，程旭升凑到"眼镜"耳边说：队长，我们茶馆炒细菜的味道名不虚传，现在已经到吃晚饭时辰了，留下来，尝尝我们茶馆的炒细菜味道如何？

"眼镜"没有表态，他眼睛紧盯着程旭升。程旭升意识到坏了，话说得太过明朗了，弄不好工作队会认为自己有不良用心，他开始紧张。

哈哈！哈哈！没想到"眼镜"开怀大笑了起来。程旭升疑惑地望着"眼镜"，不明白他为什么笑。

怎么能随便吃茶馆里的炒细菜？那不也成了腐化堕落？！程旭升听"眼镜"这么说，刚才悬着的心放下。

他急忙打消"眼镜"的顾虑，说：队长，你放心，放一百二十四个心，是我请客，我请队长客，现在我就付钱！随即掏出了一张一元的票子递给卖牌子的职工。卖牌子的职工迟疑了下，接过去。

既然你程旭升请客，那我就不走了！尝尝你们茶馆的炒细菜味道有没有你吹得那么神！"眼镜"爽朗地笑着，显得很开心，那只跨出石槽子的脚收了回来。

程旭升恭敬地把"眼镜"引进雅间，说：队长，你坐会儿，我出去一下。不一会儿，小莲浅笑着提着一个篾壳水瓶进来了，她羞答答地望了"眼镜"一眼，然后往白瓷大茶壶里倒水。

你来给我倒水啊！"眼镜"喜出望外。小莲不说话，只浅浅地对他笑。"眼镜"眼睛直直地望着小莲，看得出他对小莲的喜欢。茶泡了有分把钟，小莲拿起桌子上的一只白瓷杯，拎起茶壶往白瓷杯里倒了点茶，接着倒进茶壶里，然后再拎起茶壶往白瓷杯里倒茶，在茶将满时，她两只纤手将杯子端起，恭敬地放到"眼镜"面前。

"眼镜"很欣赏地看着小莲倒茶的一连串动作。每一个动作在他的眼里都是精致的，美妙的。

小莲端茶给"眼镜"，"眼镜"手往前一伸，小莲手一缩，白瓷杯里的水泼在了桌子上，两个人都有点慌张。

这时程旭升掀帷子进来。小莲满脸通红地出去了。

"眼镜"正襟危坐。

"眼镜"询问了茶馆的一些事情。

在河边，见到小莲难说上话。有一天傍晚，"眼镜"在河边还是见到了小莲。他在小莲家河边逛，逛了半个小时都没有见到小莲到河边洗衣裳。

天黑了，他失望地准备往回逛，模模糊糊的，见一个熟悉的身影往小莲家院墙走，他欣喜若狂，紧赶几步追了上去。

小莲！他喊了一声。小莲停下脚步，朝他望了一眼，然后加快脚步。

你等等！我与你说一件要紧的事！他大声地喊。"要紧"这两个字起了作用，小莲停了脚步。你可知道，有人在我面前说你坏话，说你把油条偷带回家，是我把这事情给捂住的。"眼镜"讨好小莲。

暗色里，小莲抬起头，睫毛眨了眨，轻轻地说：谢谢你！然后快速地走进围墙里。

帷子被掀开，一股炒细菜的香味飘了过来。"眼镜"抬起头，只见程四嫂双手捧着一个朱红色的托盘进来，托盘里的炒细菜冒着热气。

好香！"眼镜"忍不住吸了一下鼻子。

炒细菜被放在了八仙桌子上。"眼镜"望向炒细菜，赵小发这炒细菜是真的炒得漂亮。粉黄细溜的肉丝，酱而不黑的黄干丝，小巧青碧的青菜杆丝，还有肉质醇厚颜色鲜红的辣椒丝，上面一层撒了青翠欲滴、绿意盎然的葱丝。

老街的炒细菜实际上就是今天的炒肉丝与炒肉片，老街人喜欢那种色相与味道，从不说炒肉丝与炒肉片，只说炒细菜。炒细菜成为了老街那一代人关于饮食的美好记忆，能说清炒细菜的绝妙也成为地道老街人的标志。

色香味俱全，"眼镜"眼睛直了，嘴里已经在流口水了。

程旭升瞄了一眼，开心极了，不失时机地对"眼镜"说：队长，这么好的炒细菜，不搞点酒有点那个……

"眼镜"笑笑：那个是什么？

程旭升笑笑，他受到鼓舞，掀开帷子出去拿来一个白色带把的小酒壶。

程旭升往酒盅里倒酒，帷子被掀开，赵小发又端着一盘热气飘飘的炒细菜进来，先前的那盘是炒肉丝，现在的这盘是炒肉片。

赵小发把炒肉片放下，正要转身离开时，"眼镜"说了句：你这炒细菜的手艺不错嘛！

二十四

霜降时节，凌晨五点天还未亮，薛爱英拉亮灯起床。她熬了稀饭，放了一张豆腐票在桌子上，然后急慌慌地出门到柴集去上班。

这时天已经麻麻亮。一夜过来，她看见院子里染了一层白霜。

程旭升接"眼镜"品尝过一回炒细菜后，赵小发恢复了掌勺的工作。程旭升感觉"眼镜"这人虽然一本正经，但还是通人情的。一个礼拜后，他又故伎重演，请了"眼镜"，这回为的是老战友葛大宝的老婆薛爱英。薛爱英本来就不是正式工，上次王桂华到柴集宣布她不要再上班，她就在家吃闲饭了，一家子的生活就靠葛大宝一个人的薪水。程旭升想着让"眼镜"松松口，让战友老婆能上班，这样老战友家庭负担会减轻些。

　　他请"眼镜"喝酒，把握火候，一直等到"眼镜"喝到高兴点上才提，他先数说葛大宝家的难处，然后提到能不能让薛爱英继续在柴集上班。"眼镜"一高兴，把手一挥说：可以，你明天让她到柴集去上班吧。这样薛爱英就开始上班了。

　　薛爱英出门估摸半个时辰，葛皮起床了，漂漂在锅灶底下的柴火堆里卧着，听见响声，立即起来抖抖皮毛。葛皮也不刷牙，揩了把脸，把黄干子票往褂子腰里一揣，拿了个浅绿色的瓷碗就要出门。漂漂见状，抖着皮毛，意思你带着我啊。

　　走！葛皮对漂漂一挥手。漂漂抖擞着皮毛跟在葛皮屁股后边。

　　街上人稀少，住户与店铺都还没有开门。麻石条上打着霜，湿漉漉的，发出清亮的冷光。葛皮走到供销社门市部地段，只见一个老奶奶将筛子放稻箩上，接着倒一些毛栗子在筛子里，再接着拿出一只竹筒子，用双手将毛栗子捧在竹筒子里，毛栗子堆得尖尖的。

　　这老奶奶瘦精精的，头发在脑后挽成了一个髻，不乱一根，显得异常的精神。

老奶奶孤身一人，靠做小生意维持生活。

葛皮打老奶奶身边经过时，老奶奶望了葛皮一眼，她认识葛皮，葛皮也认得她。

漂漂见筛子里有吃的，往筛子边紧跑了几步。

过来！葛皮喊了一声。

漂漂抖抖皮毛离开筛子。

葛皮一只手托着瓷碗，就像玩把戏的人顶着碗一样。头天晚上母亲薛爱英交代了，让他清早起来到中街河边的豆腐店里去买黄干子。老街居民买黄干子，一般都托着一个瓷碗；买豆腐，怕打碎，一般拎只腰箩，把瓷碗放腰箩里。有的老街居民觉得别人会羡慕，还故意将瓷碗托得高高的。

到豆腐店需要经过河东街的古桥巷——河西街也有一条古桥巷，古桥就像一副担子中的扁担。巷口有一个农资公司，在民国的时候是瑞兴德纱庄。传说瑞兴德纱庄加工出来的棉纱通过船只运往南京、苏州以及上海等地。

农资公司三开间，卖化肥与农药。化肥用白色的袋子装着，有弹性，一袋压着一袋，堆在屋子的后面。化肥不是随便能买得到的，靠供应；有的农药，药性很毒，用棕黄色的瓶子装着。

绕过古桥巷，便是豆腐店。

豆腐店是个独立的老房子，与前街的房屋不搭，薄砖空心高墙，墙面斑驳。

豆腐店里面雾成一团，穿枋屋，房梁上灯泡发出昏黄的光亮。雾气弥漫，但是还能影影绰绰地看见系着围裙在忙碌的职工，烧火、舀水、筛浆，以及压豆腐、压黄干子、蒸煮黄干子，大伙儿干得热火朝天。

豆腐店外面是一个面积估摸有半亩的空场子，边侧有一条细沟，淌着从豆腐店里流出来肥皂沫一样带着淡淡香味又带淡淡臭味的水。葛皮来到场子的时候，已经有六七个老街居民托着瓷盘子往里面走。葛皮也往里面走。

场子上几条狗在逛趟子，这个地方觅觅，那个地方嗅嗅。一条狗眼尖，见到漂漂，像猫嗅到鱼腥，奔过来。漂漂见到这条狗过来，也很兴奋，抖动着身子迎了上去。在互相点头、互相摆动身子后，这条狗开始伸出舌条，舔漂漂的头、脸与毛。漂漂不拒绝，任它舔。在舔了一会儿后，漂漂像是意识到了什么，转了一下身子。场子上的另外几条狗见状一齐撺到了漂漂身旁，先前的那条狗恼怒了，狠劲地咬了后来的一条皮毛白色的狗一口。

汪汪！汪汪！两条狗互相撕咬了起来。

葛皮急着从豆腐店里跑了出来。漂漂抖抖身子往葛皮边上跑。

周小安拎着装有豆腐的腰箩从豆腐店里出来。刚才豆腐店里光线昏黄，葛皮没有看到周小安。周小安看见葛皮，对葛皮笑笑。葛皮冷着脸，把头一偏。

汪汪！汪汪！狗通人性，应该是漂漂瞟到了葛皮的脸色，主人不喜欢这个人，它为了讨好主人对着周小安叫。

汪汪！汪汪！汪汪！汪汪！先前追漂漂的两条狗停止了撕咬，一齐对着周小安狂叫了起来。其中一只还做着攻击的动作。周小安往边上退让，一个小石头绊了一下，身体一偏，腰箩掉到了地上，豆腐像天女散花，泼洒到腰箩的篾上。

二十五

王桂华迟迟未回老街，老街居民私下里传开了，说王桂华的那只手腕整个烂了，得截除，不然危及生命。至于王桂华真实情况如何，工作队队员也不清楚。

人无头不走，鸟无头不飞，王桂华不在，队员们无所适从，这无形中给老街带来了难得的宽松气氛，让老街居民大松了一口气。

冬天悄悄来到了老街。

老话，不冷不热你不做，下雨下雪靠哪个？说的是一年中的其他几个季节要劳动，要有收成，这样冬天才可以关起屋门烘火捅炉子喝小酒享受。不过这话对老街居民不管用，主要是老街居民吃"一角四分六一市斤"到月就有供应的商品粮，还有薪水拿，烧柴火到柴集上把手一招就行了，不用为窝冬犯愁。

老街居民是很享受冬天生活的，其中一个名堂就是到镇上的澡堂里去泡澡。

镇上澡堂子与豆腐店在一起，都在古桥巷的后面，白兔河边。澡堂子有一个很雅致的名字，叫"华清堂"，这不免让人联想到杨贵妃泡过的华清池，不过一俗一雅，二者无法相提并论。

一个光滑的石碑立在澡堂门口，自上至下刻了"华清堂"三字，一看那模糊不清的字迹，就知道华清堂很有些年头，至少是民国，也可能是清代。华清堂在老街有些居民嘴中又叫"清洁堂"，来这洗澡，清洁身子，名字恰如其分。华清堂像豆腐店一样也是个独立的房子，不过有木楼，楼上是雅间，楼下有个后门。

这天傍晚下着小雪，天不冷，葛大宝约了程旭升与赵小发，三个人来到华清堂里来洗澡——他们三个老战友几乎每年冬天都相约着前来华清堂洗一次澡，有时是刚冷的时候，有时是腊月二十边上。葛大宝来洗澡几乎每次都把葛皮带上，即使不带葛皮，葛皮也会赖皮跟着，另外薛爱英也交代他要把葛皮带着；赵小发来洗澡也把赵昆仑带上。早几年孩子们年纪更小的时候，程旭升也把程秀丽带上，三个小家伙不懂事，就知道好玩，在澡池子里摸光滑的大理石，进池子里水，格外的开心，现在程秀丽大了点，带着不适宜了。

华清堂隶属合作商店，到华清堂来洗澡，程旭升当仁不让买澡牌子，他把手臂挡着，不让他们两个买，偶尔挡不住，被葛大宝买了。赵小发不好意思每次都蹭澡，也抢着买牌子，两个人怎么也不让他买，拉来拉去每次都没有买成。

葛大宝他们三个老战友每次到华清堂来洗澡，都到楼上雅间。雅间待遇不同，开销也不同。在楼下，澡洗出来，跑堂的伙计会递上一个热毛巾把子，让擦擦身子，仅此而已。在楼上可就舒服多了，两个椅子中间放了一个茶几，用来放茶杯。洗澡上楼，跑堂的伙计立马递上一个热毛巾把子外，还会给每人（小孩除外）递上一白瓷杯子茶水。

葛皮与赵昆仑牵着父亲的衣拐进了华清堂，走进楼下普通房间，只见一个身上冒着热气的人躺在椅子上正绘声绘色地讲故事，这引起了赵昆仑的兴趣，他竖着耳朵听。

那是 1948 年的冬天，解放军开进老街前，让侦察员先来老街摸情况，侦察员就在这澡堂子里面与地下党接头。

这人指了指楼顶接着说：楼上雅间安静，地下党同志站在楼上窗口，边说话边瞭着楼外动静，看见了国民党保安团团长带着一帮团丁提着盒子枪急急地往华清堂跑来，知道接头泄了密，于是便急忙领着侦察人员下到一楼，打开后门隐了。结果保安团的人提着枪在楼上楼下查找，人杪子也没有找到。

那后来呢？房间里人都急抓抓地问。

走！到楼上去！葛大宝大声喊。

走！昆仑！赵小发对儿子说。

赵昆仑不移步，等着听下文。

这人继续绘声绘色说：保安团不甘心，又提着盒子枪来到澡池子，大喊一声，都给我站起来！澡池里人不清楚怎么回事，一个个赤条条地站了起来。池子里大气雾天，看不清楚，保安团又让一个个走出池子，池子地面铺的是黄白相间的大理石，有点滑，其中有个老头子身子抖得厉害，滑了一跤。保安团以为这人就是要捉拿的地下党，朝着老头子开了一枪，结果把老头子打死了。保安团团丁上前一看，吓坏了，原来这个老头子不是别人，正好是镇长家的老爷子。

昆仑快走！葛大宝与程旭升都到楼上了，赵小发急拽了儿子一把。

赵昆仑还在原地琢磨地下党的故事。

脱衣裳的时候，葛皮又开始搞怪了，他眼睛专瞄大人的下身，好奇大人的下身比孩子多点东西，然后对着赵昆仑使眼色，怪笑。赵昆仑瞪了他一眼。这时葛大宝弓起手指头假磕他。他伸了伸舌条。

池子里大气雾天，朦胧中只能看见众人光滑的身子，看不清脸。赵昆仑在池子里蹲下来，自个搓身子；葛皮手把水往身子上搭，眼睛调皮地瞄过来瞄过去，专看大人的下身。

三个大人跨进池子里，并不急于洗，他们躺着，把头枕在大理石阶上，让热水浸泡着身子，让身子彻底地放松下来。一年来，他们提心吊胆，脑子时刻紧绷着，身子也紧绷着的，现在，在这个澡池子里，他们可以，最起码在这一刻可以把所有的烦恼放下。

三个大人谁也不说话，就这样静静地躺着，不一会，先前冷硬的皮肤松软了起来，脑子也活泛了起来。他们感觉，要是天天这么泡着，无忧无虑该多好啊！

泡了老长的时间，他们三个才出池子来到休息处。

来三包花生米！葛大宝抢着喊。

跑堂的伙计高兴地抠开洋铁箱子盖，从里面拣出三个三角形的纸包，笑吟吟地递给程旭升。程旭升掏钱，葛大宝手一挡，从褂子里掏出三角钱，递给了跑堂的伙计。

一人一包，葛大宝发着。赵昆仑眼睛直直地盯着纸包，赵小发接过来，透开，用手指提出四五粒花生米放赵昆仑手掌里。

葛皮就没有那么老实了，他嚷着：给我！给我！

葛大宝骂道：叫什么叫！你也不学学昆仑，这么有家教。

葛皮接过花生米，一把塞到嘴巴里。接着再要。

赵小发不同，他摸出一粒花生米，放在嘴唇边，先舔舔，感觉很香，然后轻轻地嚼下一点，在嘴里咂摸，花生米的香味通透了全身。

葛大宝很会吃花生米，他躺在椅子上，跷着腿，捻起一粒，张开嘴巴，往嘴里一扔，然后嚼起来，嚼尽了，再喝一口茶水。

队长好！程旭升一粒花生米刚好在喉咙口，猛见"眼镜"上楼来，急忙将花生米硬咽下。

你们也来洗澡啊！"眼镜"瞄了一眼他们三个，找一张空椅子开始脱衣裳。

葛大宝与赵小发见是"眼镜"，急忙将手中的纸包往衣服里一揣。

把花生米给我！葛皮嚷。

啪！葛大宝对着葛皮的嘴就是一巴掌。

二十六

江淮之间，一九、二九不太冷，三九还是很冷的。老街居民清晨起床，发现头天晚上急着上床未倒的洗脚水，已结了一层纸样薄的冰。

老街居民穿着厚厚的棉袄出门，手笼在袖筒里，怕饯风，头都低着，腰弓着，晃动着往前走，像一只只企鹅。

一夜的寒风，平时清亮亮的麻石条现在成了土灰色。

稀薄的阳光照着街道，不起多大暖和作用。大约十点半光景，气温有所回升，这时候一个瘦削身材、身裹军大衣、面孔冷峻的人大踏步地走在老街上，他边走边睐着两边的店铺。店铺只开着小门，里面清冷冷的，除了营业员，难见到顾客。即使营业员也都缩着身子，笼着手，很少朝街上瞄，即使瞄一眼，也马上收回目光，谁都没有在意这个到老街来的人。

这个人名叫洪郑亮。

从上街头走下来，洪郑亮睐了一些店铺，也睐了一些巷弄，巷弄有宽有窄，有高有矮，但都很深，里面一个人杪子也没有见到。

天太冷了。

又出现一条巷子，洪郑亮抬头朝砖墙上看，只见上面嵌着"太平巷"三个字。麻石条齐整地铺向巷子深处，有点像透开的长卷竹书。

这条巷子起初不叫太平巷，叫"古墓巷"，巷子后边有一个黄土岗，传说上面一个鼓包是宋朝时候金国兀术手下一个大将的墓。当时宋军与兀术在白兔镇鏖战，宋军将领李显忠大败兀术，兀术仓皇而逃，没有来得及带走一个战死的将领，李显忠仁义，在街后厚葬了这名将领。

过了太平巷口一截路，只见前面一栋房屋气派高大，并往里面缩进去了五六尺。这栋房屋的马头墙翘起的幅度明显要比其他的老街房屋高；斑斑驳驳的墙体也比周围的墙体要高出不少。

这应该是镇政府了！洪郑亮估猜。

这栋气势非凡的建筑有四间门面。洪郑亮走到前面，看到了"白兔镇人民政府"的牌子，他吁了一口气，顿时前面腾起了一团白色的气雾，大概走热了，他解开了军大衣上面扣子。双扇的阔门虚掩着，他想到了在《水浒传》里看过的县衙、府衙插图，估猜这栋房子就是过去的县衙所在地。

洪郑亮没有估猜错，这栋房子过去的确是县衙。古时交通不便，一般都临水建城建镇。而老街临白兔河，下达长江，上通上游诸县乃至省城，便自然成了商贸集散重地，扮演了商贸中枢的角色，因而县衙也就设在了白兔镇的老街。

居然有高高的门槛，洪郑亮眉头皱了一下，心想，这什么年代了，还搞过去的衙门一套？！他一只手推开大门，吱呀！大门发出一声闷响。

一堵带着瓦帽正面雕着梅花图案的砖墙矗立在院子正中，瓦帽两角各有一只鸟儿的砖雕图案。

院子两边是高高的砖墙，上面爬满了已经枯死的藤蔓。

绕过屏风，是一进。中间是通道，左边是传达室，一个老花镜掉到鼻梁底下的老头抬起头望着他。他没有打招呼，老头看他的坏子，断定他是个不小的干部，就没有阻挡。

一个不小的天井，里面摆着两个大花盆。两边都是木屋，颜色十分老旧。正中再接着是房屋，这是二进。

毫无例外，每个房间门都紧闭着。他没有见到一个人，自然也没有人注意到这大冷的天，镇政府里进来了这么一个穿军大衣的气魄不凡的人。

洪郑亮就这么一进一进地往里走，走到第四进的时候，见一个门口挂着"工作队"的牌子，他停下了脚步。门照旧紧闭着。从里面传出了说笑声，洪郑亮推了下门，门关严实了，推不动。他叩了下门，里面欢笑声大，听不见他的叩门声。洪郑亮有些生气，他抬起脚，朝门下方踹了过去，门抖动了一下，壁上的陈年灰壳子纷纷往下掉落。

哪个?！找死啊！敢踹我们工作队的门！一个工作队队员开了点门缝。

嘿嘿！你们好呀！这么悠闲！洪郑亮黑沉着脸。

开门的队员本想骂人，见洪郑亮的气势，愣住了。

从拉门人的头上方朝里看，只见屋中央摆着一个方形的火钵子，一群人围着火钵子在烘火。

这个人势子正，看来不是一般的干部。"眼镜"首先意识到，他立马站了起来，其他队员也都站了起来。

洪郑亮抖出介绍信。

"眼镜"极为恭敬地搬椅子让洪郑亮在火钵前坐下。一个队员倒了一杯开水递给洪郑亮。洪郑亮喝了一口热水后，端势子说：你们都坐好，现在我传达上级领导的指示——

队员们肃然，有一个人想咳嗽，急忙收了一口气，脸憋得通红。

清查问题不是目的！从现在起我们调整工作方向，一方面要依靠群众发现问题，另外一方面要着重解决好这些严重问题，以便让老街各项工作健康开展！洪郑亮威严地扫了一眼工作队队员。顿了下，他接着说，下面你们汇报一下前一阶段的工作。

新来的工作队队长接受群众反映问题的消息在整个老街上传播开。一个礼拜后，"眼镜"打开挂在供销社门市部门口的群众问题反映箱，发现里面有一封"工作队队长亲启"的来信。为什么要标注"亲启"二字呢？里面的内容秘密，不想让工作队其他人看到，不想让自己看到？"眼镜"苦苦琢磨，越琢磨越觉得反映信有问题。

要是先前，无论看到有无"亲启"二字，他都直接拆了，现在来了新队长，他没有权力拆。他望了望四周，见无人，想干脆揣进腰包，回房间偷偷拆开，可是又一想，万一被别人知道，那就犯严重错误了。他迟疑了下，将信拿在手里，回到工作队递给了洪郑亮。

看看反映谁？他提示洪郑亮拆开。

洪郑亮瞄了他一眼。"眼镜"像做贼似的心虚，脸红了。

洪郑亮撕开信封，掏出信纸，展开，手抚平。每一个动作其实都很快，可对于"眼镜"来说都极其地慢，他心怦怦地跳着，不清楚反映信里到底写了什么内容。洪郑亮浏览了几行，转头望了他一眼，合上信。

洪郑亮看我的眼神很特别。反映信的内容一定与我有关。反映信里写了与我有关的什么内容呢？是写我负责的这段时间没有做事？还是写我工作失职？"眼镜"苦思冥想。

二十七

镇政府前后七进，像长江里连着的驳船，从街前拖到街后，里面幽深幽暗。好在每两进间有天井相隔，光线与空气稍稍好些。伙房在最后面。洪郑亮让管伙房的人把柴房清理出一间，让"眼镜"在里面反省。

那封反映信虽然不是冲"眼镜"的，但涉及了"眼镜"。信中反映茶馆经理程旭升玩小把戏糊弄工作队，证据是：程旭升利用茶馆里的酒菜拉拢"眼镜"；还用美色引诱，让茶馆职工小莲陪着喝酒，"眼镜"在酒色面前丧失立场，同意恢复了问题严重的选区干部葛大宝老婆薛爱英的工作；还有，让品行不端偷炒细菜的职工赵小发继续掌勺。

洪郑亮接到反映信，他对工作队严重偏离原则的事情甚为震怒，立马召集全体工作队队员开会，地点就在那间烘火的屋子里。门窗被关得严实，只是没有起火钵子，大家蜷缩着身子。

洪郑亮公布了信的内容，工作队员们并不吃惊，他们虽然不在现场，但"眼镜"吃喝的事情多少知道一点，至于恢复了薛爱英的工作以及让赵小发继续掌勺，他们也觉得正常，毕竟王桂华让"眼镜"负责，那么工作的大方向就由他把握。

洪郑亮把"眼镜"的问题归为失去原则，这让队员们一个个紧张起来。洪郑亮质问"眼镜"情况是否属实，"眼镜"承认自己吃喝了两次，对于茶馆职工小莲陪他喝酒的事坚决否认，说根本没有的事，可以问询群众，还申辩恢复薛爱英工作以及让赵小发继续掌勺，一是考虑实际情况，二是赵小发有独门厨艺，让他继续掌勺，可以发挥他的专长，让茶馆生意兴隆。

好了！你不要解释了！洪郑亮大声呵斥。"眼镜"显然被洪郑亮的话镇住了，屋里光线尽管暗淡，但屋顶亮瓦光照到他前额，能发现他额上渗出汗珠子。

"眼镜"抹了一把额头。

从今天起，你停职好好反省你的问题！洪郑亮高声宣布。

洪郑亮目光扫视着每一位队员，威严地说：我不清楚你们中有没有像他一样的人，假如有，要主动说清楚！

洪郑亮外表冷峻，其实心里欢跳。他太高兴了！现在清查工作纠偏，他刚来老街就抓到了程旭升这样一条大鱼，他怎能不高兴？

上次"眼镜"让程旭升代理茶馆经理，程旭升在怎么安置高新潮的问题上很费了一番脑筋。高新潮原来是茶馆经理，现在让他当一般职工，这似乎不妥。他想让高新潮负责下街头茶馆，一来高新潮还有个职务，面子上好看些；二来自己习惯在上街头茶馆，他不与自己在一起，也就避免了尴尬；三来他觉得对高新潮有点愧疚，至于愧疚在哪里，是不能对外说的，他想借此弥补下，心里多少也安宁点。可是他又想，高新潮有问题，是不能用的，假如自己用了他，就要承担责任。

那到底安排高新潮做什么事情好呢？他苦思冥想。有了！安排高新潮清晨称鱼，鱼称完后不用做其他的事情。

因先前一直在高新潮手底下工作，加上程旭升本来就是一个内敛的人，他在安排高新潮事情时没有表现趾高气扬，而是语气极谦恭地征求高新潮意见：你觉得做什么事情合适就做什么事情。

高新潮抬起头，望了程旭升一眼，然后淡然地说：随意。

程旭升顺着他话说：那好，以后你每天负责称鱼，鱼称完就没有事情了。

茶馆又兴盛了起来。

中午时分，老街居民家来了亲戚六眷或是家里人过生日，习惯拎着腰箩到上街头茶馆来端一个炒细菜，腰箩里总放着一个青花瓷的高脚盘子。老街上条件好一点的人家逢年过节，总要到供销社门市部买几个这样的盘子，一来雅致，二来排场。

一个礼拜日，周小安在县里的母舅来老街上走动，他母亲招呼他，你去上街头茶馆端一盘炒细菜回来。端炒细菜本是周小安老婆的事情，母亲指派他，考虑到儿子现在是选区代理主任，有势子，端炒细菜分量足些。

周小安到上街头茶馆，见程旭升在，表情有些不自在，他清楚程旭升与葛大宝的关系。

程旭升像什么事都没有发生似的，笑着问：周主任，今天家里来什么贵客？

周小安见程旭升热情，急忙笑答：母舅来了。

啊！母舅是贵客！不能怠慢了！然后高声对赵小发说，把周主任的细菜炒好点！

赵小发表情生硬地点了点头。

赵小发用铲子掂起一点盐撒下去，略微想了想，铲子又伸到了盐碗里。

二十八

经过几个月的群众反映，程旭升又多出了三四个问题，这个典型算是抓出来了，洪郑亮非常的得意，他决定召开一场教育会。这是由程旭升引出的，那赵小发、葛大宝自然脱不了干系，意外的是小莲与还是小孩子的葛皮也在其列。

小莲被拉来，名头是她被程旭升利用。工作队让小莲说清楚问题，小莲性格倔强，对于没有的事她死活不承认，只承认自己端了一盘子炒细菜进雅间，后来再也没有进去过。工作队没有办法，后来又不知从哪里打探到小莲与"眼镜"在湖边约会过，这回工作队只让小莲承认有没有与"眼镜"在湖边碰过面。小莲是个诚实的人，况且她觉得与"眼镜"在湖边碰面也不是什么大不了的事，也就承认了。

洪郑亮非常的高兴，于是他作出了是小莲受了程旭升委派，继续以美色诱惑"眼镜"，千方百计搞乱清查的结论。

小莲单纯，未想到洪郑亮会指鹿为马，承认后就后悔了。

葛皮被拉来，理由很充分，先后两次放狗咬工作队干部，年纪虽小，但居心不良。

春二月，河边的柳树身子发了青，有少数的条子上还鼓起了嫩苞。风虽然有些冷，但阳光已不同于冬日软绵，有些劲道了。

二十九

白兔河上游五里地的地方有个村庄叫河围，即被河包围的意思，其实是白兔河在这个地方往右拐了个弯，把村庄当半岛围了。河埂上长着密密匝匝的芦苇，夏日里芦苇的绿能滴得下来；水鸟与野鸭子在里面追逐着，发出硿咙硿咙的声响。秋日里芦苇黄了，像一只只立着的锄头，又像一面面飘扬的旗帜。夕阳映照，好似一幅油画。

圩堤内埂也长着芦苇，不过没有堤外的密，村庄里的人家聚住在圩内两个隆起的墩子上。圩区人家的居住状况大都是这样，在墩子上住发大水时难被淹到。

墩子一南一北，南面的墩子上有户人家，主人叫老许，个子细瘦，像一杆芦苇。老许是生产队长。

三年前，头天夜里下雨，清晨老许赤着脚扛了把铁锹到田畈里闹水，田缺口处水哗啦啦地响，一只鳖在水里游。他把铁锹把埂上一插就下了水，轻而易举地把鳖拎了起来，然后赤着脚到鱼行把鳖卖了。乐滋滋地点了钱准备回去上工，这时一个老街居民手端一个盘子打他面前经过，盘子里像白兔一样的米饺冒着热气，他眼睛热辣辣地望着米饺，吞着口水，在迟疑了一会儿后，他走进了茶馆里。

　　我十个米饺！我十五个米饺！……会计在后堂靠天井边卖牌子，买牌子的人，生怕迟了买不到似的，争相报着数目。老许第一次买米饺，他呆呆地在边上站着，其他人一个个欢喜地拿着牌子走了，只剩下了他。

　　会计问，你买多少？

　　老许胆怯地说，买……买……买……两……个。会计有些瞧不起他，拿了一张上面划了大写"贰"的牌子丢给了他。

　　老许捏着牌子局促地来到锅台边，这时锅台边已经没有了其他人，赵小发接过牌子见是"贰"，他朝老许望了一眼，见老许十分局促，他清楚眼前这个人是鼓起很大勇气才来的。抱着同情心，他望了望前厅，见经理不在，平时拣米饺时用盘子，这天他拎起一只小碗，快速地从冒着热气的蒸笼里捡出五个米饺，临了还往米饺上面浇了一勺子热猪油。

　　就，就两个……老许喉咙里发出了模糊不清的声音。

　　赵小发急忙打断他的话，说，我晓得。然后赵小发指着八仙桌靠里空处说，你就在那里坐。老许感激地望着赵小发。

有两种人，一种人与境况窘迫的人境遇相同，他们会理解、同情乃至帮助境况窘迫的人；还有一种人，境况较好甚至很好，但是他们有一颗善良的心，能站在境况窘迫的人角度想问题看问题，同样会理解、同情乃至帮助境况窘迫的人。无论是哪一种人，他们的德行都是高尚的。

尽管赵小发做得利索，但前厅就那么大的地，职工还是能瞄到他多拣了几个米饺给这个细瘦的乡下人。不过他们心照不宣，不当回事。假如不是发生了后来的事情，茶馆里面几个职工的关系还是很融洽的。平时他们几个的家人或者亲戚来买米饺，赵小发一般也都多拣几个，他们心里像明镜似的。

白露节令的清晨，河埂的草皮上挂着露水，老许肩扛一条有少许洞眼的麻袋上老街，从洞眼里可以瞄到里面装的是新摘的六谷槌子。在河埂上他遇到了另外一个生产队的社员，这个社员与他打招呼，喊，许队长，到老街上卖六谷槌子啊？

老许摇头。

这社员纳闷，你背着六谷槌子到老街上不卖做什么？老许也不多解释。

到了上街头茶馆街面上，他怯怯地问人：请问，这茶馆里拣米饺的那个人，他家住在什么地方？

被问的人好奇地瞅着他，说：你这话好玩，他人不就在茶馆里，问问他本人不就晓得了。

老许摇摇头，意思，不能问。

被问的人见老许这样，觉得这人脑袋瓜有毛病。

老许问了好几个人，都是同样的回答。正在他犯愁时，疯子挎着脏兮兮的黄布包走过来，捋了一下胡须对老许说，我知道！你跟我走！

老许不相信地望着疯子。

疯子也不管老许信不信他，动脚就走。

老许犹豫了下，跟在疯子后面。

疯子一路不作声，老许却想了一路，他一会想，这疯子该不会糊弄自己吧，自己连疯子的话也信？一会又想，疯子天天在街上，或许认识呢？不如跟他后面走。

疯子把老许带到了白塔弄后面的赵小发家门口，指着屋子说，这就是他家。说完，站在了屋檐下默不作声。

你……孙小兰听声音从屋里走了出来，她瞄了一眼疯子，然后目光从老许脸上落到麻袋上。

这是……不是茶……茶馆里那……那个拣米饺的人……人家？老许由于拘谨，问话不连贯。

是！你找他？

老许赶忙解释：我感激你家里人，没什么能拿得出手的，地里六谷槌子熟了，扯了几根来给你们尝个鲜。

孙小兰还没有搞清楚要感激他家小发什么。

老许抓住麻袋屁股，倒下六谷槌子，他不忘记感谢疯子，递了一根六谷槌子给疯子。

疯子眼睛放出亮光，捏在手里，转了一下，然后取下黄布包，把六谷槌子放了进去，临了还不忘按了两按。

老许抬脚要走！孙小兰急忙挽留，说：你大老远送六谷槌子来，我怎好意思，这样，你等等，我家小发过会就要回来。

老许摆着手说：不了！不了！田地里活多得很！

疯子抬脚走，孙小兰对疯子说，我装点稀饭给你吃。

疯子打开脏兮兮的黄布包搭头，从里面掏出一个蓝边碗与一双筷子。

老街居民都说，疯子品行还行。他在老街上转，从不偷居民家东西；饿了，就拿着碗靠在居民家门框静静地等。

赵小发回家，听孙小兰说，明白了送六谷槌子的这个人是谁。

他不以为然地说：就多拣了三个米饺子，他还这么记着。

孙小兰说：人家乡下人重情。

十一月份的时候，老许拎了一只灰色的帆布包又来了，他拉开链子，从里面提出一个扎紧了口的白老布包裹。

他打开包裹，说：这是家里新洗的山芋粉，没有丁点杂质，肉烧山粉圆子好吃。

这一回，赵小发正好在家，他非留着老许吃饭。老许临走时，孙小兰拣了一张"二市尺"、一张"一市尺"的布票，以及"半市斤"的豆腐票塞给老许。布票上方横印着"安徽省布票"五字；中间是竖着的"二市尺"与"一市尺"字样；下方是一个大红的公章；再下方是年月日。豆腐票上方印着"白兔镇通用"字样，上面磕了个大红的公章；下方是"豆腐票半市斤"；左边是"严禁买卖"；右边是"遗失不补"。

老许见了票证眼睛闪亮了一下，他人厚道，明白街上人过日子也不容易，死活不肯要，老许与孙小兰死活拉着，老许才收下布票与豆腐票。孙小兰左交代右交代，豆腐店在中街的河边，要绕过古桥巷。

在物质匮乏的年代，豆腐票对于老街居民来说，是很金贵的，孙小兰给了老许半市斤豆腐票，这是极大方的赠予。一来一往，串起了工农情感与城乡情感。

老许是乡下生产队队长，那个年代的生产队长很有影响。在乡下，逢年过节人们也是要做件把新衣裳的，一般都请裁缝到家做，这样省工钱。乡下也有土裁缝，但土裁缝的手艺无法与孙小兰比。他们熟悉了后，每逢五月节、八月节，还有腊底，老许都代表社员早早地到街上来请孙小兰去给他们做衣裳。他帮孙小兰挑缝纫机，让孙小兰驻点在他家。

三十

教育会后，为了严厉处置程旭升这一伙问题成员，洪郑亮想出了一招，当前农村建设缺人，不如把他们都派到农村去，也算是城镇"老大哥"支援乡村"老二哥"。

到农村去，抛开城乡差别不说，到一个陌生的地方，人生地不熟，难适应。不过洪郑亮还是通人性的，他在请示了上级后，允许他们自由选择去的地点。他们一般都选择祖籍地或沾亲带故的地方，到了多少能得到些照顾，不然两眼一抹黑。

被通知支援农村，赵小发拖着沉重的脚步回到家。这时孙小兰正坐在堂屋里给孩子喂奶。孙小兰怀里的这孩子名叫小兔，工作队来的时候，孙小兰已经有七个月的身孕了，她家人口多，粮食都是定量供应的，赵小发为了给孙小兰补充点营养，就每天偷带点炒细菜回家，没想到那天被高新潮逮着了。

见赵小发哭丧着脸，孙小兰诧异，问：怎么了？赵小发不说话。

孙小兰瞅着赵小发，温和地问：到底怎么了？说出来我听听。赵小发还是不吭声。

孙小兰有些生气，说：你总说句话吧，不是天要塌下来吧，就是天要塌下来，还有我与你一起顶着！

赵小发望着孙小兰说：工作队说让我们家支援农村。

什么？让我们家支援农村！这真是工作队说的？孙小兰显然也被工作队的决定惊住了，她眼睛专注地望着赵小发，想证实话的真实性。

工……作队宣……宣……布的。

啪！咬死我了！孙小兰用力一拍小兔的嘴巴。很意外的小兔没有哭，小家伙抬起头不解地望着孙小兰，觉得母亲有些莫名其妙。

小家伙有点可爱，小小年纪的他哪里知道父母的心里正在受着煎熬。

怎么办呢？赵小发焦愁地问。

是不是我们一家去支援农村？孙小兰问。

不是！旭升，还有葛皮家。

哦，三家都去呀。孙小兰脸色有些缓和。

那他们两家怎么个打算？

还不清楚呢。

不要急！又不是我们一家，就是去农村也没有什么大不了，不会饿死我们家！孙小兰安慰道。

赵小发像是有了依托，眼睛热热地望着孙小兰。

你望着我干什么？你说是不是这个理？

晚上程旭升与葛大宝一家一起来到位于白塔弄后的赵小发家。三个老战友在一起商讨去农村的事情。程旭升主张不要急，拖一拖，能拖多久是多久，说不定拖拖就拖掉了。葛大宝以前总喜欢架着个二郎腿，自从工作队来了受处置之后，两条腿开始平放着，平时说话爽朗，这会儿一声不吭，他心里有些崩溃，一时没有了主张。薛爱英的意思是能拖当然好，不能拖就去农村，现在这样被盯着，还不如去支援农村。

那你们假如这样想，可以先与想到的地方联系联系，避免到时去错地方。程旭升提醒。

三十一

赵昆仑对乡下充满了好奇感，他听父母说，父亲要到乡下许队长家去，连忙向孙小兰央求：妈妈，我跟爸爸去玩玩。

孙小兰瞪了他一眼，说：玩什么玩！还有心思玩！你爸爸去有事！

赵小发对孙小兰说，他要去，就跟我跑一趟吧。赵昆仑听了很高兴。

孙小兰拿着粮票到合作商店买了一市斤黄爽爽的京枣，还有半市斤冰糖让赵小发带着。京枣是一种糕点，以外形像枣子得名，实际不是枣子。它外粘白糖、内里蓬松，吃着酥香可口，十分的诱人。冰糖晶莹洁白，吃着甜而且清凉。

赵小发把京枣与冰糖放进一个灰色的拉链包里。

赵昆仑舔着嘴唇说：爸爸，我来拎着。

赵小发瞅了赵昆仑一眼，似乎有些不放心，说：我自己拎——他怕小孩子嘴馋把礼品吃了，到时到许队长家出洋相。

赵小发拎着包心思重重地走在河埂上，赵昆仑不同，他心情极其高兴，夸张点说，心能飞起来。他在河埂上蹦跳着，一会看着埂里，一会又看着河里。河边有芦苇，还有萋萋水草，河水不满，半河的样子，清澈见底，有两只鸟儿像两个玩伴在水面上嬉闹着，转着圈儿。

赵昆仑觉得很好玩。

到了一段弯曲的河埂，父亲说到了，随即往埂下走。赵昆仑望了一眼埂下，只见两个墩子坐落在一大片绿油油的禾苗中，好似两只船航行在大海中。

啊！好美！赵昆仑不由地赞叹。赵小发望了赵昆仑一眼，没有吭声。

跨进许队长家门，一个七十多岁眼珠子泛着白云的老奶奶问他们是谁。赵小发自报家门说，许奶奶，我是街上的赵小发，小兰丈夫。

老奶奶赶忙带笑说：啊！小兰当家的来了！贵客！贵客！小兰逢年过节在她家驻点做裁缝，小兰丈夫来了，老人家自然热情欢迎。

许队长呢？赵小发望着屋里问。

他不是队长了！老奶奶叹了口气。

怎么不是队长了？赵小发心一沉。

老奶奶说：工作队说他贪污。

赵小发一听，身子像抽掉了骨头。

三十二

赵昆仑不清楚父亲的心思，跑河围一趟他非常的开心，感觉自己像打开了一排窗户，眼前的世界被无限地放大了。在那个年代，城市与乡村基本上是封闭的。乡下的孩子对城市好奇与向往，有的乡下孩子甚至连附近的集镇都没有去过，更谈不上去县城；城镇的孩子也不了解乡村，来到乡村对一切都好奇，充满了新鲜感。

父亲赵小发的忧虑更加重了，他心事重重地回到老街。孙小兰一见男人脸色，就知道他去了不顺利。

吃了晚饭，赵小发不吭声，闷着头吃烟，他不随便发脾气，不顺心就吃烟。孙小兰把小兔放进坐车里，把一个摇铃放在坐车台面上，防摇铃滚下，小兔够不着，她用一个带子把摇铃系在坐车上，让小兔一个人玩，避免吵她。弄好小兔，她到东边柴火房里洗碗去了。小兔还乖，一个人摇着摇铃，不时地发出笑声。

赵昆仑捧着一本只有一半封壳、纸张破损严重的《水浒传》在阅读。这是他在街后一个社员家弄来的。他与这个社员家的孩子很玩得来。这个社员家的孩子喜欢读书，他也喜欢读书。

孙小兰洗好碗，解下围裙，走到堂屋里的时候，虚掩着的大门被推开了，程旭升夫妻与葛大宝夫妻相跟着走了进来。程秀丽与葛皮跟在身后，葛皮逗秀丽说话。

程秀丽听父母说要到赵昆仑家来，央求：爸妈，我到赵伯伯家玩玩，可行？

倪菊花还没有说同意与不同意，程旭升就开口了：走！一起去看看你赵伯伯！

程秀丽欢快起来，她想着能与赵昆仑在一起玩就开心。她也说不清与赵昆仑在一起的感觉，就觉得与赵昆仑在一起快乐，心里舒服。这是一个十三岁少女不带任何尘染的纯真情感，这种情感一直下去，极容易发展成爱情，成为佳话。当然往往到了一定的年龄，受家庭条件、工作条件、人生态度等的影响，也很可能无果而终，留下遗憾。

你们快请坐！孙小兰情绪较为平缓，她热情地搬长板凳，并拿出一块蓝布利索地擦板凳，从这头擦到那头。赵昆仑见来了两位伯伯与姨，非常的高兴，放下书，也礼貌地搬动长板凳。赵小发起身，拿起赵昆仑的书，把板凳猛拍了两下。

程秀丽接过书，看了看封面，字迹不是太清晰，但还是看清了"水浒传"三个字。她翻了翻里页，翻到赵昆仑刚才折叠的地方，只见小字标题：第五回　小霸王醉入销金帐　花和尚大闹桃花村。

葛皮一看标题，好稀奇，喊：给我看看！给我看看！然后伸手就抢。

程秀丽把书一偏，斜了葛皮一眼。葛皮停住了手。

程秀丽扫了几眼里面内容，然后抬起头，极崇拜地询问赵昆仑：这《水浒传》好看吗？

好看！赵昆仑肯定地答。

那你看完了借给我看看，行不？程秀丽扑闪着明澈的眼睛望着赵昆仑。

赵昆仑点点头。

也给我看看！葛皮也搭着说。赵昆仑蔑视地望着葛皮，没有理他。

小孩子们不了解父母的心里事，即使了解一点也不清楚事情的轻重，不当回事，他们的世界是渺小的，也是快乐的，无忧无虑的。这段光阴最值得记起，也最值得怀念。这大概就是所谓的童真吧。

三人在谈论《水浒传》的时候，三家父母正在商议支援农村的事。

葛大宝自知问题严重，他并着脚坐着，规规矩矩的，不出声。程旭升问了问赵小发到河围的情况。赵小发把了解到的许队长情况说了——许队长买小猪缺钱向队里借了一块钱未还，副队长一直瞅着许队长的位子，这个副队长不失时机打了许队长的小报告，然后上位当了队长。

看来你到河围落户是不行的了。程旭升说。

那怎么搞呢？葛大宝焦虑地问。

赵小发眉头锁得更紧。

乡下好的地方多，或许有的地方比河围还好。程旭升开导赵小发。

葛大宝突然想起来似地说：你们可听说了，这几天，县里有一帮的年轻人在闹事。

你怎么知道的？程旭升好奇地问。

我家孩子二姨夫说的。薛爱英插话。

薛爱英说的二姨夫，指的是老街搬运站的三根毛。三根毛今年三十七岁，头顶部不知是不生毛发，还是落了，只有三根毛，老街居民因而都喊他三根毛。三根毛也因为秃顶，难看，难娶到老婆。薛爱英二妹脑膜炎，有后遗症，一只手朝里拐着，难嫁人，薛爱英就把二妹许配给了是镇上居民又有工作的三根毛。二妹嫁给三根毛后，孩子生下来不足月就死了；过了两年，二妹也死了，听说得的是一种怪病。之后再无女人嫁给三根毛，他就独自一人生活。

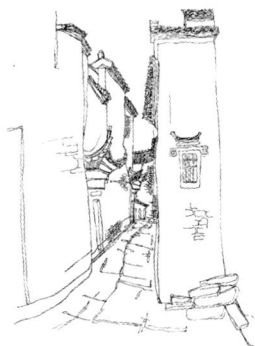

第二章

·

一

世界上的事情变化，往往一夜间。

一帮年轻人进了镇政府。不知道这些人什么来头，徐镇长与洪郑亮一时手足无措地望着。

为首的年轻人说：我们是从县上来的！

三根毛平时早饭懒得烧，跑到上街头茶馆买两根油条、三个白馍馍打发。这天早晨他一只脚跷在八仙桌外围凳子上，一只手捏着一根油条在咬，当听见外面有吵闹声，便猴急马慌地把剩下的油条往嘴里塞，然后跟在这帮年轻人后面看热闹。

三根毛看热闹似乎看出了门道。

他脚步飘飘地回到位于河西街古墓巷后的家。老街上大都是砖木结构穿枋二层阁楼房屋，可是他家的房屋却是编泥房，没有楼，墙壁更不是砖的，是竹子编的，在外面糊了掺和了草茎的泥巴。

脑子亢奋，他要上床。他在家，除了吃饭在地上，其余时间都在床上。他上了床，头落在一个磨得十分光滑的方石膏枕头上——这石膏是他卸货时弄的，像这么大又这么规则的石膏他很少见过，家里的竹枕头油腻不说，还破烂了，他觉得这石膏稍稍打磨一下可以当枕头用，于是便偷带回家。

三根毛双手从石膏边侧托着头，双腿弓起，一条腿架在另一条腿上。他眼睛望着屋顶，开始盘算要在老街上闹事，让居民们都看看他的威风。一个硕大的蜘蛛网像五月节时屋梁上吊下的盘香从上面挂下来，一只蜘蛛在里面欢快地钻来钻去。

要闹事，仅我一个人不行，得拉人！拉谁呢？拉搬运站里人，站里好像没有人听自己的话。三根毛把搬运站里工人都过了下，还真找不出肯跟自己干的人。

嗦，蜘蛛猛地从网上掉了下来，三根毛有些为它着急，没想到蜘蛛一收劲，又到了网上。三根毛脑瓜子受触动来了灵光，找葛大宝去！他当了多年选区主任，现在帽子丢了，要去支援农村，假如他参加，有了气势，或许就不用下去了，还可能官复原职，继续当选区主任，他肯定干！三根毛这样一想，非常的开心，他往起一纵。

葛大宝脑瓜子简单，对于下去支援农村，他能干什么活，能不能干得下来，他从未琢磨过；还有，下去，家里乱七八糟东西，是用车子装，还是大板车拉，他也从未琢磨过。他认为这些都是薛爱英的事情，或者说是几个舅老爷的事情。薛爱英是姐姐，姐姐到乡下，几个舅老爷是有责任帮忙的；何况过去自己对他们不薄，豆腐票、糖票、肉票这些乡下很难见到的票证都给了他们，老街上偶尔唱戏也接了他们来看，现在自己落难，他们理应帮忙。

两个姨夫何其相似，三根毛到家就躺床上，葛大宝到家就躺椅子上。脑膜炎后遗症的老婆未死之前，三根毛经常到大姨夫葛大宝家去转转；他老婆死后，三根毛几乎没有踏过葛大宝家门，没有了血缘联结，再加上葛大宝是选区主任，三根毛有自知之明，觉得即便是去了薛爱英也不太会搭理自己。

大姨夫可在家呀？！三根毛觉得自己这回是来帮葛大宝的，底气比平时足，他推了院门就喊，然后大步流星地往屋里迈。

葛大宝见三根毛上门很是意外，以为他是听说自己要到乡下去前来问候的，心里突然间涌动起一股暖流。他站起来，招呼三根毛坐。

三根毛一煽动，多日蔫嗒嗒的葛大宝立马来了劲。真是奇妙，他感觉这会身上的每个细胞、每块肌肉都活络了起来。为了验证，他试着鼓了鼓手臂，发现手臂上青筋鼓鼓。

喝茶！喝茶！葛大宝异乎寻常的热情招呼着。

二

　　工作队宣布他们三家支援农村建设，不同于葛大宝的颓废与赵小发的焦虑，程旭升倒很镇定。他认为随便到哪里都是干活，不选择。

　　程旭升平时爱钓鱼，得空他就手提个钓竿到河里去钓鱼。钓线是在郑武那买的，鱼浮子是找了根白鹅毛杆子，一节节地剪的，他还专门在铁匠铺买了只挖蚯蚓的小钉钩子，在河岸挖那种细瘦的红蚓子。

　　定了要下去，到茶馆里上班已经无意义，他每天就提了钓竿到河的上游来钓鱼，这里离老街有里把路，静悄悄的，鱼儿容易上钩。老街那段河流嘈杂，年轻人洗冷水澡，穿着红裤衩儿，从岸上往河里咚咚地扑，然后在河里打着漂划，把一河水都搞浑了；在河边洗衣裳的妇女一帮又一帮，棒槌此起彼落，还嬉笑打闹，吵得很；另外河里的小木船与撒丝网的腰盆来来往往，吵闹，鱼儿受惊吓躲得远远的钓不到。当然有不怕惊吓的鱼儿，餐条子就是，浮在水面上，亮晶晶的，专往有人的地方凑热闹，可是它们精得很，只游荡，不吃钩子。

　　程旭升钓鱼的地点是白兔河打弯的一个地方，河在那里凹进去了一点。一边有芦苇，正式八月节的时候，青绿绿的，密匝，像六七月份田地里的老谷秆子。

　　程旭升坐在小马扎上，手提着钓竿，眼睛一眨不眨地盯着水面上的鱼浮子。鱼浮子往前扯动了一下，他不着急；鱼浮子又往前扯动了一下，他照样不着急，"稳坐钓鱼台"；鱼浮子再次猛烈地往前扯动，线被拽着往下沉，这时他逮住时机用力将钓竿甩出水面，只见一条三两左右的鲫鱼脱离水面，像弹棉花一样上下晃悠。程旭升站起来，取鱼。

你真好雅兴，跑这么大老远的地方来钓鱼，让我们好找！葛大宝与三根毛气喘吁吁地赶到。

程旭升把鱼放进网兜里，再给钓钩穿上红蚯子，然后问：你们来有什么事？

跑这么远的路来找他，肯定有事，而且是急事，程旭升猜可能与支援农村的事情有关，至于三根毛也跟着来，程旭升就觉得有些新奇，先前他们姨夫两个人很少来往。

我们来有大事！天大的事！三根毛眉飞色舞地说。程旭升不明就里地望着三根毛。

是这么回事，葛大宝解释说：现在有一些人在闹事，闹事的人说话香，你知道不知道？

知道一点。程旭升甩了一下鱼竿子，线像离弦的箭落到水面。

我们也学学人家呗！这样我们说话也香！

还可以不去农村！葛大宝诱惑程旭升。

还是你们搞吧！我不参与！程旭升见鱼浮子不动，将钓竿提起，重新甩了一处。

葛大宝与三根毛失望地往回走，走到茶庵巷的时候，见到了一个人，这个人绰号蒜子——他的头很有特点，下大上小，有点像蒜子，老街居民都喊他蒜子。蒜子是老街小痞子们的头，惹是生非。特喜欢打架，还喜欢调戏女学生。他在河东下街头转，眼珠子直睃，睃到在高中读书的女学生上街头，就觍着脸往前凑，弄得女学生不敢上街。

高中校长没有办法，找了派出所，派出所也拿他没什么办法，校长只好规定女学生上街必须由班主任陪着。这样蒜子在街上放肆不了，他就趁晚上到校园里骚扰，校长就让保卫处的人赶他。他很生气，又很狡猾，嘴里说我出去，我出去，抬脚就走，保卫处的人以为他真走，就没有跟着他。他走了几步，从地上捡起一块大石块，攥在手里，到了大门口，对着门卫室窗户就扔过去。

哐当！玻璃哗啦落下。门卫室老头受到惊吓。学校报告派出所，派出所把他叫去训了一顿，让赔偿玻璃，结果他也没有赔。

学校没办法，只好加强门卫力量，将老头换成了中年人。但是这照样阻挡不住蒜子，他翻围墙，高中的围墙是土夯的，不经事，有的地方垮塌了，他手一搭豁口，身一纵，就到了校园里。学校又只好一方面加固围墙，另一方面加强保卫处力量，全天候地巡逻，见到他来，就跟在后面劝导，这样效果稍好点。

蒜子又在游荡。葛大宝见到蒜子厌恶地皱了一下眉头。

三根毛见到蒜子，如获至宝，他知道葛大宝瞧不起蒜子，试探着问：让蒜子参加好不好？怕葛大宝不同意，他又补充道：蒜子惹祸子，街上人都怕他，有他在里面，事情好办些。

葛大宝想了想，觉得这主意不错。

老街像蒜子这样的小痞子有四五个，蒜子一召集，闹事的人就凑够了。

葛大宝一行动，周小安立马让位了，究其原因：一来周小安长期在葛大宝手底下做事，多少有些从服心理；二来他这个选区主任只是临时代理，水上漂的；三来这一伙人气势强，周小安心虚。

三

老街铁器社，隶属于县二轻系统，位于河西街北面的洋油弄后面。铁器社的房屋是建于民国时期的亚细亚洋油栈，墙壁上"亚细亚洋油栈"字迹虽经半个多世纪风吹雨打仍很清晰，铁门上一个大大的"油"字格外醒目。

铁器社里锻打声不断，炉灶火光闪闪。北面一个炉灶，大师傅四十岁边上；小师傅二十岁边上，方脸，他给大师傅打下手，负责添煤、拉风箱之类的杂活。只见大师傅从炉灶里夹起一块红亮亮的铁块，放在一个铁墩子上，小师傅会意，拎起铁锤子，与大师傅你一下我一下地锤砸起来。火星子四溅，溅到小师傅裤子上。

黑球！黑球！门外一个长得白净的年轻人冲着小师傅喊。

这个白净的年轻人是铁器社门市部对面丝棉社里的白脸。丝棉社与铁器社，还有同在河西街的木器社都属于县二轻系统。

咚！火星四射，小师傅没有听见白脸在喊他。

黑球！黑球！白脸往里走了一步。咚！火星子四溅，白脸赶紧退后。白脸与黑球年纪相仿，他不仅脸白，而且眼珠子直溜溜地转。老街上年轻人都清楚，白脸眼珠子一转馊主意就上来。

锻打了一会，大师傅将铁块往边上一只装着大半桶水的圆铁桶里一丢，刺的一响，一股青烟冒起。黑球放下铁锤，松了一口气。

黑球！黑球！我找你有事！有非常重要的事！白脸弯曲手掌喊。

黑球朝外一望，然后走了出去。

黑球与白脸显然都是绰号。"白脸"是丝棉社里人给起的，而"黑球"是白脸给起的。黑球不是随便什么人都可以喊的，他服白脸，白脸可以随便喊他。一般人只敢背后喊，谁当面喊，他会圆瞪着眼，攥着拳头瞄着对方说，你再喊，老子把你捏碎！别人一听这狠话，不敢再作声。

头天葛大宝一伙人逼周小安让了位，葛大宝与三根毛都非常的开心。蒜子未多想，他就觉得闹事痛快，好玩。葛大宝要回家，蒜子望着三根毛，意思是，我们跟你们干，晚上怎么也得请个客。

三根毛回去也没有吃的，见蒜子要上馆子，便征求葛大宝意见：大姨夫！不！葛……葛主任，我们现在下馆子去可好？葛大宝在三根毛心里还是有威势的，特别是现在经过闹事葛大宝又重新成了选区主任，更有威势。

不！不！不能下馆子！一朝被蛇咬，十年怕井绳，葛大宝想起前期因为下馆子惹的大祸，不能好了伤疤忘了痛，赶紧否定。

蒜子一伙不高兴。

那这样，我们到下街头馆子里去！要照顾到蒜子情绪，葛大宝鼓足勇气。到下街头下馆子隐蔽些。

到下街头茶馆也好！蒜子与几个小痞子舔着嘴唇，他们已经有几天没有上茶馆了。不论上哪个茶馆都能解馋，所以他们对葛大宝的话没有异议。

在下街头茶馆，葛大宝与以往先喊几个炒细菜走时再买牌子的做派不同，这回他先掏钱买了牌子。点的菜有这么几个：一盘炒肉丝、一盘炒肉片、一盘卤猪耳朵、一盘五香花生米。酒是八角一的米酒，上了两瓶。六个人围着八仙桌子坐定，先前，葛大宝开始动筷子大家才动筷子，现在蒜子可不管这些，他认为自己有功，当切成一片一片的卤猪耳朵端上来，他就双眼冒贼光，手伸向前拎起一片嚼了起来，其他的三个小痞子见蒜子动手，滴着口水，手也伸向盘子。

三根毛很少上茶馆，见面前许多菜，脖子往前伸了伸，一滴口水滴到花生米盘子里，谁也没有在意。他望了葛大宝一眼，就伸出了手。

葛大宝目光热热地望着酒瓶，他满满地给自己斟了一盅，接着脖子一仰倒了下去，嘴巴很享受地吧嗒了一下。

两瓶米酒很快倒光，葛大宝让再上一瓶。茶馆职工望着他，意思是你先把牌子买了。

葛大宝掏了掏腰包，把角票数了数，不够，他对茶馆职工说：先欠着！

茶馆里职工不情愿地说：现在规定要先买牌子。

葛大宝嗒了一下嘴巴。

蒜子对茶馆职工瞪眼道：你拿？还是不拿？！拿，老子不找你麻烦！不拿的话，老子让你们统统滚回家！

茶馆职工被蒜子吓了，赶忙去拿酒。

几个人，一个个喝得脸红脖子粗。三根毛团着舌条说：大……大姨夫，不……葛……主……任，我们明天干脆去工……工作……队闹事去！

对！明……明天……去工……工作……队闹事去！蒜子几个醉醺醺地接话。

头天晚上几个人喝多了，睡到第二天上午九点才拢到一起，等他们到了镇政府，不见了徐镇长，找遍了所有办公室也没有找到一个工作队队员。听文书说，昨天夜晚，工作队悄无声息地撤走了——当然也包括"眼镜"。

四

老街供销社由县供销社垂直领导，在河东街、河西街都设有门市部，乡下还设有代销点。其中河东街的门市部最开敞，一溜八开间。一方是木柜台，上面安着玻璃；一方是水泥柜台，货架子靠着墙壁，竖放着几捆颜色单调的布匹。

白脸找黑球的第二天上午，供销社河东街的门市部里就拥进了一伙气势汹汹的人。为头的正是白脸。

供销社的办公地点就在这门市部的后面，进去要掀开一块横搭的活动板子。两个顾客正趴着看玻璃橱子里面物品，营业员斜靠着玻璃橱子。

有一个顾客站在水泥柜台前，指着货柜上一捆布匹怯怯地说：麻烦你把那捆布匹拿过来我看看。营业员手伸向其中一捆布匹。这顾客说：不是这捆，是那捆。手在抖动，可能怕营业员生气。

营业员望着她，不清楚她到底要哪捆布匹。

快把你们主任给叫出来！白脸指着门市部后门，神气地对一位脸模子漂亮皮肤比他还白的女营业员下达指令。

这个女营业员叫李慧芳，母亲在粮站工作，父亲在供销社工作。同在老街上，打小白脸就瞄上了李慧芳，只是李慧芳"端着"——好像一般漂亮的女孩子都端着，白脸想与李慧芳接近，李慧芳瞄都不瞄他一眼。日有所思，夜有所梦，白脸经常夜里梦到李慧芳，有一回还梦到两人走到对面时，李慧芳热辣辣地望了他一下，从眼神看似乎对他有意思。李慧芳眼光高，现在还没有谈对象。等在这里闹成功了，占了位子，李慧芳就有可能属于自己了，白脸心里美美地想。

李慧芳感觉到了进来的这伙人气势，却不清楚他们的来头，稍稍迟疑了下。黑球把随身带的铁锤子举了起来，就要砸向玻璃橱子。李慧芳一见，先前红润的脸庞瞬间失色，急忙往后门跑。不一会，体圆个矮的供销社主任出来了。他见白脸一伙，立马明白是势头不对，急忙点头哈腰。

三根毛却大失所望。他不像白脸觊觎女营业员李慧芳的美貌，他想得到做梦都想得到的粉红色光滑滑的香皂。一想到香皂他就联想到女人粉红色光滑滑的身子。他想假如自己去闹了，就可以到柜台里拿一块香皂回家，擦擦自己的身子，看看可像女人擦了那样光滑。

在三根毛的鼓动下，葛大宝也到供销社去闹事。他来到供销社办公室，只见白脸、黑球几个人正在里面一边喝着茶，一边嬉笑着吃着老街特产——李记麻饼。

你们来干什么?！白脸不把葛大宝当回事。

毛都没有长齐！葛大宝更不把白脸放在眼里。你说老子来干什么? 停了下，他说：现在你们乖乖地把位子让给老子！

老子不让! 白脸撸起袖子。

你不让看看! 葛大宝也撸起袖子。

……

你们谁也不要动手! 就在双方剑拔弩张准备开打时，程旭升及时冲了进来，两只手各按住一边。

第三章

一

两年后老街开始走向平静。

葛大宝呢，还是选区主任。周小安呢，还是选区副主任。

与葛大宝原地踏步大不相同，老战友程旭升是鲤鱼打滚翻
了个身，他担任了老街合作商店的副主任。合作商店下属一大
摊子，除两个茶馆外，还有商店，此外还有豆腐店、澡堂等。
程旭升分工茶馆与豆腐店，也就是饮食业。高新潮呢，重新担
任了茶馆的经理。也就是说，这些波折之后，唯有程旭升一人

高升了。究其原因，与程旭升的超脱有关。关键时期他立场稳当，关键时刻他起了重要作用，得到了对立双方的拥护，也得到了老街居民的拥护，赢得了社会声望。

老街又恢复了之前的繁华热闹与悠闲自得。清晨鱼行前照样水泄不通，称鱼哦！称鱼哦！叫喊声不断，不过时空变化，世事变化，称鱼的又换成了从下街头茶馆调过来的一个职工。

上街头茶馆里面人进人出，门面八仙桌，甚至跨石槽的小木桌子都坐满了茶客。人还不断地往里涌，坐不下，纷纷往天井后面走。锅台热气腾腾，围着不少等待赵小发给他们拣米饺的人。赵小发忙着锅上锅下，车轱辘转。

姚二继续放他的油条坯子。炸油条的还是小莲，周边围满了人。小莲的气色恢复了，皮子也舒展了，不过细瞄会发现她的脸皮子没有先前娇嫩了。

茶馆里的职工都知道了，小莲在市里的大姑给她在永红香皂厂介绍了个对象。那个小伙子长相不咋样，尖嘴猴腮的，在市区难找到对象，就把眼睛朝下面瞅。永红香皂厂很红，那个小伙子家庭条件也不错，父亲在一个什么区里当科长，听小莲姑姑说，嫁给他就可以到香皂厂里去当临时工。

水往低处流，人往高处走，老街的女孩子嫁老街上的男孩子例子很少，她们大都嫁了县里乃至市里的男孩子，一来荣耀，二来在县里与市里的生活条件以及工作也比在老街上好，不过嫁给的男孩子相貌大都不怎么样，有的脑子还不怎么好——如果他们相貌与脑子好，是不想到老街上找的。

四年后，小莲年龄已经拖大了。当姑姑说给她介绍市里的男孩子时，她心还是动了，毕竟能嫁了，而且还是嫁到市里，比县里高一个级别，比镇上高两个级别。

姑姑只拣好的方面说，说那男孩子温顺，他家有三个姐姐，没有兄弟，过去了以后家产都是她的，打着灯笼无处找。小莲父母听了喜滋滋的，小莲也没什么意见。男孩子被领到了老街上，小莲见了，发现姑姑骗了她，之前的介绍忽略了最关键也最重要的——男孩子相貌丑。她躲进闺房里，用被子蒙住头。姑姑跟进去，小莲母亲也跟进去，关紧门。

姑姑坐在床沿边，手搭在被头上，好言相劝：侄女儿啊！你听姑姑说，姑姑是为了你好，人家是市里人，家庭条件好，工作条件好，假如长相又那么好，会娶你？再说，你把年龄拖大了，要想找合适的对象难啊！

是啊！你姑姑说得对！小莲母亲站在床沿边与姑姑唱起双簧。

小莲起初厌烦她们说话，把耳朵捂得紧紧的，听着听着，手放开了。

小莲见到男孩子，不情愿，还有一个原因，她把男孩子与"眼镜"对照。男孩子家尽管在市区，但毕竟是工人，怎能与儒雅的"眼镜"比；再者说，"眼镜"本身就长得英俊。俗话说，眼是心的窗户，小莲从"眼镜"的眼神看出，"眼镜"对自己是钟情的，只是他撤离得太快速，没有机会与他多接触。她脑子时时晃动"眼镜"俊俏的脸模子以及瞄她的眼神，那是一种悄悄的快乐。

二

程旭升对上街头茶馆有感情，清晨他从中街皂角弄边的家出来，走在麻石条上，往上街头茶馆而去。远远地望见鱼行前人头攒动，他心中感到莫大的快慰。这几年老街居民过得不畅快，早前兴旺的鱼行冷清得不得了，他每每看了心里不是滋味，希望先前的热闹场景早日再现。

程主任，你现在发达啦！陶爷高举着一条五斤上下的乌鱼兴冲冲地从人群中挤出来，细索从乌鱼的嘴巴穿过。

呵呵，看你高兴的，买这么大的一条乌鱼，家里一定有喜事吧！程旭升笑着回应。

看你程主任说的，没有喜事就不能买着吃啊。陶爷兴奋着。

那是！那是！

程主任你不清楚，今天是陶爷我生日，现在国泰民安，我买了乌鱼回家做乌鱼丸子与乌鱼片子水碗。陶爷高兴，生怕程旭升走进人群，抢着告诉。

白兔镇是水乡古镇，水乡有水乡的特色，米饺是其一，其次就是水碗了。水碗的特点是要"氽"。原料多种多样，鱼、肉、蛋、粉条……把它们切成片子、丝子，捏成圆子，下沸水中氽，捞起，外形漂亮，鲜嫩爽口。水碗一般以高脚青花瓷盘盛装，盘子外表以荷花等水乡素雅花色为主，清新淡雅，风格统一，很好地陪衬了盘内的美食。水碗出场好似一群身着薄纱的仙女飘降人间。

程旭升被裹挟进茶馆，里面茶客密密匝匝的。盛世繁华，程旭升文化程度不高，想不出这词，但他被这种繁荣的景象触动了，心里生出无限的感慨，还是平静的日子好啊！

刘三爷开着黄烟铺，下门板不能太迟了，因为有些老客来得早。但茶馆不能不上，在茶馆里坐会儿一天腰身都舒坦，这是老街的小市民习俗，也可以说是小市民文化。他与柴五爷早早地来到茶馆，他们两个各自带了一个紫砂茶壶，往外面的小木桌边一坐，眼睛看着街面上，手提着茶壶往嘴里送水。他俩也不说买油条，买米饺。坐一会，小莲就会小跑着送上两份油条，赵小发端上两份米饺。两个人咬一口，喝一口，说着闲话，舒坦。

来的都是客，茶馆离不了这些常客，程旭升笑着准备与刘三爷与柴五爷打招呼。

刘三爷抢先招起手来：哟！大主任下来检查啊！

柴五爷把筷子举了起来，算是打招呼。

程旭升连忙摆手，说：哪里！哪里！来看看！来看看！

大主任！嘿嘿！瞧这茶馆兴旺，你还要升！升为正主任！刘三爷恭维着。

别瞎说！别瞎说！程旭升拱手。

高新潮从天井里面出来，见程旭升来了，脸稍稍有些不自在，不过立马恢复过来，一向紧蹙的眉头松开，与程旭升打招呼：主任！现在茶馆兴旺得很。

程旭升笑：下街头（茶馆）也兴旺。

高新潮接上：下街头（茶馆）虽比不上上街头，但热闹劲看来胜似……在说到胜似时他停住了。

程旭升能猜出他吞到肚子里的话是什么。老街波动让先前两个人的职位颠了个，他们两个心理上有了隔阂。

老高！走！我们去下街头（茶馆）看看！程旭升邀高新潮。

走！到下街头（茶馆）看看！高新潮态度不消极。

职务变动，先前与自己平起平坐的人成为了自己的上司，心理不适应；自己先前是上司，现在成为了下属，心理更不适应，甚至难以接受。像高新潮，就属于后一种情况，他面子上不抗拒，跟着程旭升后面走，说明他是个涵养深厚的人，能调整心态，适应时势变化。

到了下街头茶馆，茶客也是不断地进出。卖米饺的锅台前面同样围满了人。

轮到我了，你怎么拣给他了！一个茶客圆凸着眼球表达不满。

等一下不就到你了！拣米饺的厨子解释。

不行！轮到我就应该给我！这个茶客边说边伸手抢。

你抢我的？！另外一个茶客不甘示弱，一只手就伸向了这个茶客的胸口。

你以为我怕你呀，凸眼球茶客的一只手也伸向对方的胸口。两个人撕扯了起来。其他的茶客都纷纷地避让。

程旭升与高新潮三步并作两步上前，拉开了两人。

以后谁排在前就先给谁拣！高新潮板着脸对厨子交代。他是茶馆经理，茶馆归他管理，现在这样乱，说明他管理不当，有责任，于是他急忙处理。

经理你也看到了，人这么多，哪知道谁在前谁在后呀？厨子苦着脸。

这也是！不过这话高新潮没有出口，他觉得在职工面前说这话很不适合，说了好似纵容了职工。

没有想到人比早些年还多！程旭升感慨。

现在太平盛世，无论老街居民还是乡下村民都到茶馆里来解馋。高新潮圆话。

老高，我有一个想法，你看可行不可行？程旭升望着高新潮，语气像老友一样的亲热。

程旭升亲热的语气打动了高新潮，他心底深处的本能防范意识退了下去，眼睛同样热热地望着程旭升，期待程旭升说出真实的想法。

见高新潮对自己的话上了心，程旭升很高兴，他说：老高，我想，我们能不能启用中街过去的老茶楼，再办一个新茶馆，一来缓解现在的客多状况，避免出现争执；二来也提高一下老街茶馆的档次。

高新潮想了下说：你这主意不错！

中街过去的老茶楼位于供销社对过，有四开间门面，与老街房屋一样，都是二层木阁楼。独特之处在于老茶楼楼上临街伸出了宽约一尺的美人靠，茶客可以靠在椅背上看街景；也可以在喝多了时靠在椅背上醒酒，妙处多多。近水楼台先得月，芳香茶叶最清心。茶楼的这副门对子正好印证了茶楼的档次与茶客的心境。

这个老茶楼始自清代，民国时鼎盛。帆船自长江进内河远道而来，客商一路疲乏，想找个地方歇脚、谈生意，船工一般都聚到河西街低档的茶馆里去喝粗茶；客商一般都来到这个雅致的茶楼。茶楼里有说唱的，想听说唱，对跑堂的招呼一声，马上说唱的就上楼来。客商靠在椅背上，呷着上好的茶水，听着说唱，摇头晃脑的，舒服劲甭提了。

三

葛大宝甩着两手走在麻石条上，他准备到选区去，对面走过来一位面容慈祥、下巴颏飘着白须的老人家。街坊都喊这老人家叫章二爹爹。章二爹爹十七八岁时在皖南泾县学徒，学得制毛笔手艺，后在县里毛笔厂当师傅。

章二爹爹，您老回来啦！葛大宝以为章二爹爹休假回老街，过几天还回县里，就随便打声招呼。

回来啦！不走了！章二爹爹人和善，对大人孩子都一样的亲切。

怎么，不走了？退休了？葛大宝关切地问。

到了退休年龄，再说手艺他们也掌握了，我在也是多余的，就回来了。章二爹爹补充。

不错！不错！回到老街安静！安静！转而葛大宝客气地招

呼：章二爹爹，走！您老到我们选区里坐坐！

不了！不了！你大主任忙！章二爹爹连忙摆手。

葛大宝往前走。选区里许多工作需要他布置。他走了几步，醒悟过来，忙回头，对着章二爹爹的背影喊：章二爹爹！章二爹爹！您老停步！我有事情与您老商议！

章二爹爹耳背，没有听见，继续走。葛大宝迈开大步赶，边赶边喊，这回章二爹爹听见了，停住了脚步，转过身，好奇地望着葛大宝。

葛大宝脑筋转得快，他想，程旭升新官上任扩茶馆，恢复中街茶楼，我这新主任上任最好也搞点新名堂，譬如办个什么厂，一直没有想到办什么厂子好，现在章二爹爹回来，正好办个毛笔厂，把那些闲散妇女都安排进厂子里来上班，还可以增加选区收入，一举两得，岂不是好事？

章二爹爹，我们选区也想办个毛笔厂，您老看行不行？葛大宝期望地望着章二爹爹，希望章二爹爹说行。

选区办毛笔厂，这个事情嘛……章二爹爹说半句，停住了。

我们请您，您给我们当师傅……

这个嘛……章二爹爹迟疑。

选区不会亏待您！葛大宝以为章二爹爹考虑薪水的问题，拍着胸脯。

我不是说这个。

那您想说什么？

我是说……章二爹爹捋了一把下巴颏的白须。

您是说资金问题，厂房问题？这些问题都不大。

章二爹爹摇摇头，说：我是说，生产出来的毛笔能不能销售出去，县里已经有了毛笔厂，你们再办毛笔厂，在一起竞争，你们可竞争得过它。

这个……这个……

想了整整一个晚上，葛大宝觉得毛笔厂还得办，至于竞争的问题，他想，这不怕，都是章二爹爹的徒弟，毛笔优劣应该不大，至于销售，那就靠嘴皮子了，老街居民见多识广，嘴皮子利索，还担心扯不过县里人。葛大宝这么想，其实他已经瞅好了一个推销员。

办毛笔厂是大事，除了征得镇里同意外，还得选区居民支持。葛大宝首先与周小安通气，周小安讨好葛大宝说，主任你这主意好，然后分组召开居民会。王月娥任大组长的居民会选定在钱大姑院子里开。王月娥爱干净，怕在谁家屋里开，把谁家屋子弄脏了；还有现在是初冬，在屋里冷冷的，小院子里避风，又可以晒太阳，暖和些。

葛大宝先参加王月娥这大组的会。

每家来一个代表，大都拎着一个小板凳。先来的抢着在天井能晒到太阳的地方坐下。天井中央的位置归葛大宝与王月娥。大家都清楚那个位置占了也是白占，不如抢占其他能晒到太阳的位置。天井中、屋檐下都坐满了来的居民，大家叽叽喳喳的，一个个满面红光。来的大都是妇女，也大都没有工作，对于选区办毛笔厂的事情，她们开心。都是一大家子，日子过得都紧巴，能进厂子上班，就能开一份薪水，日子就会宽松些。

钱大姑，您老称二斤花生米来，不要包，就放在盘子里！葛大宝对坐在门口的钱大姑喊。

呀！还有花生米吃！大家兴奋。

胖胖的钱大姑晃着身子进屋，王月娥也跟进去帮忙。钱大姑过一会晃着身子出屋子，她手里托着盘子。刚出门就有一个人手往盘子里伸，钱大姑扭过身子不让这人抓，在主任发话前被抓了，斤两就不足了。

你抓一下！葛大宝笑着对王月娥吩咐。

王月娥接过盘子，首先抓了一把递给葛大宝，葛大宝把手一挥说：你先抓给大家。王月娥依次一个个地抓。

老街居民会吃花生米，他们把花生米放在手心里一搓，然后嘴对着一吹，花生米皮衣子全被吹掉了。她们拣起一粒瞧瞧，然后塞进嘴巴里，嚼嚼，说，好香！有的舍不得吃，掏出一个手帕，把花生米包好，揣进腰里，等会带回家分给老人与孩子吃。

热闹了一阵子，葛大宝开始高声说话，他很兴奋，一口气说了一大堆话，他说：大家都知道选区要办毛笔厂，天赐良机，章二爹爹回老街，师傅不用请了；厂房也不是问题，高家祠堂修缮修缮就可以使用，现在的问题就是启动资金。选区情况大家都清楚，不像其他选区有厂子，家底厚实，怎么办？得靠大家凑，算选区向大家借，赚了立马就还，放心！放心！大家请相信我葛大宝的为人。

原来要我们出银子啊！居民们在一阵惊呼后沉静下来，一个个低着头，掰着手指。来开会时听说办毛笔厂，一个个兴奋异常，他们大脑简单，谁也没有想到开会是要他们出钱，要是想到让自己出钱，来的时候就不会那么兴奋了。

葛大宝目光一圈转过来，大声说：我带头出，大家都清楚，我家属在柴集上班，不进毛笔厂，我都出钱，大家出理所应当。

我没有钱！我家奶奶三天两头生病，看病把家里钱都掏光了！殷梅芝噘着嘴。

王月娥望了殷梅芝一眼，她没有想到殷梅芝打头发言。

殷梅芝开了一个不好的头，葛大宝非常的不高兴，他脸一沉，说：你家的情况选区不是不清楚，既然你不愿意出钱，那你现在可以回去了！

殷梅芝想进毛笔厂，见主任生了气，急忙软了语气，讪讪地说：那……那我出点。然后望了王月娥一眼，王月娥对她笑笑，算是打气。殷梅芝心情放松了些。

你这态度还不错！葛大宝脸色缓和了点。

王月娥趁热打铁说：选区办厂子，大家都要支持，钱想法子凑，关键是推销员，毛笔生产出来了，要靠跑推销。

对！关键靠推销员！毛笔推销不出去，钱就打了水漂。殷梅芝附和王月娥。

推销员是关键！王月娥说得不错！葛大宝很欣赏地望着王月娥，然后望向周小安说：我们选区的周副主任人精明，适合跑推销，副主任职务暂且挂着，你临时给毛笔厂跑推销，等培养出了推销员，就回选区。

让我跑推销？周小安怀疑地望着葛大宝，他对葛大宝安排自己跑推销没有丝毫心理准备。

嗯！我是说让你临时跑推销，临时的，你还是选区副主任，放心！他亲热地拍了拍周小安肩膀，说：我家儿子闲着容易惹事，拜托你带着他跑跑，等他学会了跑推销，你就回来，好不好？

居民们交头接耳。他们有的认为葛大宝还真找对了人，有的认为葛大宝是借机报复周小安，让他在外面吃吃苦头。

但有一点，葛大宝让周小安带葛皮出去闯，是有气度的，他不怕周小安对葛皮不好；葛大宝也是有远见的，正是因为他放葛皮出去闯荡，受磨难，才有葛皮后来的发达。

四

经过大半年的筹备，中街茶楼终于在五月节前两天开张了。

楼下墙壁粉得雪白，厅里亮堂堂的。左边的锅台上架着两口大锅，锅上都码着一尺多高的新蒸笼，篾黄爽爽的。

右边的锅台上也架着两口大锅，锅是敞着的，锅台前面不远是黑板大小的崭新案板，上面摆放着一只猪前腿。一个中等个子、脸泛红光、吊着个蓝布大围裙的厨子，从猪前腿上剁下一块精肉，随手往案板上一搭，然后刀起刀落，刀落刀起，一块精肉被切成了一连串的薄片，然后再刀起刀落，刀落刀起，薄片又被切成了细丝，用作炒肉丝。

这个厨子就是赵小发，他是程旭升从上街头茶馆调过来的。在中街茶楼当厨子不仅有新鲜感，还有荣誉感，因为新茶楼相比另外两个茶馆档次高。

左边地块没有案板，显得宽敞，摆了两张桃木打的八仙桌子，黄爽爽的，散发着桐油的清香；凳子与上街头茶馆一样，连体的，像是"回"字的外框。为了节省空间，其中一张八仙桌子紧靠左边墙壁。

与另外两个茶馆一样，炸油条都放在上下门板的石槽外边，这样便于油烟子排放。油条锅前也围满了人。炸油条的不是身材与脸蛋都好看的小莲（小莲已经嫁到市里去了，即使没有嫁到市里也不一定能调到中街茶楼），而是一位身材圆滚、脸也圆滚、年纪四十五岁上下的妇女。这个身子圆滚的妇女手夹着两根细瘦的芦秆，对比之下显得有些滑稽，不过买油条人的目光都馋巴巴地盯着滚油锅里粗壮的油条——只要它不细就好。

揉切油条坯子的案板上摆放着一起起裹着灰白色粉泥的熟蚕豆，隐约可闻到五香味。这个季节新上市的蚕豆，用五香、桂皮、八角煮了，就有点类似于鲁迅小说《孔乙己》中的美食——茴香豆了。

老街居民很会吃五香蚕豆。他们很享受地吃五香蚕豆。拣一到两颗五香蚕豆，放油条顶端的两片夹缝里，用右大拇指将其中一片的顶端压过来，这样蚕豆就包在了油条中，再嘴巴凑上去咬一口。这种吃法，既能吃到油条的脆爽喷香，又能吃到蚕豆的软糯清香。

中街茶楼刚开张，又上档次，楼下都是人，老街居民都拥到这里来了。哪里有热闹就往哪里凑，自然少不了陶爷、刘三爷、柴五爷他们，一大早他们就来到中街茶楼，占了个拐角坐着。刘三爷与柴五爷紫砂壶不离手；陶爷没有带茶壶，他把桌子上倒扣着洗得亮光的小白瓷杯子正过来，拎起大茶壶倒起茶水。

他们三个老油子，坐着不动，不一会，油条与五香蚕豆送过来了。

越来越多的人挤进茶楼里。凳子上都坐满了人。后来的人没地方坐，茶楼职工喊，大家都挤一挤！挤一挤！

有的屁股就插在了两个屁股的夹缝里。

葛大宝迈着大步，甩着手喜气洋洋地朝中街茶楼走来。后面紧跟着周小安。周小安脸上也喜气洋洋的，他双手拎着两只粉红色的灯笼，每只灯笼上面都绣上了深红色像火焰一样的"红火"二字，显得特别的喜气。

合作商店新茶楼开张，选区作为老街上的一家单位——尤其葛大宝与程旭升的战友关系，是一定要上门道贺的，至于送什么礼物，在出门之前二人商量了好一会儿。

葛大宝对周小安说：你脑瓜子好用，你说送什么好？

周小安说：我还真不知道送什么好。

葛大宝嗒了一下嘴巴：那到底送什么好呢？

问问人家不就知道了。周小安说。

这样，我们不如送一对红灯笼，上面写上"红火"二字，既给茶楼起了"意思"，挂在阁楼外面又好看。

你这主意好！好！葛大宝连夸。

刚放了十万响爆竹，红纸屑子铺满了街面。程旭升满面红光地站在门口，见葛大宝到，赶忙上前迎接。

恭喜！恭喜！葛大宝拱手。

你们选区也太客气了！程旭升也拱手。

送两只红灯笼给茶楼起个"意思"。葛大宝边说边从周小安手里拿过红灯笼，递到程旭升手上。

葛大宝与周小安走进茶楼，里面不少人与他们两个打招呼，陶爷、刘三爷与柴五爷同时高举起了手。

楼上请！

葛大宝与周小安望了一眼楼下，然后神气十足地登木楼梯。楼上不像先前是一整块，现在被活动的木屏风隔成了四个包间，每个包间里都摆放着一张圆桌子，桌边已经坐满了各单位来贺喜的头头。葛大宝伸头瞅其中一个包间，见里面坐着食品孙组长与招手站女站长。

孙组长见到葛大宝，客气地招呼：啊！老葛来了！坐！边说边抬起屁股。

周小安见没有自己位子，朝其他几个包间伸了伸头，见里面也都满了，他没有打招呼就悻悻地从楼梯上下来。

刘三爷与柴五爷正好起身走。

你周大主任怎么从楼上跑下来，没有位子坐，到我这来坐！陶爷见周小安满脸不高兴，站起来笑呵呵地招呼。

五

陶爷起身把周小安让到自己的位子上，他在边上坐下。周小安望着楼下满满的人，不快的情绪还没有消去。

啦！吃！陶爷拿起一根油条递给周小安。周小安神情呆滞。陶爷又递了一次，周小安一怔，接了过来。

啦！还有五香蚕豆！陶爷又把五香蚕豆纸包往周小安面前推了推。

周小安拎起油条猛劲地咬了一口，嚼嚼，然后拣起一颗五香蚕豆往嘴里一扔，嚼嚼。

陶爷见周小安神情缓了过来，问：听说周主任为毛笔厂跑推销，是不是真的？

周小安偏脸望着陶爷，问：你听谁说的？

老街居民都知道呀！

周小安闷头咬油条。

你要跑推销我可以给你出力。

周小安审视着陶爷，他有些不相信陶爷的话。

是这么回事，我姨老表正好在县里毛笔厂跑推销，全国都跑遍了，我可以介绍你认识。陶爷有些得意地说。

你姨老表在县里跑推销，这不正好，引荐周主任认识认识。

对面的一个老街居民搭话。

你老表真在县里毛笔厂跑推销？周小安来了兴致，他停止了咬油条。

那还有假！我们是胞老表，他在毛笔厂跑推销有许多年头了，之前在县里食品厂跑推销，见多识广。陶爷提高了声调，他有意显摆自己，让茶楼里人都听到。

回到选区，周小安把陶爷有关系的事对葛大宝说了，葛大宝非常的开心。

他划着手说：这太好了！要把这关系利用起来，搞好销路，还有进货路子。

周小安点着头。

陶爷答应带他们到县里去见老表，葛大宝觉得不能空着手，得带点土特产。白兔河上游有个叫潘墩的村庄打排面，那打出来的排面晶莹洁白，外形像竹排。妇女坐月子用老母鸡汤煨排面，味道鲜美外，还滋补营养。葛大宝让妇联主任驮着米到潘墩换回了十斤排面。

葛皮已经十五岁，小伙子了，他爱虚荣，头发二八分，蘸水梳了，像抹了油，光亮亮的，他走一截路，都习惯性地抹一下头发。葛皮在老街上，不同于蒜子，蒜子是小痞子，他算街油子，可他打出生还没有上过县里，眼界就一小块，因而对父亲带他上县里非常的高兴。客车到达城郊，葛皮朝车窗外一望，哇！嘴巴张得老大，眼睛也睁得老大。他先前一直认为老街大，现在发现县里比老街大多了，他感觉自己就是一只井底的蛙。

他心里打起了比喻，假如把老街比作油条，那县里就是一个老大老大的丰糕了。丰糕也是老街的一种特产，圆形，米粉发大的，松软，可蒸着吃，也可煎着吃。他高兴地从车上下来，又"哇"了一声，他见车站好多好多的屋，还有一个好大好大的院子，院子里停放着好多好多的客车。

葛皮感觉自己见大世面了。

带你们到我老表毛笔厂去参观！陶爷有些得意地说。

还是先到你老表家去！葛大宝把装有排面的麻袋往起提了提，暗示，去毛笔厂不合适。

我来！周小安伸手。

重！还是我来。葛大宝往肩膀上一搁。县里的街比老街宽多了，两边都是梧桐树，街上人比老街上的人多得多，自行车在人群中穿梭，不停地摇着铃铛，示意让开。葛皮想，还是县里热闹。

陶爷兴冲冲地走在前面，不断地与对面过来的人相撞。他老表家在城西一条夹弄里，房屋低矮，屋里也阴暗。由此可见，他老表家境在县里不怎么样。

带了点排面来！葛大宝把排面放下。

啊！还大老远地带这好东西来。老表老婆笑盈盈地把排面接过去。

老表客气地留他们吃了午饭，指点销路说：江南你们别去，你们可以就近到湖北、山东、河南跑跑，以后再跑远点。先跑跑看，不行的话，看在我老表的面子上，我带你们跑次把。

陶爷老表看上去很真诚，葛大宝很是感激。

回来的时候，葛大宝先上车，葛皮准备上，陶爷从侧方一脚跨了上去，他凑到葛大宝边上说：葛主任，我家小三子初中毕业闲着，想拜托葛主任给安排进毛笔厂。

这个，你户口不在我们选区啊！葛大宝嗒了一下嘴巴。

还拜托葛主任帮忙。

好吧，这个回去再说。

高家祠堂建于乾隆三十二年，高家在老街上的一世祖是从江南迁移过来的。老街通湖达江，高家一世祖二十来岁运绸缎到老街，发现这地方做生意不错，于是就试着开了家绸缎店。当时老街上开米行的李姓大户见高家一世祖脑瓜子活络，便喜欢上这外乡年轻人，托人把最小的女儿介绍给了他。李家这小女儿个子不高，但皮肤白净，眼睛像两颗黑葡萄一样漂亮，高家一世祖相中了，于是就在老街上成婚定居了下来，后来绸缎店生意越做越红火，便成为了老街上的商家大户。

毛笔厂在高家祠堂热热闹闹地办了起来。天井后面的正厅被隔成了三个车间，最后面的享堂也成为一个车间。天井前面被利用起来也成了一个车间。这样毛笔厂共有五个车间。制毛笔工艺复杂，有十四道程序之多。章二爹爹不时地从一个车间出来，进另一个车间。王月娥心细，被安排择笔毛，面前放着一个装着大半盆水的脸盆，她左手捏着笔毛，右手握着刀子，一点点地剔除杂毛。章二爹爹走到王月娥面前，看着她剔，满意地点着头。殷梅芝心粗，被安排在扎笔头子车间，章二爹爹发现她扎笔头子手法不对，便从她手里拿过笔头子与线，扎给她看，然后看着她扎，直到手法对了才走开。

陶爷户口不在上街头选区，毛笔推销还要靠他表爷帮忙，人必须安排，葛大宝把陶三子安排成临时工，薪水与工人们一样。

六

第一拨毛笔生产出来后，章二爹爹挑选了笔锋好、标致的毛笔，分硬毫、软毫与兼毫打了三个小捆，作为推销样品。

出去跑推销得有派头，周小安让老婆找出布票，在供销社扯了蓝卡其布，他没有找老街缝纫社，而是找孙小兰做了套中山装。孙小兰的手艺还真不错，中山装做得特别合他的身，周小安穿在身上那气派有点像从前工作队的王桂华。

葛皮出去自然也装扮一番，以显得老成。薛爱英给葛皮也做了一套中山装。葛皮穿上了中山装，头发又梳得油光，小小年纪，有点像跑推销的样子了。

薛爱英找孙小兰做中山装，孙小兰心细，她提醒大咧咧的薛爱英，出门带地方粮票不行，即便省粮票也不行，要带全国粮票。

薛爱英埋怨自个说：你看，要不是你提醒，我还真没有想到，那出门就坏了，要饿肚子了。于是赶紧换了全国粮票。

周小安也没有想到换全国粮票的问题，他听葛大宝说，也赶紧换了全国粮票。

葛皮觉得脚上不行，还不够气派。他想买一双皮鞋，穿着无论抬脚还是落脚都特别的神气。陶爷带他们到县里，陶爷的那个老表穿着光亮的皮鞋，一条腿架在另一条腿上，显摆似的不停地点着，就很气派。布鞋就没这效果了。当时葛大宝与周小安注意力在陶爷老表脸上，葛皮注意力却在皮鞋上。陶爷老表见葛皮羡慕他皮鞋，便故意把架着的腿点得更厉害，像鸡啄米似的。

葛皮想买一双皮鞋，薛爱英不同意，说皮鞋贵，镇上还没有人穿皮鞋，何况你还是小孩子，穿什么皮鞋。葛大宝主张给葛皮买一双皮鞋，他说葛皮也不小了，在外闯荡，穿着皮鞋显得有身份，毛笔好推销。薛爱英见当家的发了话，再者她认为葛大宝的话有道理，就没有再反对。老街好像没有皮鞋卖，他们想证实一下，便一家人兴冲冲地来到河东中街的供销社门市部。

葛大宝在老街上没有人不认识，正好轮到漂亮的女营业员李慧芳当班，李慧芳见葛大宝进来，客气地问：葛主任，您要买什么？

买皮鞋！葛皮抢着说。然后趴在柜台上眼珠子睃来睃去。

没有的！我们门市部不进皮鞋的，进了也卖不掉，所以就不进！李慧芳笑着解释。

怎么不进皮鞋呢？葛皮不停地嗒嘴巴，显得很失望。

县百货公司有！有猪皮鞋呢！李慧芳扑闪着长睫毛说。

这句话让葛皮动了上县里的心，尤其是"有猪皮鞋"这句话。这年头很少有人穿皮鞋，偶尔见到有人穿皮鞋，那也是人造革的，无法与猪皮的相比。

　　上县里买，车票不好弄到，葛大宝跑中街茶楼买了个丰糕，让薛爱英在晚上送到了招手站女站长家，弄到了票。

　　百货公司里确实有皮鞋，可是没有小码的，葛皮一双双地试，每一双都大。怎么办呢？葛皮想，我回去把皮鞋前面塞点东西也许行，于是他挑选了一双尺寸最小的三接头猪皮鞋。

　　按照陶爷老表指点，周小安首次跑推销的地点是邻省湖北，先到黄石落脚。

　　葛皮出去充满了新鲜感，他的两边脸腮激动得像是喝了八角一的烧酒。在招手站，薛爱英双眼泪汩汩的，葛皮毕竟只有十五岁的小年纪，何况又是第一次出远门，有个闪失后悔来不及。

　　在起初葛大宝打算让葛皮跟周小安出去闯时，薛爱英就不是太同意，儿是娘心头肉，她舍不得；还有葛大宝与周小安关系属于面和心不和的那种，她怕周小安趁机报复。

　　葛大宝性格爽朗，他认为周小安的心思就是想当选区主任，其他方面还好，再说自己还管着他，他不敢对葛皮怎样。

　　在招手站，葛大宝只对周小安交代要想尽办法把毛笔推销出去，其他什么都没说，这体现了一个男人的气度，一个选区主任的责任感。而薛爱英不停地拜托周小安把葛皮带好，不能带丢了。

客车开动。葛皮高兴地挥着手。薛爱英淌着眼泪跟着车子
跑了一截路才停下来。

<h1 style="text-align:center">七</h1>

下午三点半钟光景，上街头茶馆前的街面上只走着稀稀拉
拉的几个人，这个时辰，乡下人都在田里干活，居民们也大都
在上班。至于那些闲杂无事的人，要么围着街边几个固定的棋
摊子，头伸得老长在津津有味地观战，要么像往常一样聚在刘
三爷的黄烟铺子里吞云吐雾，扯着国家大事与市井杂事。

上街头茶馆里，程四嫂像往常一样搬了张小板凳坐在天井
边拣菜。只见她抓起一把韭菜抖抖，里面的土屑子都掉到地上；
她再把那些枯叶子拣掉。然后再抓起一把韭菜，继续拣。

程四嫂，就你一个人在呀？

很熟悉的声音，程四嫂抬起了头。

啊！小莲！你回来了！程四嫂惊喜。小莲先前在茶馆的时
候，对程四嫂特依附，像这种拣韭菜的事情，只要程四嫂搬小
板凳，她就像女儿一样乖巧地蹲在程四嫂身边，与程四嫂一起
拣，两个人有一句无一句地闲扯着。自从她出嫁后，程四嫂就
孤零了，一个人默默地做事，很少说话。

小莲两腮松开，试图笑，可是未笑得出来。

呀，你这是怎么了？！程四嫂瞅着小莲的额头，惊叫。

没有怎么。小莲急忙捂额头。

啦！来！我看看！程四嫂轻轻拿开小莲的手，只见小莲额头青紫。

打架了？才多长时间他就打你了？程四嫂轻揉着小莲的额头，生怕弄疼了。

小莲泪珠子簌簌地滚了下来。

小莲被男人打了。小莲的男人又懒又浪荡，不把上班当正经事，上班时间与社会上的人玩三张牌，薪水只拿到人家的一半，常常有社会上的人到家里来要债，说他欠了钱。小莲怪男人不成器，板着脸不搭理他。

儿子不成器，小莲的婆婆本应该数落儿子，可是她却护着，见小莲不给儿子好脸色，就在儿子面前挑事：你一个大男人还怕老婆，要说讨市里女人怕还情有可原，怎么讨了乡巴佬也怕？小莲的婆婆快五十岁的人了，头梳得油光锃亮的，脸上还搽香，走路腰一扭一扭的，妖得要死，她性格古怪，有"妖怪"之称。她最瞧不起乡下人了，张口闭口都是"乡巴佬""乡巴佬"。小莲虽说性格不软弱，可远离白兔镇，孤身一人，尽量忍着。可"妖怪"欺软怕硬，得寸进尺。"妖怪"还有两个媳妇，她们两个都是市里人，吃饭的时候，"妖怪"毫不掩饰自己的喜好，夹肉给那两个媳妇，就是不夹给小莲，弄得小莲很难堪。

小莲的男人小时候吃过"朱砂"，据说吃过"朱砂"的人脾气都暴躁，他平时温顺，发起脾气来却像头猪。母亲当着哥嫂的面讥笑他怕老婆，他面子上挂不住，猪脾气就上来了。

我怕老婆！一声怒吼，拳头就砸到了小莲额头上。

小莲上面有四个哥哥，就她一个"皇姑"，从小被父母捧着，被哥哥们宠着，从未受过这么大的屈辱，被打后哭着回到了老街。

老街上的姑娘嫁到市里或县里，大都有这样的经历，这与她们的来路或者说出身有关。她们虽是老街上男青年梦寐以求的对象，可到了市里与县里身份就卑微了，很多都受到了歧视，尽管如此，为了见世面，她们还是乐此不疲地往市里或县里奔。当然，在她们养了一个或两个孩子以后，有了润滑剂，或者说，经过较长时间的磨合，被接纳，歧视也就少了或不存在了。

也太欺负人了！程四嫂把小莲当女儿看待，她听后异常的愤怒，嘴巴张得很开。

小莲抹了一把眼泪。

你就在老街住！不回去了！程四嫂给小莲拿主意，发泄愤怒。程四嫂以往温和，与世无争，可是发起怒来让人吃惊。

我是不想回去了，可是不知道在茶馆里上班可还行？

你户口还在老街，工作关系也还没有转走，怎么不行？！

可是我歇了班。

这个没有关系，我给高经理说，再不行，我给程主任说，你先前在茶馆的时候，没有一个人不喜欢你，现在你想回到茶馆，他们肯定会同意。程四嫂觉得气发泄得差不多了，继续拣韭菜。小莲与她一起拣。

小莲又向程四嫂诉说了婆婆恶待她的一些事情。小莲说，结婚的那天晚上，要躺下的时候，婆婆对男人招招手，男人出去了，她就觉得很怪异，结果那天晚上"事情"后，男人就掀开被子检查床单。

程四嫂摇摇头说：世上还有这样不知羞耻的娘。

小莲接着说：第二天清早，那"妖怪"叫开门就看床单，见有血迹便不吱声。

她有天清早起来，到公共厕所倒马桶，邻居两个女人在一起叽叽喳喳。她隐约听见她们说，她婆婆不知道从哪打听到小莲先前有个相好的，人长得俊，还戴眼镜，担心她被睡了。小莲听了心里一惊，暗自庆幸，还好，床单上有血迹。

韭菜拣好，两个人都站了起来，小莲说，我回去了！

程四嫂说，你放心，我等下就找高经理与程主任说！正说话时，高新潮走了进来。

哟！市里人回来啦！一向不喜欢开玩笑的高新潮开起了玩笑。小莲低着头。高新潮见情况不对，收起笑容。

程四嫂走上前对高新潮说：高经理，你来了正好，小莲的事情还要找你！高新潮诧异地望着二人。

程四嫂把事情简单地叙述了下，高新潮嗒着嘴说：我没有问题，就看程主任了。

程旭升知道情况后说：小莲回来上班我们表示热烈欢迎，只是她现在成了家，再回来上班，她男人家肯定不同意。

小莲倔强地说：我就在老街上班！他有我么法子！

程旭升说：这事情恐怕没有你想的那么简单。

程旭升说得没错，一个礼拜后，小莲那个猴头猴脑的男人拎着鼓鼓两大包东西来到了老街，布料是给小莲父母的；糕点，几个哥哥家，每家给一份，只有市里才有的脆黄的油炸狮子头美坏了哥哥家的小孩。

小莲不理猴男人，偏着脸。小莲父母在臭骂了猴女婿一顿后，哄劝小莲跟他回去。小莲见到猴男人就恶心，想到那个"妖怪"婆婆，更恶心，不愿回去。

父母苦口婆心地劝：你嫁给了他，你不跟他回去，还在娘家待一辈子啊？

小莲犟嘴说：我就在家待一辈子！

小莲父母摇头：你在家待一辈子，街坊邻居耻笑，你还是跟他回去！

小莲瞪着父母：就是你们把我毁了！

小莲父母知道女儿委屈，不回嘴。小莲最终还是跟男人回去了。临走时，小莲父母对猴男人交代：她回去你要好好地待她，假如再动手，你就不要来了！猴男人点头如捣蒜。

环境有时决定心情，或者说影响心情，比如秋末时节天气灰暗，黄叶纷纷飘落，心境也就随着纷纷飘落的黄叶下坠；而艳阳高照，心境也抬升。上街头茶馆陈旧阴暗，程四嫂在里面沉默寡言，而中街茶楼宽敞亮堂，程旭升打算把程四嫂调到中街茶楼去，让她换换环境，也换换心境。打合作化到现在，程四嫂与自己在一起已经上十年了，程四嫂比自己大几岁，算老姐姐了，这么多年不容易，程旭升很同情她，先前自己没有权，不能关照她，现在有权了，想对她照顾一点，也属情理。

程旭升到上街头茶馆里，四下瞄了瞄，未见到程四嫂，疑惑地问：程四嫂人呢？

高新潮在里面，说：程四嫂生病，请了三天假。

程旭升追问：程四嫂生病了，生的什么病？

高新潮说：她就说头晕，没有多说。

程旭升对高新潮说：老高，我们一起去她家看看，好不好？

高新潮点头。

程四嫂家在长井弄子里，走到井边上，往右有一个南北向的无名弄子，只能容一个人进入。墙壁的下方是三尺高的砖块，上方是编泥。程四嫂家很小的门，对着弄子开着。屋里尽管安了亮瓦，光线还是非常的黑暗。

程旭升掏了钱与粮票在上街头合作商店里买了两市斤京枣，营业员用细索捆了纸包，他提着细索。高新潮见程旭升拎了东西，觉得自己寡手不好，也想买点东西。

程旭升制止了，说：我买了，算我们两个人的！

高新潮说：你买了，是你的，我不买，不好。

程旭升说：有什么不好的！你要真觉得不好，啦，你拎着！顺手就把纸包递给高新潮。

高新潮摆着手，说：还是你拎着吧！

两人在黑弄子里走着，不时抬头看看门，正好有一人从弄子里面出来，彼此看不清面孔，程旭升问：程四嫂家是哪个门？这人指了指。程旭升朝一个小门走去。

程四嫂躺在里屋床上。生病的男人靠在外屋躺椅上，见进来了人，急忙站起，拉亮了电灯。灯泡是十五支光的，麻麻糊糊的亮。

程旭升把京枣放在桌子上，说明了来意。里屋程四嫂听见程旭升与高新潮声音，急忙披衣来到外面，头发散乱在脸上，她用手绾了一绾。

程四嫂指着桌边凳子有气无力地说：领导坐。

程旭升坐下来后问：程四嫂，听说你头发晕。

程四嫂说：嗯，头晕得很，我也搞不清楚什么毛病。

那要到卫生院里去看看。程旭升提醒。

不要去看的，没有什么大毛病，过几天就好了。程四嫂轻轻地摆手。

那天小莲到茶馆来看她，见到久别的小莲，她心里有一种说不出来的安慰。小莲与她在上街头茶馆共事有四五年，这四五年里她看着小莲长成了大姑娘，她把小莲当成了自己的女儿，小莲结婚离开老街，她像失去了什么，身子软弱无力了近一个月时间。小莲回到老街，她以为小莲至少要住一段时间，常上茶馆里来陪陪她，没想到几天时间小莲就离开了老街，她怅然若失，然后身子就没有力气了。

八

阳历十月末，天气反常，还未凉下来，清晨太阳照样扎扎的，赵小发抹了把脸准备到茶馆上班，他刚走出门，就见河围老许拎着一腰箩山芋气吁吁地赶来。走得急，热，老许蓝布褂子的扣子全部解开。

疯子挎着脏兮兮的黄布包跟来了，手上拿着一个山芋，他像得宝贝似的，把山芋转过来转过去地看，然后不停地搓着山芋皮，力图把表层的沙土都搓去。

疯子也起得早，老许在街上见到疯子，从腰箩里拿出一个山芋递给他，感激他上次给带路。

刚挖的山芋拎点来给你们尝尝！老许说着就从腰箩里拿出一个山芋。只见这山芋有些干瘪。

这么大早就送山芋来！赵小发感到过意不去。

今年干得很，庄稼都快枯死了，这山芋也枯成这样子。老许抱歉地说。

这死天！老不下雨，把庄稼都干坏了！赵小发与老许搭着话。

老许将腰箩放在屋檐下，急慌慌地说：我得赶紧回去，队里抗旱的事情还得我布置。工作队走后，他因为受社员拥戴，队长职务又恢复了。

"嗟夫！予尝求古仁人之心，或异二者之为，何哉？不以物喜，不以己悲；居庙堂之高，则忧其民；处江湖之远，则忧其君。是进亦忧，退亦忧。然则何时而乐耶？……"赵昆仑手捧着本书，念念有词地从屋拐出来，见到老许惊喜地喊：许队长，您来啦！

趁早过来的！看你多发奋！这大清早的就读书！老许喜欢

地夸起赵昆仑。赵昆仑现在上高一，他一直有早起读书的习惯，即使冬天也如此，现在是秋天，早晨起来读书正好。赵昆仑手上握着的这本书有些陈旧，里面有篇文章叫《岳阳楼记》，是宋朝文学家范仲淹写的，里面有两句脍炙人口的话叫：先天下之忧而忧，后天下之乐而乐。意思是把国家、民族的利益摆在首位，为祖国的前途、命运担忧分愁，为天底下的人民幸福出力，表现远大政治抱负，同时也意在勉励后人发愤读书。赵昆仑喜欢读这名篇，说明他是老街上有抱负的青年。

上午十点钟光景，中街茶楼人稀少了，赵小发在桌子边坐下来歇息，他端起印有"金猴奋起千钧棒"七字的搪瓷缸子咕了两口。

这死热的天！这时，程旭升从外面急匆匆地进来，额头上淌着汗。他在赵小发对面坐下，拎起大茶壶把小白瓷杯子倒满，咕咚咕咚地一饮而尽，然后又把小白瓷杯子倒满，又咕咚咕咚地一饮而尽。

这天是热。赵小发扯下肩头上搭的毛巾递给程旭升。程旭升接过来擦了擦脸。

今年这天太反常了，庄稼都快要干死了，听说稻田里裂口有这么大，程旭升伸开大拇指与食指比划了一下。

农村里现在都在抗旱，在河床上淘水，保庄稼，镇里今天一大早就开会，部署从街上各单位抽人去支援抗旱，他们中餐伙食就靠我们饮食业了，不过镇里给我们补贴。程旭升又咕了一杯茶说。

赵小发与职工们都只是听程旭升说，不与自己联系。

这时程旭升把目光投向赵小发，亲热地说：小发，合作商店打算抽你与姚二两人送中餐。

哦。赵小发搞清楚了程旭升说这么多话的来由。

姚二现在还在上街头茶馆，他与赵小发在上街头茶馆共事有十多年。赵小发对姚二的印象是，嘴有些油滑，人坏不到哪里去，所以程旭升抽调他与姚二搭档，他没有说二话。

姚二在茶馆里放油条儿，他近水楼台先得月，养成了贪小便宜的习惯。赵小发用搪瓷缸子偷带炒细菜回家，姚二就偷带油条回家。他每天清晨出门腰里都揣着几张书本纸，在上午茶馆里人稀少的时候，他先把自己坐的高板凳悄悄地移到案板底下，接着眼珠子像黄鼠狼一样机警地睃一下店里，看有无人注意他，假如没有，快速地从腰里掏出纸，再快速地从装油条的簸箩里拎出两根油条裹好，往凳面上一塞，然后眼珠子又机警地睃一下店里，看有无人看到了。下班的时候他眼珠子又像黄鼠狼一样机警地睃一下店里，然后快速地将纸包塞进裤腰里，再把大褂子往下拽拽，然后大步流星地走出茶馆。姚二的几次动作，看似神不知鬼不觉，其实茶馆里面职工眼角都瞄到了，大家都装作未看见。

程旭升对赵小发说，是来征求他意见的，就他与程旭升的关系，假如他苦着脸，程旭升肯定会换人。正是因为赵小发表情还愉快，程旭升就这样决定了。

就这么一个安排，导致了赵小发人生中的又一次波折，或者说延续前面的波折——还是要去支援农村。

第二天上午十一点赵小发与姚二抬着上面搭着白老布、下面装着满满当当白馍馍的稻箩去抗旱工地送饭。两个人都未戴草帽子，头皮晒得有些吃不消。走到了河埂上，两边都栽种着密密匝匝的杂树，比刚才清凉多了。

姚二抬头朝蓝得纯净、看不到一个污点的天空仰望着，然后对赵小发说：小发，现在还早，我们稍稍休息下。说着就从肩膀上卸下扁担。

赵小发是一个没有主意的人。

两个人坐在地上用手掌扇着风，边上一棵不高的桦树上鸟儿不知道是热得难受还是高兴，叫个不停。

姚二朝树上望了望，鬼主意上来了，他转着眼珠子说：小发，刚才我们俩在街上不好拿馍馍，现在我们俩每人拿四个馍馍下来，藏在树上，等回来时放到空稻箩里带回家，不就赚着了，你说是不是？

不行！逮到小死！赵小发劝说。

姚二打气，说，小发，这里四下无人，你不说，我不说，鬼都不知道！

不能拿的！不能拿的！赵小发害怕地摆着手。

你是不是被上次的事情搞怕了？这样吧，你不敢拿，我拿，你不反对吧？赵小发不知所措地望着姚二。姚二掀开老布拿馍馍。

九

秋末，天本来黑得早，可是反常，五点半才黑下来。赵小发家堂屋里坐满了人。赵小发心事重重，低着头，一声不吭，猛劲地吃着大铁桥纸烟。

他不知道自己为什么这么的倒霉，几件坏事情都被他撞上了。要说偷带炒细菜回家，茶馆里面谁不带点东西回家，何况姚二天天偷带油条回家都未出事，就他出了事，这不是命不好是什么？偷带炒细菜回家这件事情，给自己带来惊吓不算，还给全家带来了惊吓，特别是给老母亲带来了惊吓，老母亲还为他冒着风险跑到茶庵去烧香。

偷带炒细菜这事情已经是个深刻教训，自己应该汲取才是，可是怎么……怎么又在另外的事情上犯浑呢？

偷藏支援大农业的馍馍，这是什么性质，你难道不清楚吗？这件事情自己是未参与，可是在场啊，在场就脱不了干系，难道你不懂吗？再说了，姚二是什么人，你难道不清楚吗？你就那么相信姚二，让姚二把你出卖了，哎！

赵小发难受地责怪自己。

喝茶！喝茶！孙小兰虽然心情也难受，但她还是强挤出笑容，拎着大茶壶不停地给程旭升与葛大宝夫妻倒茶。

不要你倒！不要你倒！要喝我们自己来！倪菊花与薛爱英欠身接茶水。

车子开到沟下倒不回来，事情过去不说了，往好处想，尽可能地到周边大队，生活也方便些。程旭升开了口。

不能不去啊？倪菊花插话。

不能！小发去农村是铁板钉了钉的，现在只有往好处想，尽量到周边。程旭升温和地望着大家。

对！想想办法，尽量到周边，生活也方便些。葛大宝接话。

那天，赵小发回家，把姚二偷藏馍馍硬塞给他，他没有要的事情对孙小兰说了，孙小兰当时就预感到这件事情牵连到了赵小发，并且还预感到了肯定要事发。

她眼瞪着赵小发：你非不让他拿，他能拿？！

我不让他拿哪里行？我能管得住他？赵小发拖着哭腔。

你还是有私心，还是想着带几个馍馍回家，后来吓着又不敢要，是不是？孙小兰逼问。

……有……有……点点。

你听听！你听听！还是有贪心吧！要不然怎么会出现这么个事！人什么时候都不能有贪心！要懂得满足，不然就会像《渔夫与金鱼》故事里的那个老太婆一样，最后什么也得不到，甚至倒大霉！

唉！赵小发狠劲地捶了下头。

孙小兰的话富含哲理。"贪"，即是对与自己力量不相称的某一目标过分的欲求。既然不相称，就不要人为地渴求得到；假如非要得到，那么结果不仅与意想不相称，甚至还会给自己带来厄运。

孙小兰，一个街道妇女，能把贪欲方面的道理浅白易懂地说出来，说明老街上的妇女并不全是小市民，她们中有的人相当的有素质。老街上的人都知道孙小兰是书香女子，这么一个书香女子如何演化成了一个普通的街道妇女的呢？

孙小兰读完初中，回到了老街。当时老街小学正缺老师，她就进去当了老师。孙小兰多才多艺，唱歌跳舞画画都行，镇上成立文艺宣传队，她与小学里一个长相英俊的男教师都是文艺骨干。

孙小兰与赵小发订婚后，一次赵小发经过小学门口，他朝里面瞄，正好看见孙小兰与那个长相英俊的男教师在有说有笑，当时他心里酸溜溜的，他想，再让孙小兰在小学这样干下去，迟早要出问题，就想阻挡孙小兰教书，只是还未结婚，话不好说。

生了赵昆仑后，孙小兰还想去教书，赵小发怕天长日久，会出事情，就阻挡说：昆仑没有人带不行！你先在家带着昆仑，以后再找事情做。当时正好赵小发母亲生着病，也成了他的由头。

孙小兰清楚赵小发心里的小九九，她嘟着嘴，生赵小发的气：你心里的小九九谁不知道，我要是那种人，随便做什么事情你都防不住。

奶奶生病，昆仑的确没有人带，孙小兰虽然心里不乐意，但还是歇了课在家带孩子。这样就遂了赵小发的愿，去掉了赵小发一块心病。昆仑大了点，孙小兰想回学校，可是员额满了，事情也就作罢，找其他事情也不好找，就在家做起了裁缝。

要想人不知，除非己莫为，姚二偷藏馍馍的事情被镇里知道了。镇里审问，姚二奸猾，他像孙小兰预感的那样，把赵小发牵连了进去，他还颠倒黑白，说是赵小发的主意，并且说赵小发也带馍馍回家了。这样赵小发就成了主谋，问题就严重了。

姚二藏馍馍的事情是高新潮报告镇里的，高新潮是越级报告的，等程旭升知道已经晚了。姚二是精明的人，但他精明不过高新潮。当时通知姚二送中饭，高新潮无意中发现姚二的面部表情惊喜了一下；后来姚二与赵小发抬馍馍出门的时候，他留了个神，特意瞄了一下姚二，他发现姚二眼神不同以往；回来时，他盯着姚二的脸看，姚二经不住盯，眼神躲闪了一下，他猜测姚二十有八九偷藏馍馍了，于是一诈，姚二就露了馅，把事情全说了，不过他把责任都推到了赵小发身上了。

赵小发有口难辩，他也不会辩，他是个善良的人，又是个软弱的人，这样罪责无形中就落到了他身上。既然赵小发没有怎么辩，程旭升也不好为赵小发辩解，这样无形中赵小发就揽了姚二的罪责。

程旭升知道情况后，有些责怪赵小发：小发啊，你糊涂啊，这馍馍是给支援大农业的人吃的，姚二浑，你不能浑啊！

我挡不了他啊！赵小发诉苦。

挡不了也要挡啊！你可知道，这不是你过去带炒细菜回家的小问题，这是破坏农业生产的大问题，大问题啊！何况那个姚二你不是不知道，狡诈得很，你怎么上了他的当？！程旭升在说这番带情感的话时，也责怪自己，怎么安排小发与姚二在一起搭档，真是浑蛋！

镇里相信了姚二的话。但姚二也参与了，也脱不了干系，于是镇里决定，干脆让这两家都下去支援农业生产。

木已成舟，求情也没有用！赵小发认命。

要下去的话，我想还是下到老许……许队长生产队，也好有个关照。一直闷着头吃大铁桥纸烟的赵小发抬起头，望着程旭升与葛大宝。

到老许……许队长生产队好是好，就是路远了，去了，还要做屋，麻烦。孙小兰嗒了下嘴。

不能到那么远的地方去！去了容易，回来就不是一句话的事情了。倪菊花与薛爱英同时嗒着嘴巴，她们虽是妇道人家，想得却很长远。

堂屋里大人们愁眉苦脸地说着今后去向的事，赵昆仑的心情好似没有受到大影响。他正坐在里屋三屉桌子前，翻看前两天在生产队里偷带回家的《资治通鉴》。随父母一起来的程秀丽站在他身旁，也像父母一样的愁容满面，她望着注意力集中在书上的赵昆仑，声调哀婉地说：昆仑，你家要下到农村，以后我们见面就少了。

赵昆仑下去了，她的心就失去了依傍。在这个时刻，没有人知道，与赵昆仑一起长大对赵昆仑有无限情感依恋的程秀丽心里有多难舍。她怎么舍得她的昆仑哥哥离开她呢？虽然她嘴上没有喊过一次昆仑哥哥，但在她心里，她喊过无数次昆仑哥哥。

你怎么不说话啊？程秀丽含情脉脉地望着赵昆仑。

赵昆仑似乎没有听见她的话，目光仍在书上。

昆仑！程秀丽手伸向了书，要把书合了。

赵昆仑想推开程秀丽的手。程秀丽不管，没有缩手，这样两个人的手就黏在了一起。

像遭遇了强烈的电流一样，程秀丽的手本能地一缩，脸也瞬间地红了。赵昆仑也触电似的缩回了手。这会儿，程秀丽不再顾忌，她眼睛火辣辣地望着赵昆仑。赵昆仑脸红红的，低下头，漫无目的地翻着书。

十

葛大宝带着陶爷老表往陶爷剃头店走。葛皮紧跟在后面。

这次周小安与葛皮出去虽说是初闯码头，但收获很大，签了好几个合同，这让葛大宝非常的开心，他特意请了指路的陶爷老表。

上午，柴五爷在陶爷的剃头店里。柴五爷斜躺在放倒的黑皮椅子上，陶爷正一手按着柴五爷的脸腮，一手提着刮胡刀呲呲地刮着。柴五爷面色泛红，显得很享受。

老街的剃头匠剃不出好的发式——给孩子剃的大都是屎扒儿头，但给大人刮胡子、刮脸却很老到，这成为今天众多在外老街人聚在一起时津津乐道的话题。

快到陶爷剃头店，葛皮报功似地抢着上前，对里面喊：陶爷，我爸爸请你到茶馆里喝酒！

这声音太响，在陶爷与柴五爷的耳膜猛地振动了一下，陶爷手轻轻地动了一下，不过这无碍大事；柴五爷长期收殓尸体，对肢体的反应尤其敏感，他动了一下头，陶爷赶紧提起了刀。

陶爷朝外面看，见是葛主任家的宝贝儿子葛皮。咦！听街坊说，他不是被周小安带出去跑推销去了？怎么这么快就回来了？难道是他顽劣，偷跑回来了？

葛皮小时候顽劣的事情特多，其中有一件事情陶爷至今想起来还好笑。葛皮脑后留着一条老鼠尾子，在他七岁那年春上，葛大宝准备给他念一年级，让薛爱英带着他把老鼠尾子给剃了。葛皮视老鼠尾子如宝贝，哪舍得剃。

薛爱英一路拽着他来到陶爷剃头店。

小孩子坐皮椅子不方便剃，陶爷搬了个凳子，让葛皮坐在上面，然后拿起剪子，就准备动手剪老鼠尾子。

薛爱英在边上站着，不剪是不行的，跑也是不行的，葛皮来了鬼主意，他喊：我要屙尿！装着愁眉苦脸，尿马上要屙到裤裆里的相。

陶爷松开了手。葛皮动脚就往街面上跑。薛爱英以为他找个拐角屙完了就回来，哪知道他趁机跑了。

从此葛皮剃老鼠尾子逃脱的事情在街坊邻居口中成了笑话。

不过第二天薛爱英还是强压着葛皮剃了老鼠尾子。

葛大宝把陶爷老表与陶爷，还有柴五爷——柴五爷给他接胳膊有功——一同带到了体面的中街茶楼，周小安这次出去有功，葛大宝也喊了他。葛大宝点了老街高山打鼓有名在外的炒细菜，还叫茶馆里职工临时跑路到钱大姑家买来五香花生米。五个人挥洒掉了四斤价格八角——市斤的粮食酒。当然为了表达感激之情，葛大宝也让葛皮意思一下地敬了陶爷老表。五个人喝得都很尽兴，席间葛大宝除了感激陶爷老表指路外，还表达由陶爷老表代跑合同的想法。选区里面事情多，周小安出去外勤他一个人忙不过来，另外葛皮的母亲心疼儿子，不想让葛皮出去，他就遂了葛皮母亲的愿。

跑一家是跑，跑两家也是跑，跑了能够得到好处，干吗不答应，喝得醉醺醺的陶爷老表一口答应了葛大宝的请求。

陶爷也非常地高兴，他眯着小眼睛笑。像他这样的剃头匠，能够上到茶楼的阁楼，与选区主任一起喝酒，以往想都没有想过。

柴五爷喝了葛大宝的酒，兴奋异常，他跑到刘三爷的黄烟铺子里，破例吹说葛大宝如何客气请了他。

十一

共产党，像太阳，照到哪里哪里亮。哪里有了共产党，呼儿咳呀，哪里人民得解放……大清早，《东方红》歌曲在老街上响起。

江八奶奶出桂花弄，她未像往常嗑着瓜子在街道上逛，而是直接穿斜对过的皂角弄到白兔河边。

晚秋早晨的太阳弱弱的，白兔河面贴着一层薄薄的阳光。河中央一个高个子的男人站在小木船上，手里举着一根长竹篙子，在不停地指挥着上十只乌啾啾的鱼鹰。这群鱼鹰被竹篙子驱赶着，不停地将头插入水中，又不停地探出水面换气。只见一只鱼鹰擒着了一条鱼的头部钻出了水面，鱼尾子在上方蹦跶。这是条鲢子，鱼鳞在稀薄的阳光下闪着银白色的亮光。

大个子！给我拣两条鲢子！江八奶奶手卷着喇叭筒对河中央喊。

等一下子！江八奶奶！大个子应答。

江八奶奶在老街以及周边无人不知。她老人家往哪一站，立马就会有人客气地喊。当然也有人不喊，瞄到江八奶奶在，转身就走，像蒜子，因为江八奶奶这个老街上的"老上人"喜欢训他们。

江八奶奶拎了鱼，出了皂角弄口，准备往上街头走。在供销社门口已经摆起了摊子的瘦老奶奶见她不回家，就觉得有点稀奇，便问：江八奶奶，您老人家不把鱼送回家，还往上街头跑不费事啊？

噢，您老不清楚啊，赵奶奶一家要去农村了，我到他们家去看看。

你与他们家非亲非故的，还去看呀？瘦老奶奶有些惊讶。

都是老街坊，赵奶奶人善，一家人都不多事，现在他们家要走了，心里肯定不好受，我去看看，说几句宽慰话总好些，你说是吧？江八奶奶把鱼提了提。

您老人家说得在理！在理！瘦老奶奶点头。

江八奶奶不到鱼行买鱼，而跑到河边买鱼，她图的是鱼新鲜，还有她老人家与这个大个子熟，大个子觉得江八奶奶人好心善，一般也望谱子收钱。

江八奶奶拎着鲢鱼，走在麻石条上。有人也像瘦老奶奶一样好奇地问，怎么拎着鱼往北面跑，江八奶奶都一个个地回答。

江八奶奶手里拎着鱼，其实大襟褂子里腰还揣着三市尺布票与二市斤粮票。这些都是她老人家省吃俭用省下来的，现在都拿出来，准备送给赵奶奶。

走到合作商店第二门市部前，江八奶奶朝里看，她又多了一个念头，称一斤京枣，给赵奶奶带着到乡下去嚼。

赵奶奶人善，江八奶奶人也善；赵奶奶偷偷地到茶庵去烧香，江八奶奶有时也偷偷到茶庵去烧香，两个人有时碰到，互相拉着手，拽着往一块坐。两个人不同之处，江八奶奶喜欢逛街，管事，而赵奶奶足不出户，不惹事，江八奶奶敬重赵奶奶。

走到白塔弄口，江八奶奶正准备往弄子里转，殷梅芝从北面走过来。

她见到江八奶奶，急忙喊：江八奶奶！您老到孙小兰家去啊？

你怎么知道的？江八奶奶瞄了她一眼，故意问。

您老到这弄子，不到孙小兰家还能到哪家？再说，孙小兰家马上要走了，您老心善肯定来看望。

江八奶奶进到弄子里。

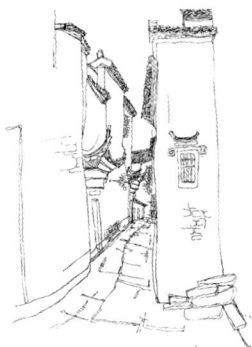

第四章

一

一个礼拜后赵小发就到了老街边上的生产队，这样的好处是不用拖家带口到远乡下，生活就便。而姚二就可怜了，为了区区几个馍馍而到了离老街十八里地的一个叫土岗的生产队。

赵小发没有到远乡下，多亏了程旭升与葛大宝这两位老战友的倾力相助。那天晚上在赵小发家商议时，两人都认为最好不要到远乡下，生活不便。

程旭升说：我去找找镇里徐主任（也就是原先的徐镇长，

现在换了称呼），他说话管用。

葛大宝接话：假如徐主任这头说好，那么到边上大队的事情我包了，顺手拍了拍胸脯。先头大家心里都不好受，他不便架着二郎腿，现在商量好了办法，他恢复了老习惯，又架起了二郎腿。

这事你能包了？程旭升慎重地问。

能包！葛大宝信心十足地答。

你怎么包？程旭升稳重，他还是有些存疑，想把葛大宝这头敲实了。

葛大宝眼珠子警惕地转了一下，然后神秘地说：你们不清楚，他们大队的主任找过我多次，想把他家丫头安进我们选区毛笔厂，我一直未答应，现在小发想到他们大队，我把他的事情答应了，小发的事情他不就同意了，你们说，是不是？

这条路子确实能走得通。程旭升满意地点点头。

赵小发心情好起来。他先前一直低垂着头，现在抬起头，感激地望着葛大宝。

这怎么好，给葛主任你添麻烦。尽管三家关系不错，平时来往也密切，但这会孙小兰出于感激，还是说起了客气话。

他们是老战友，关键时刻帮忙是应该的，你就不要说这样的话了。薛爱英亲热地摸了摸孙小兰的长辫子。孙小兰有两条长辫子，拖在背后。

你那头不知道能不能确定？这时葛大宝有些不放心地询问程旭升。

我试试看。程旭升做事说话都非常的把稳，不说过头话。

给你们俩添麻烦了，真的不好意思，你们喝茶。赵小发未起身，孙小兰站起来倒茶。

程旭升起了个大早，他来到中街茶楼，拣了四十个米饺子、十根油条送到了徐主任家里。

徐主任家在河东下街头。三开间，二进。一个天井，不过天井比葛大宝家大多了，天井里栽种着一棵高估摸有四尺的栀子树，每年五月节的时候，上面一片粉色，淡雅的香气飘满了屋子。

这套房子共四进，后二进与前二进被分隔开，为居民杂居。

徐主任大背头，他爱俏，在二进厅堂里正拿着一面圆镜子在照脸。眼角瞄到程旭升带着米饺与油条进来，哈哈地笑着：旭升，这大清早你又送米饺又送油条的，这些东西该不会你在茶馆里白拿的吧，那不只是你犯错误，让我也犯错误哦！

程旭升急忙解释：主任，这些都是我自己掏钱与粮票买的，买的！

一个月就那么点粮票，怎么能让你拿粮票买了送给我们家？喂！——你拿一斤（市斤）粮票来交给程主任！徐主任对着侧屋喊。他夫人未听见。

不要的！不要的！程旭升急忙摆手。

无事不登三宝殿，旭升你来了肯定有事情，快说！快说！

没什么事情！没什么事情！程旭升连连摆手。

没事情我就吃油条了。徐主任拿起了一根油条往嘴巴里塞。

程旭升听徐主任这么说，有些后悔。

徐主任见他神情木木的，笑起来：哈哈，你旭升来，我就知道有事情，有什么事情？快说吧！

赵……赵小发与我是战友，他一大家子要是到远乡下，住都是问题，徐主任您看能否照顾，让他在周边生产队！程旭升瞅着徐主任脸色小心翼翼地说。

这个……这个……徐主任稍顿了下说：这个恐怕不好办，下去的目的就是支援农业生产，像河围那边的河滩子开阔，最近区上决定要围河造田，挑圩埂，需要劳动力，去了正好。

程旭升听徐主任这么说，心一沉，他想，看来这事铁板钉钉，没有丝毫希望了。

不过，任何事情都不是绝对的。徐主任转换语气说。

还有希望？程旭升未想到徐主任的态度来了一百八十度大转弯，他有些惊喜异常。

有，也可以说没有，说不来。徐主任带有些玄妙地说。

中午回到家，程旭升把徐主任的话对倪菊花说了，他说：徐主任说疑惑话，也不知道行还是不行。

徐主任是等着你送东西，这个你都不知道，还当合作商店主任？！倪菊花虽说是妇道人家，头发长，见识还真不短，点拨起程旭升。

等我送东西？程旭升似乎有些不明白。

旭升你一向聪明，怎么这事糊涂了，他就是在等你送东西，并且东西不能差了。

送东西这事情不好对小发说，他家难，说了也白说，何况他家也没有值钱的东西送。

那不送肯定要到远乡下。倪菊花像是徐主任肚子里蛔虫。

菊花，我们家有一套青花瓷的茶具，那还是当年合作化，办茶馆，我与高新潮到景德镇采购茶具时顺便买的，不如送给徐主任，他一定喜欢。

那套茶具虽说派不上用场，但我喜欢。倪菊花有些舍不得。

我哪能不喜欢，小发是我的战友，不帮他，我心里愧疚。程旭升望着倪菊花，希望她答应。

帮助帮助昆仑家里嘛！妈妈！一旁的程秀丽见母亲不同意，急了，拽着倪菊花的手央求。

你送吧，送给那徐主任，只要把小发的事情办成了。倪菊花转了语气。

真的同意送？程旭升惊喜万分。

真的哦，我的当家的，我们一家人都靠你，你不高兴，我们一家人哪里高兴得起来？倪菊花嗔道。

妈妈同意送了！太好了！太好了！程秀丽拍起了巴掌。

赵小发家要走，最焦急的是程秀丽。她虽然嘴上没有喊昆仑哥，但心里无时无刻不在喊昆仑哥。赵昆仑喜欢读书，把读到的故事都讲给她听，她听得入神，觉得昆仑哥太有学问，太有本事了；赵昆仑话不多，也不太喜欢生气，她觉得昆仑哥好有涵养；赵昆仑经常为她着想，她觉得昆仑哥对她真好……

她内心里依赖赵昆仑，崇拜赵昆仑，仰慕赵昆仑，这种依赖，这种崇拜，这种仰慕有种说不出来的甜蜜感觉，这时她还未想到爱，但觉得心里很快乐很快乐。

她焦急假如昆仑家到远乡下，那么她的昆仑哥高中一毕业，将很难见到，事实上现在她一天见不到她的昆仑哥心里就失落，可以想象要是长时间见不到她心里将忍受多大的煎熬。

程秀丽还是个小姑娘，她现在还不可能考虑到，昆仑家一走对她婚姻的影响，那意味着赵昆仑的城镇户口被取消，也就是说，赵昆仑是农村户口了，而她是城镇户口，城乡差别，工农差别，这两个差别，像是两条巨大的鸿沟挡在了他们面前，不可逾越。

未想到，程旭升把青花瓷茶具送给徐主任，徐主任不仅未收，还骂了他。

这么骂的：我一直认为你程旭升很正派，你怎么也搞这一套？程旭升被骂蒙了，不清楚徐主任话是真是假。

赵小发到远乡下铁定了。程旭升心里想。

第二天，镇里一个具体管这事的干部告诉程旭升，赵小发可以就近支援农村！

程旭升高兴坏了。他心里说，徐主任还真不是那号人。

二

老街毛笔厂跑推销的事包给了陶爷老表，周小安继续做原来的事。老街这阵子治安情况有点差，三天两头出现偷盗的事，镇上要求选区安排人晚上巡逻，葛大宝让周小安主抓这件事，"妖精"男人被抽调参加夜晚巡逻。

天空就像一块黑抹布，上面一颗星星都没有，"妖精"男人跟着周小安，两个人打着手电筒，先在街上转，然后转到街后，接着转回到街上。

"妖精"男人嗒了下嘴巴说：周主任，我晚上咸腌菜吃多了，回家舀瓢水喝就回来。

周小安把手电筒划了几下说：好，你喝了就回来。

"妖精"家水缸上面搭着两个半圆的木盖，盖上面有木把手。"妖精"男人拎起半边缸盖，斜放在另半边缸盖上，然后从锅台上拿起一个葫芦瓢，舀起半瓢水就咕咚咕咚地喝起来。

就像牛打咕，你不能喝慢点！"妖精"对男人横着眼睛。

你晚上菜里不知道放了多少盐，把我渴死了，还说这怪话。"妖精"男人不满。

好！好！你嫌我炒菜咸，从明天起，老娘不烧了，让你烧！"妖精"生起气来。

生什么气筛，说着玩的。"妖精"男人讨好起"妖精"来。

"妖精"男人抹了一把嘴巴，准备出门。"妖精"想起什么似的对他说：我对你说件事情，我大姐家猪，才九十斤，正在长，我大姐夫生病要开刀，大姐没有办法，吵着要把猪卖了，我说正在长，卖了可惜，可我大姐非要卖，你说可惜不可惜了？

男人瞅了一眼"妖精"说：你不懂，开刀要用大票子，我们又没有票子借给她，要开刀，没有办法，猪正长也要卖！

正长也要卖呀！"妖精"大惊小怪地嚷起来！

当然！正长也要卖！不卖，怎么渡过难关？！男人提高了声调。

镇长也要……什么！好啊！你们在说镇长……徐主任坏话！我要报告镇长！不！应该是报告徐主任！周小安在外面说话。"妖精"家一个窗子对着弄子，糊窗户的报纸有些破损，声音透过纸洞传到了外面，被周小安听到了，正长！镇长！他灵机一动，利用谐音错弄唬住"妖精"夫妻。

"妖精"男人回家喝水，周小安找了一个没人的弄子屙了泡尿，他在街上转了会，见"妖精"男人未出来，就进了仙姑弄来看看。

听到是周小安声音，"妖精"与男人吓坏了，同时捂住了嘴巴，望着对方，不知所措。

开门啦！周小安砰砰地敲门。

"妖精"迟疑了下，打开了门。

主任！我们……真……真不是……不是……说镇长……徐……徐主任！我们是……是……是说正长……猪正长的事情！"妖精"男人口吃地解释。

我听得清清楚楚你们在说镇长！——说徐主任！还狡辩！周小安装糊涂。

主任，我们在说看的猪正长！正在长！不是说镇里的镇长！镇里的徐主任！"妖精"解释口齿清晰。

反正我听了是说镇长！说徐主任！周小安咬住不放，他就着暗淡的灯光朝"妖精"胸口睃了一下，发现"妖精"因为害怕鼓鼓的胸口在上下起伏。

平时就迷人，现在更迷人了！周小安眼馋巴巴的。

真的不是说镇里的镇长哦！"妖精"男人带着哭腔。

是不是说镇里的镇长，明天我向镇里汇报，让派出所调查了再说，现在你随我去巡逻！周小安临出门时眼睛仍不忘朝"妖精"鼓鼓的胸口又睃了一把。

短处被周小安捏着，"妖精"男人跟在周小安后面，战战兢兢的。他心里在想，明天周小安向镇里汇报，自己就是有十张嘴也说不清楚，把镇长搞得罪了，老街清洁的活十有八九丢了……他越想越懊恼，脚步就拖到了后面。

周小安打着手电筒脚步轻飘地往前走，他在回想着"妖精"鼓鼓的胸口，不觉地吧嗒了一下嘴巴。

我真的没有说镇里的镇长！"妖精"男人听见周小安在嗒嘴巴，以为主任下决心要汇报，吓坏了。

周小安见他这样，心里得意，冒出了一个念头，于是装模作样地说，我明天报告不报告，要看你今晚的表现，今晚表现得好，我就当没有听到，明天就不报告了。

真的吗？真的吗？周主任！"妖精"男人喜出望外。

我说话算数，现在我肚子痛，到卫生院去开几片药，你一个人巡逻，不过可不准回家，可听清楚了？！周小安威严地说。

清楚！清楚！"妖精"男人高兴地抖着身子。

三

上午九点钟光景，一个穿着豆渣色老布褂子的乡下人，肩膀上套根绳索，弓腰推着一辆笨重的独轮车上古桥往河东街而来。古桥因为年间日久，又少修缮，桥面木板有些松动，个别地方还开了天窗，低头朝桥下望，不免心惊胆战。

这人推着独轮车在上面绕来绕去，好似蛇溜水。独轮车轧着松动的桥板发出当当的声响。虽说是晚秋，跑了不少路，身子还是有些热，他脱了蓝布罩儿搭在了独轮车上。下了古桥，穿过古桥巷，来到河东街，街面上麻石条光滑，独轮车在上面推起来轻巧多了，不像刚才那么费力，他弓着的腰身稍稍直了起来，先前紧绷在两肩头的绳索也有些松弛。

独轮车大部分的时候都笔直向前，碰到有人慢悠悠地往边上让时，它主动避让又绕起了蛇溜水。街面光滑，独轮车与麻石条很少有摩擦，下方几乎不发出任何声响，但是零件间因为相互摩擦，发出吱吱呀呀的好听声响。

这天上午，陶爷剃头店生意还好。陶爷正捏着一把手动的推子在推着一个顾客的后脑勺毛发，另外一个顾客坐等着剃，这个顾客闲着无事，一会看看剃头，一会漫无目的地望望街面。

独轮车推到了陶爷剃头店前街面上。这个顾客似乎认识推独轮车的人，说：江八奶奶家的亲戚又来了。

这个人是歇了半天工来送东西给江八奶奶的。江八奶奶对乡下亲戚好，乡下亲戚宁愿歇工也过段时间来看望她老人家一次。

陶爷本来就听到独轮车响，现在又听这个顾客在说，忙停下手中活计，望了一眼独轮车，接话：肯定又给江八奶奶送来了不少乡下好吃的，这下江八奶奶又开心了。

这个顾客说：江八奶奶豪爽，从来不会让亲戚吃亏的。

江八奶奶的这个亲戚家在西山里，他每年再忙都要到江八奶奶家来几次，每次都带几麻袋东西来。独轮车子中间隔板分界，这次一边放着装晚稻米的麻袋，一边放着装山芋的麻袋。山里沙土地松软，种出来的山芋甜，咬一口，汁像糖水。桂花弄子人家都稀罕江八奶奶家亲戚的山芋，每次送来，江八奶奶都大方，张家拎两个，李家拎两个，一大麻袋山芋，拎到最后只剩下个把。

这人长相奇特，有些貌丑，街坊邻居都清楚他是江八奶奶家亲戚，至于什么亲戚，知道的就少了，也很少有人过问，不过有一条，奇闻好传播，街坊邻居都晓得江八奶奶家这个亲戚的鼻子是豺狼给咬掉的。

山里豺狼多，有一年夏天，江八奶奶这亲戚搬了张凉床在门前屋场子上乘凉，白天干活累得倒倒的，他倒在凉床上就呼呼大睡了。

豺狼晃悠到他家屋场子上，见他睡得死，上前对着他鼻子就是一口，正准备来第二口的时候，他老婆正好出门喊他进屋，看到了他边上一双蓝幽幽的眼睛。

豺狼！他老婆一声大喊，顺手就抄起了放在门边的洋叉。

豺狼撒腿就跑。江八奶奶这亲戚才捡了一条命，不过破了相。

果不其然，如陶爷剃头店里顾客所说，江八奶奶不会让乡下亲戚吃亏。她拖着一双破损了的灯芯绒布鞋，急慌慌地往上街头鱼行去。这会到食品组，肉是买不到了；乡下亲戚来了，中饭没有肉总得有鱼，到河边不一定能遇到放鱼鹰的高个子了，干脆到鱼行去，那里还能买到鱼。

上午黄烟铺里除了刘三爷外，还坐着一个老头。江八奶奶急急地打黄烟铺前过，刘三爷见到，开玩笑：江八奶奶，您老这么急慌慌地一定去买东西吧！

算你猜着了，我家亲戚来了，现在肉买不到了，我到上街头鱼行去看看，可还买到鱼。江八奶奶边说边往前赶。

那个老头招呼江八奶奶：江八奶奶，你别走，你东街西街的事情都晓得，我问你件事。

回头再说！江八奶奶不理会他。

很重要的事情！

江八奶奶一听重要的事情，停住了脚。

是不是听说高新潮与程旭升不和，程旭升要整高新潮？

不知道！不知道！你整天吃饭没有事情做，管闲事，总有一天要出纰漏子！江八奶奶抬脚就走。

无风不起浪，高新潮与程旭升二人之间这阵子矛盾相当的大，搞得街坊邻居都晓得了。先前上街头茶馆生意好，不少茶客是冲着赵小发炒细菜的手艺去的；后来中街茶楼兴旺，除了里面的装点外，与赵小发把茶客带过去有关。自从赵小发走了以后，不仅上下街头的茶馆生意不景气，就连中街茶楼的生意也不景气了。饮食业不能这样半死不活的，程旭升是个要强的人，他动脑瓜，准备把先前经理高新潮一人管理三个茶馆（楼），改成一个经理管理一个茶馆（楼），说白了，就是添两个经理，这样让茶馆（楼）之间互相竞争，生意或许好些。

程旭升的做法，在当今来说，不算什么，可在那个年代，已经像高新潮的名字一样，很新潮，很时尚了，有了点改革的意味，相当的了不起。

不过在茶馆职工看来，在老街上大多数人看来，程旭升这招摆明了就是阴谋，是在贬高新潮，说得不好听就是在整高新潮。为什么是整高新潮呢？一来高新潮越过合作商店直接向镇里反映赵小发，不把程旭升放在眼里；二来赵小发是程旭升战友，程旭升一向罩着赵小发，高新潮反映赵小发，等于间隔向程旭升宣战，程旭升肯定是要报复回去的。

高新潮无形中被降了职，虽未勃然大怒，与程旭升发生争吵，不过他阴着脸，紧咬着嘴唇。

四

"妖精"男人一个人打着手电筒心事重重地在街前街后转，在街后他转到了一处高估摸有两丈的围墙边，站在围墙底下朝上面望，感觉围墙像一把利剑刺向暗夜的天空，显得有些阴森。

围墙里面是个仓房。仓房是老街粮站的一部分，不过独门独院，与前面门市部不相连。

"妖精"男人漫无目的地将手电筒光照向高墙，他不断移动，然后又无趣地将手电筒光收了回来。他继续往前走，仍然心事重重。噗！一脚踏到了"阳沟宕"里。在后街，有些空场子，街坊邻居便开垦起菜地，种菜需要肥料，沤肥，于是这些人家便挖了"阳沟宕"，把打扫的灰尘与柴草灰倒里面沤着。

他抬起了脚，一股臭味被带了起来，鞋边沿沾上了不少的污泥。他闭着气，脱下鞋子，倒了倒里面的脏水。前面好像有人！他在脚插进鞋里的时候，隐隐听到不远处有声音，于是他将手电筒光照了过去，照到了一个女人拉着大板车在急急地掉头，边上还有一个瘦瘦的男人。

谁！他厉声喊。"妖精"男人警惕性很高。那个女人不搭理，继续掉头。他用手电筒光罩住了这两个人。

原来是你们两个啊！这深夜拉大板车到哪里去？走到近处看，清瘦瘦的男人是老街上卖零货的郑武。拉大板车的是他的老婆，个子魁梧，胳膊也很壮，听别人说，与"妖精"一样是从西山嫁过来的，她家境难，看上郑武城镇户口，吃商品粮，还卖零货，比山里人强，就嫁到老街来。

我们不……不……郑武心虚，话说不圆。

我们不到哪里去，就是准备拉点肥料。郑武老婆镇定。

现在这夜深人静的，拉肥料？"妖精"男人把手电筒照照大板车，又照照郑武与他老婆的脸，显然不相信。

郑武夜晚拉大板车的事情其实街坊邻居都清楚，他老婆也没有工作，一家人生活就靠卖点零货。夫妻俩不怕吃苦，趁着夜晚拉着大板车到远离老街二十里的县里去批发芹菜回来卖，天亮前返回。早晨放点在摊子边，老婆搭手，卖完了回家拿——假如整大板车芹菜都放在零货摊子边，就会被镇市场管理部门盯上，就会被认定破坏市场管理规定，搞不正当经营。郑武夫妻每次放一点，选区干部与市场管理部门同情他们家，路过都当作未看见，所以郑武卖零货附带卖芹菜多年未出过事。

我们现在就……就回去！平时卖零货的郑武还有些瞧不起扫大街的"妖精"男人，现在被逮到了短处，他变得可怜巴巴。

"妖精"男人长时间都不入街坊邻居眼，受憋屈，现在在这个特殊的时刻，倒转过来，他也可以拿捏郑武夫妻。

以后深夜别再拉着大板车乱跑！"妖精"男人将手电筒光一摆，等于放过郑武夫妻二人。

"妖精"男人与郑武一家在老街上社会地位都不高，出于同病相怜，"妖精"男人没有为难郑武。

好的！好的！哐咚哐咚！郑武老婆精明，拉起大板车小跑。

郑武夫妻立马没有了影子。这时"妖精"男人仿佛醒悟过来，想想现在自己"七寸"被周小安捏着，假如把他们夫妻交到选区，说不定就立了功，那事情周主任或许就因此不提了。

"妖精"男人顾不得鞋子湿滑，跟在后面撵，想把郑武夫妻给撵上。

你们不能回去，跟我到选区里去！

好人！求求你！郑武老婆作揖。

不行！你们三更半夜倒弄芹菜，破坏市场管理规定，现在必须随我到选区里去！去了假如表现好，没事；不去就是抗拒，加重处罚！"妖精"男人咬着牙齿。

这个时候的"妖精"男人出于为自身考虑，露出了人性丑恶的一面。

"妖精"男人打着手电筒把郑武夫妻带到选区门口。你们在这等着！我去找周主任！他在街面上急促地走着，希望能尽快见到周小安，可是他把上街头街面走完了，也未见到周小安的影子。

周主任到哪里去了呢？不会回家了吧？他又急匆匆地到周小安家，不敢用力，只轻轻地叩了几下见没有反应，他只好垂头丧气地往选区方向走，走到仙姑弄，见一个人像贼一样从弄子里钻了出来。

咦！这三更半夜的怎么有人从里面出来？他急忙将手电筒光照过去。很意外！这人正是周小安。

是我！周小安捂了一把脸有些慌张地说。

你……你怎么在这……"妖精"男人感觉不对劲。

现在小偷就喜欢往暗处的小弄子里钻，我估摸他们钻到仙姑弄，特地跑来巡查，还好，他们没有来这里。

……

"妖精"男人似信非信地望着周小安。

你可发现偷盗的了？发现了赶紧报告！周小安装作一本正经地问。

没有！就是逮到一户居民偷运芹菜。

哪一户？周小安如获至宝地问。

郑武……家。受到刚才周小安从自家弄子里出来情绪影响，"妖精"男人说话竟有些沮丧。

人呢？你给放跑了？

没有，在选区门口。

走！我们一起去看看。周小安迈开大步在前面走。"妖精"男人跟在后面，他心里想着弄子的事。周小安怎么跑到自家弄子里了呢？自家弄子里从来未出现过偷盗的事啊？……想着想着，他心里突惊了一下，该不是周小安打上了"妖精"的主意，钻到自家了？

他情绪坏到了极点。心急着，得赶紧回去盘查盘查。

主任！我肚子疼，要拉肚子，请个假！马上就回来！这会儿"妖精"男人胆子壮了，他捂着肚子，装出马上要拉的样子。

好吧！你去吧！"妖精"男人听到这话，他先往边上暗处一贴，然后向仙姑弄方向小跑起来，他想回家查看"妖精"有无被动过的迹象。

五

大清早的，高新潮就拎着条湿淋淋滑溜溜的麻袋来到了老街招手站，这时售票窗口已经排起了长队，众人目光都转向了麻袋，好奇里面装着什么。他瞄了瞄长队，径直走向候车室，敲了敲售票室门，没有反应，又敲了敲，还是没有反应。

怎么人还没有来呢？他有些焦躁地在候车室里打着转。

估摸过了半个小时，招手站女站长才拎了只人造革皮包出现，排久了有些歪斜了的队伍见她来立马直了起来，像是表现给女站长看。

女站长面无表情地走进候车室。

站长来啦！高新潮紧绷的脸努力地松开。

你那里面是什么？女站长好奇地瞟了一眼麻袋。

胖头鱼！高新潮答，跟着女站长屁股后面进了售票室。

一般人是进不了售票室的，女站长为什么让高新潮进呢？还不是看高新潮是茶馆经理，在老街上也算台面上人物。人活在世上图个脸面，到哪里都希望有人恭敬，女站长也时常上茶馆，啊！站长来了！高新潮客气地上前迎接，给足了女站长面子。反过来在招手站女站长也要给高新潮面子。还有，女站长家人到上街头茶馆买早点，高新潮都打招呼让多拣点，这女站长心里有数。

高新潮到县里后，向剧团弄走去——剧团弄的左边从前是剧团，后来剧团解散，房屋被居民占用了。

县里剧团先前很是红火，唱的黄梅戏《王小六打豆腐》《天仙配》《女驸马》场场爆满。县里剧团红火高新潮是听说的，老街也有剧团，老街剧团红火高新潮亲身经历。

早些年老街上的大小戏班子有四五个，剧团也有两个，剧种也有好几个——京剧、黄梅戏，还有本地的民歌。到后来，大小戏班子散了，两个剧团也被合并成了一个。没有了万年台，白兔镇政府把河东中街被收的大宅改造成了剧院，用来唱戏。

老街剧团一曲戏排好，立马演出，对外售票，剧院里面坐得满满当当的。排练的节目，能巧妙地把剧情与演出时间吻合起来，譬如五月节前排练《白蛇传》《洞庭湖》。

当时老街剧团演唱一曲新戏，戏名叫《李翠莲》，说的是心善妇人李翠莲蒙冤屈死，后来复生的故事。情节曲折新奇，演唱也凄婉悲鸣，演出轰动了老街，也轰动了县里，县里不少居民闻听前来老街观看。

不久剧团停演。十余年后才恢复演出。

往巷子里走估摸一丈路，有一堵五尺高的墙，一个小门对巷子开，虚掩着，高新潮推门进去。这是个窄长的院子，里面开挖着四畦菜地，其中两畦大白菜，一畦蒜苗，一畦菠菜。一个年纪四十上下的妇女正举着粪瓢在泼水，一股臭味飘散开来，高新潮皱了下鼻子。

啊！老高来了！屋檐下站着的老街合作商店主任鲍满发热情地招呼。

他常年住在县里治病。

鲍主任现在住的这小院子是女婿家的。女婿在县财政局办公室上班。

这里面滑溜溜的是什么？鲍主任好奇地朝麻袋瞄了一眼。

鱼！胖头鱼！三斤重的好大胖头鱼！高新潮炫耀。

哦，还有这么大的胖头鱼！鲍主任显得很高兴。他住在县里，心里还是希望下属经常来看望，汇报合作商店的事情。

今天天不亮就在鱼行守着，守到了这么两条大胖头鱼，特地带给主任。高新潮讨好地说。

其实他买了三条胖头鱼，还有一条讨好女站长了。

你特地跑县里来一定有事情吧！鲍主任像知道似的问。之前程旭升已经来向他汇报了，他考虑到茶馆目前的状况认为有设三个经理的必要，也考虑到高新潮不能接受，想了安置高新潮的办法。他很欣赏程旭升的能力，但他考虑高新潮负责饮食业多年，也是有功劳的，必须平衡好，这样自己才能人不在老街却可以有效控制合作商店。

高新潮十分气愤地向鲍主任告状，说程旭升心术不正，摆明了为赵小发偷馍馍的事打击报复自己；还添油加醋上杠子，说程旭升胆大妄为，想取代鲍主任。鲍满发在县里，心是虚的，最怕别人说这话，一听脸立马沉了下来。高新潮瞟了一眼鲍主任，止住了嘴。

他暂时还是取代不了我的！以后老街有什么事情随时到我这来走走！

好！好！

你的事情我考虑一下。鲍满发补了一句。

六

葛大宝清晨起来锻炼，刚走进弄子便听见一阵很长的爆竹声，这大清早的响爆竹，一定是哪家"老"了人。他心想，等吃过早饭去上个门。

在弄子里没走几步，就见周小安从弄口急急地过来。弄子两边是薄砖墙，最高处有一丈，声音出不去便闷在弄子里咚咚咚咚地响。

这么早来找我干吗，不会是"老"人的事情吧？他估摸。

葛主任，昨天晚上巡逻收获不小，我逮到了一户偷运芹菜的，现在两人还扣在选区里！周小安极其兴奋地报功。

不会是郑武家吧？

就是郑武家！大板车被我扣在选区门口。周小安说到"扣"字时加重语气，显得很是得意。

哦。你让他们回去。把大板车也拉回去。葛大宝语气平淡地交代。

不送市场管理办公室呀？丧失了一次表现的机会，周小安显得很失望。葛大宝没有理会周小安，迈开步子走，他现在急着到白兔河边去锻炼。

江八奶奶醒的时间几乎与葛大宝同时，她是被一泡尿胀醒的。江八奶奶睡的是一张老式花屏床，上方花屏有一指宽，绘着梅花，年代久远，梅花的沟槽平了，色调也已暗淡。花屏床的一侧留着空隙，里面放了两只木箱，还有一只木箍的马桶。马桶用的时间久了，色调暗淡。空隙前面挂了个暗花布帘子，与花屏一样齐，上马桶时用作遮挡。

江八奶奶晚上睡觉，忽然间听到了一阵长长的细微的爆竹声，接着是"咚！""嗵！"的"双响"声。这不过年不过节的，一定是哪家"老"了人！她草草穿了衣服，急急地出了弄子。

听声音像是上街头。她急急地往上街头走。

在老街，江八奶奶是地保，没有她不清楚的事情，没有她搞不清楚的事情。一阵长爆竹声过后，歇一会便响起一阵急促的短爆竹声，江八奶奶清楚，街坊邻居不断地有人到这家去磕头。在老街，"老"了人，这家安排专人放爆竹，见到前来吊唁的人，就赶紧放爆竹，以示接待，这是一种礼节。

江八奶奶走到寺巷口，听爆竹声她心一拎，像是殷梅芝家？不对！不对！前几天我还去看望过殷梅芝婆奶奶，老人家身体好好的。

莫非又吵嘴了！老人家寻了短见！江八奶奶心又一拎。

她加快了脚步。咬着牙齿，要是老人家寻了短见，我饶不了殷梅芝这小肚鸡肠的婆娘！

裤子上的布带子在前面吊着，一甩一甩的，江八奶奶平时习惯了，这会儿更不在意。

江八奶奶耳力好，爆竹声果然是殷梅芝家发出的。

江八奶奶怒气冲冲地来到殷梅芝家街面上，放爆竹的人见江八奶奶来了，急忙点起一挂爆竹。一阵浓烟随之冒起。

我的苦命的奶奶！我的苦命的奶奶！殷梅芝与男人哭喊着出来，往江八奶奶面前一跪——"下礼"。江八奶奶扶起殷梅芝男人，把殷梅芝手一唰。边上人都估摸江八奶奶在怄殷梅芝的气——江八奶奶以为是殷梅芝把孩子奶奶给气死的。

殷梅芝孩子的奶奶已经笔挺地躺在外屋门板上，黑褂黑裤老衣已经套在了身上。柴五爷与刘三爷先来一步，把老人顺了气，穿好了衣服，平放在了门板上。

门板边上放着四五个蒲团，供前来吊唁的人磕头。

江八奶奶往中间蒲团上扑通一跪，殷梅芝与男人陪着江八奶奶在两边跪下来。

我的苦命的老姐姐啊！我的苦命的老姐姐啊！江八奶奶像老姊妹似的"哇"了起来，并用双手拍打着地面，显得很痛苦。

江八奶奶您老快起来！王月娥与"妖精"上前牵江八奶奶。

我的苦命的老姐姐！我的苦命的老姐姐！江八奶奶继续"哇"着拍打地面。过了一会被牵了起来。

王月娥与殷梅芝只隔了几户人家。她与殷梅芝要好，听到爆竹声当仁不让就跑到殷梅芝家来帮忙，帮助牵磕头的老人，照应殷梅芝孩子奶奶头顶摆放的灯草芯与香火，一旦快烧完了，就招呼殷梅芝家人更换。老街上有这样的习俗，人"老"了，是一定要点灯草芯与香火的，并且要及时更换，假如熄了就表明这家要断香火。这当然是迷信说法。

"妖精"平时描眉画眼的，但这会儿与王月娥一样讲究清爽，不过她人心肠还好，上街头街坊"老"了老奶奶，她一般都主动来帮忙。

奶奶是怎么死的？江八奶奶两只眼珠子瞪着殷梅芝两口子。

殷梅芝身子一抖。

奶奶平时起得早，今天大清早的，我见奶奶没起来，就跑到奶奶床前望，见奶奶脸色不对头，喊了几声，奶奶没答应，我估摸她是昨天晚上困死的。殷梅芝男人胆怯地介绍。

哦！江八奶奶怒色减退。

殷梅芝偷瞟了一眼江八奶奶，见江八奶奶脸色平缓，一颗吊着的心落了下来，接着又"我的奶奶！"啼哭起来。

吃过早饭，葛大宝来到选区，妇联主任与文书告诉殷梅芝奶奶"老"了。

葛大宝问，怎么"老"的？

妇联主任与文书说：一晚上困过来就"老"了。

葛大宝把手对文书一划说：你到老方家花圈店去拿个花圈，再买挂爆竹，等会我们一起去她家。

葛大宝来到殷梅芝家，磕了三个头，然后站起来。他见江八奶奶也在，急忙上前打招呼：江八奶奶，您老也来了！

你这选区大主任都来了，我这平头小老百姓还能不来！江八奶奶说起俏皮话。

话应该这样说：江八奶奶，您老都来了，我哪能不来？！葛大宝拱手对江八奶奶施礼。

又一阵短爆竹声响起。又来了一拨磕头的街坊邻居。

七

中午葛大宝回到家，习惯地往躺椅上一靠，跷着二郎腿。葛皮提了个已死的黄鼠狼兴冲冲地进家。这黄鼠狼皮毛金黄，唯独颈部颜色淡了点；嘴细瘦，像做针线活的锥子。

葛大宝喜形于色地问：你这黄鼠狼在哪里逮的？

葛皮回答他老子说：蒜子用笼子逮的，他客气送给了我，说把皮剥了，用烟熏熏，晒干了，肉香喷喷的，喝酒好。

葛大宝不忘提醒：他不务正业，你最好不要与他混在一起，不然把你带坏了。

葛皮不高兴了，噘着嘴说：什么叫混在一起？我就是与他在一起逮黄鼠狼，又不跟着他偷！又不跟着他打架！

葛大宝听葛皮这么说，便不再言语。

第二天早晨，毛笔厂发现门牌子不见了。

好好的，怎么不见了？葛大宝听汇报后来到毛笔厂查看，他瞅了瞅门口，发现牌子是不见了。他问工人，昨天你们可看到了？有的说，没在意；也有的说，我昨天临下班的时候，还看到在，今天来上班就发现不见了，可能是疯子摘的，搬到别的地方去了，找到他，问问；还有的估摸一定是别有用心的人干的！

葛大宝不信是别有用心的人干的！他认为，即使谁对毛笔厂有意见，干这摘牌子的事情也是没有任何意义的！不如明着说，他相信是疯子摘的。他让周小安在街上把疯子找到，审问一下，看是不是他胡摘的。

平时大家聚在刘三爷的黄烟铺里天南海北地闲扯。今天可能没有什么话题，就摆开了棋摊子。两个人坐在小板凳上下棋，一大堆人弓着腰观战，烟雾缭绕的，棋子都若隐若现。

疯子也在观战，他背着污迹迹的黄布包，头扎在人群中。

疯子观战兴奋，脸色红润润的。关键的棋局他往往能说出妙招，下棋的围观的都对他刮目相看。

周小安找到了黄烟铺，见疯子在，他一把拽住疯子污迹迹的黄布包就往外拖。疯子正看在兴头上，顾不上回头，拽着黄布包不放。周小安无奈拽疯子胳膊，疯子不耐烦地回过头。

你出来！周小安严厉地喊。疯子见周小安脸色铁板，知道找自己有重要的事，于是恋恋不舍地望了一眼棋盘，出来。

你摘了毛笔厂的牌子吧！周小安诈。

疯子木然地望着周小安，不知道他在说什么。

你想想，把毛笔厂的牌子放在哪了？周小安套疯子的话，语气比先前和缓了些。

疯子一脸茫然。

看来摘牌子的事情与疯子无关。周小安想。

那牌子到底是谁摘的呢？他为什么要摘毛笔厂的牌子呢？

会不会是"妖精"男人陷害我？那晚上他见我从仙姑弄里出来，怀疑我动了"妖精"。我负责治安的，他暗地里把毛笔厂牌子摘了，让我担责任。周小安心里有些紧张起来。

他试探着问葛大宝怎么办。葛大宝把手一划说：算了，找木匠再做一块！大事化小！他听葛大宝这么说，一颗悬着的心落了下来。

谁知第二天清早，中街选区发现牌子也被摘了。这事情升级了。中街选区立即向派出所报了案。派出所接到报案立即来到中街选区，接着又来到毛笔厂查看。

你近期要加强巡逻，尤其是晚上！葛大宝对周小安交代。

这天晚上又轮到周小安与"妖精"男人巡逻。

周小安有意找"妖精"男人说话，他说：别有用心的人或许今天晚上还要出来！我们俩在一起安全！

"妖精"男人心里恨死了他，鼓着嘴巴，不说话。周小安猜测"妖精"男人还在怀疑那晚上的事情。

那天晚上"妖精"男人急慌慌地回到了家，拉着了灯，见"妖精"身子侧向床里面，脸贴着床单；他看不清"妖精"的脸，要是看脸也能看出一二三。

"妖精"男人在屋里转，眼睛四下睃，睃了一番未睃出可疑迹象。

他朝"妖精"头部望了望，没有望出名堂。他接着把"妖精"身子轻轻扳了过来，一看"妖精"的脸，娇艳如桃花，他心里咯噔了一下，猜想"妖精"一定被周小安搞了。"妖精"睡得很死。你个不要脸的"妖精"！"妖精"男人手指甲一把掐住"妖精"的肉。"妖精"痛得往起一弹……

此刻，"妖精"男人一刻不停地跟着周小安，生怕他借着屙尿又钻到仙姑弄里。

下半夜的时候，周小安神秘地对"妖精"男人说：我们打着手电筒在明处，别有用心的人在暗处，容易吃亏，现在我们两个把手电筒都关了。

下半夜两点钟，两个人巡逻到选区门口，周小安突发奇想，别有用心的人要偷牌子，我就在不远处守着。于是就蹲在对面不远的街檐下。他这主意不错，不一会儿一个黑黝黝的人影慢慢地向选区门口移动。

终于出来了！两个人兴奋了秒把就开始紧张起来，生怕打不过这人，被这人伤了。

这时只见选区的牌子被摘了下来。要不要包抄上去把他逮住？周小安在心里紧张地盘算着。

站住！一个细黑如竹竿的人影扑向了那个人影。这个人正是派出所所长。

那个人影是老街上的蒜子。经过审问得知，蒜子偷牌子是用来做逮黄鼠狼的笼子。蒜子供认，出主意的人正是葛大宝家闲着无事的葛皮。

老街上房屋大都有天井，天井阴沟出口在外面，黄鼠狼喜欢在里面钻进钻出。蒜子不务正业，逮黄鼠狼晒干了搞酒喝，晚上在不少人家天井阴沟出口都放了笼子，大清早收。

葛皮对逮黄鼠狼兴趣十足。蒜子对葛皮说：做笼子的板难搞到。

葛皮随口说：街道上有很多的牌子，摘几个不就有了？这话提醒了蒜子，他首先偷了毛笔厂的牌子。

蒜子被逮进派出所关了起来。葛皮虽然没有偷，可是主意是他出的，也受到牵连。所长看在葛大宝的面子上没有关他。

葛大宝生怕葛皮在老街上再惹事，就托陶爷老表把葛皮带出去继续跑推销。

八

程旭升打算请食品组杀猪的姚癫痫到中街茶楼来喝酒。陪客除了孙组长、葛大宝外，还有招手站新来的男站长——先前的女站长调到了县里客运公司。

新站长与先前的女站长一样，烟瘾也不小，手指甲也是通黄的。他穿了一件蓝色的中山装，上面撒了不少的白烟灰。

程旭升现在是合作商店副主任，分管饮食业，在老街上是个响当当的实权人物，他为什么要请一个癫痫杀猪的呢？

高新潮被鲍主任安排当上了南货店经理，负责管理南一、南二、南三、南四四个门市部。当上南货店经理不比饮食业经理过问的事情少，权力也不小，高新潮权衡了一下觉得还满意，甚至得意。没有了高新潮，程旭升在茶馆用人方面更加的随意，他把三个茶馆（楼）的经理很快配好。新官上任三把火，每个经理都搞出了点新名堂。上街头茶馆把黄干子两面都打了刀垄子，与猪耳朵在一起煮，猪耳朵的汁水渗进黄干子里面，黄干子特别地畅销；中街茶楼恢复了酥脆可口的早点朝牌；下街头茶馆恢复了菜心粑……

人事调了那么一下，生意就风生水起，饮食业变得十分的兴旺，可是近阵子猪肉供应出了问题。倒不是供应量少了，而是搭配的骨头多了。骨头是需要的——像做米饺就需要，老街上米饺子味道鲜，外场人不晓得，主要是馅里掺了老骨头汤，但炒肉丝、炒肉片等炒细菜用骨头就不行了。开始是一个茶馆出现这种情况，接着其他茶馆（楼）也都出现这种情况，几个经理去与姚癫痫说好话。

姚癫痫装作很无奈说：骨头谁都不想要，我总要搭掉吧！

不是说不搭，是搭多了，能否少搭点？几个经理苦笑着央求。

不是现在搭多了，是先前搭少了！你们现在不满意！姚癫痫一脸的不高兴。咣当！他把杀猪刀往案板上一扔。

几个经理见姚癫痫发火，不好再说什么，就把这事反映给了程旭升。

程旭升未当回事，他轻描淡写地说：不要紧，我去找一下孙组长。应该是孙组长对姚癫痫打了招呼，天把后骨头搭配恢复了正常。以为没有了事情，可是七八天后又老调重弹，恢复了老原样。

得罪了茶馆里人，上茶馆时也见不到好脸色，姚癫痫心里明白，可他为什么要一反往常，为难茶馆呢？程旭升琢磨，应该是高新潮捣的鬼，姚癫痫在帮高新潮出气。

姚癫痫与高新潮两家是干亲，这是怎么结的呢？高新潮是响当当的茶馆经理时，姚癫痫还只是一个杀猪的，他见姚癫痫女儿漂亮，就与姚癫痫开玩笑地说：老姚，我们两家开个亲，怎样？

姚癫痫急忙摆手，说：你大经理，我攀不上！攀不上！

高新潮笑：你这把剁肉的刀胜似镇长批条子的笔，是我攀不上。

姚癫痫听高新潮这么说，高兴，就接话：那好！既然你高经理不嫌弃我这平头老百姓，那我们就结个干亲！于是两家就结上了干亲。

茶馆职工都知道他们两家这关系，平时，姚癞痢家人到茶馆里来买油条与米饺，高新潮在也罢，不在也罢，再多的人，姚癞痢家人都不要排队；反过来，姚癞痢给茶馆里搭配的骨头也少之又少，那些骨头大都卖给了居民户。

有一次江八奶奶家那亲戚推了一独轮车子山货来老街，江八奶奶客气留歇了一晚上，第二天清晨四点江八奶奶把头发往后拢拢就来到食品组排队，打算称点肉让亲戚带回去。天亮时卖肉，姚癞痢先把茶馆里的肉留了，剁的时候有意把骨头卸了下来。江八奶奶排在头一个，她把肉票递给了姚癞痢，姚癞痢剁了点肉，然后把先前卸下的一块骨头往里一盘，就开始称。

江八奶奶是搁不住事的人，一见，脸立马垮下了，指着骨头生硬地说：你把骨头退点下来，不然我不要！

姚癞痢装着很无奈，说：我的好八奶奶，您不要，他不要，给谁？

江八奶奶火气上来，说：你没有搞清我的话，我不是说不要，是说搭多了，让你退点下来！

姚癞痢不理会，继续称。江八奶奶火气更大了，姚癞痢在把肉递给江八奶奶的时候未提防，江八奶奶拎起肉往姚癞痢头上一扔。咚！落到了姚癞痢那带花斑的头顶上。

姚癞痢脸涨得像猪肝一般紫红。

排队的人都掩饰不住地笑起来。他们都憎恶姚癞痢的德行，江八奶奶为他们出了气，他们开心。

现在的年代，卖肉的眼睛紧盯着街上，渴盼路过的人能在肉案前站一下脚。而在当时那个年代卖肉的行当是极其让人羡慕，不能随意得罪的。

再找孙组长不灵了，找葛大宝也不灵，姚癞痢不在葛大宝他们上街头选区，管不住，姚癞痢不太理会葛大宝。要找个能够对付姚癞痢的人才行。葛大宝出主意让找招手站新来的站长。

为什么找他管用？是不是姚癞痢要找他买车票？程旭升笑问。

我对你说个笑话，你听了，就知道新站长管用！葛大宝未说就先笑了起来。

姚癞痢老婆在县里食品公司做临时工，先前姚癞痢买客车票因为与女站长熟不成问题，现在女站长调走了，新来的站长他又不认识，买不到票。

姚癞痢老婆请假回来急着要回县里，姚癞痢摸了摸癞痢头，想出了一个臭办法，很管用。

招手站厕所在候车室外的西头，新站长上厕所，出候车室的门往西边拐，那些自认为有身份的人都跟着新站长，手上递着烟，脸上挤着笑容，姚癞痢也不例外。新站长进了厕所，其他人不好进去，都等在了外面。县里的厕所里面都脏得无法下脚，何况老街招手站的厕所，不仅下不了脚，而且臭味极其难闻，捂鼻子都照样能闻到臭味。姚癞痢为了能够买到车票，他不怕臭，也跟了进去。新站长找了一个边沿屎少的蹲位蹲下，他就在挨着新站长的蹲位蹲下。其实他不拉屎，就是陪蹲。新站长蹲下后就开始拉屎，随着是一阵砰砰落池的声音，一股臭气扩散开来，姚癞痢一阵恶心。不过他强忍着，不让新站长察觉。尽管臭，可新站长不急着出去，他烟瘾大，从腰里摸出一支大前门纸烟准备吃。这时，姚癞痢手快，急忙从腰里摸出一盒火柴，半拎着裤子上前，哧！光亮一闪，给新站长点上。

新站长吸了一口，满意地望着他，问：你要票吧？

是的！是的！姚癞痢狂喜。

新站长早就听说老街的炒细菜好吃，程旭升与葛大宝一起到招手站，说要请新站长到中街茶楼吃炒细菜。刚来就有人请吃炒细菜，新站长非常的开心，他痛快地答应了。

程旭升请姚癞痢。姚癞痢开始还端着架子，不理睬，当听说新站长也在，立马换了笑容，连着说：客气！客气！

就这样，杯酒释兵权，姚癞痢缴械投降。

九

街后社员家过年与老街上居民家过年氛围大同小异，居民家拿着钱与各式各样的票证买，买，买，心里畅快；社员家浸豆子做豆腐，称塘鱼，欢乐的气氛更浓。

腊月二十三，队里打了塘鱼，赵小发家分了一市斤上下的家鲢子六条。

赵小发拣了四条，用草绕子串成了两提，对赵昆仑交代：你程伯伯与葛伯伯这么多年关照我们家，这鲢子鲜，你给送去！

孙小兰找来了只腰篓，把鱼拣在里面。

小兔已经十岁了，他喜欢玩，嚷着：我也要去！我也要去！

赵昆仑正在看《醒世恒言》，他嘟着嘴说：葛伯伯家我去，程伯伯家我就不去了。

你这孩子，程伯伯对我们家这么好，你不知道啊！赵小发怪儿子这态度。

孙小兰知道赵昆仑的心里憋屈，她用眼神暗示了一下赵小发，意思你不要多说。

赵昆仑是知书达理的孩子，尽管心里有些别扭，还是拎着腰篓出了门，他先来到葛大宝家。

就薛爱英一人在家。

薛爱英见赵昆仑拎着家鲢子鱼来，眉开眼笑，说：你们家就是重情义，秋天里给的黄豆，个大粒饱，你葛伯伯让我炒了给他喝酒，特带劲！

赵昆仑放下鲢子要走。薛爱英知道赵昆仑与葛皮玩不到一块，还是嗒着嘴说：我们家葛皮就是花脚猫，前几天跑推销回来在家待不住，又不知道跑哪玩去了，不然也陪陪你。

不了，我还要到程伯伯家去，把这两条送过去。赵昆仑提了另外一串鲢子鱼。

你等一下！薛爱英走进里屋，过了两分钟出来，把一张

"五市尺"的布票，还有一张"一市斤"的粮票往赵昆仑手里塞。赵昆仑不接，薛爱英硬塞到他腰里。

赵昆仑往程旭升家走得慢腾腾的。一日不见，如隔三秋，其实他内心里非常渴望见到程秀丽，现在他心里有顾虑。

先前虽说秀丽爸爸是干部，自己爸爸是秀丽爸爸的下属，可毕竟两家都在老街上，差距不太大；还有秀丽不大读书，自己在秀丽眼里饱读诗书有抱负，她崇拜自己。每次到秀丽家，在与大人打过招呼后，他都毫无顾忌地到秀丽的房间里聊一会。秀丽的房间简洁，有种淡淡的少女清香，他轻轻地呼吸着，感觉五脏六腑都非常的舒坦。秀丽见到他也非常的开心，看他的眼神都情意绵绵的。现在不同了，秀丽一家是街上人，自己一家是乡下人了，工农差别、城乡差别，这两条巨大的鸿沟挡在了他们面前，不是想跨越就能跨越得了的。

因而他深深地自卑。他对程秀丽一家人脸上任何一个小的表情都敏感，秀丽一家人或许对他有了观念上的变化，也或许没有，只是因为他的敏感，得出了秀丽一家人对他已经没有以往热情的印象。

赵昆仑磨磨蹭蹭地走到了秀丽家门口。

倪菊花见赵昆仑拎鱼来，非常的高兴，说：这怎么好，你们家就是这么的重感情！

赵昆仑淡淡地说：这没有什么。

昆仑来了！秀丽在里屋听到赵昆仑声音，手提了一条红得耀眼的围巾快活地跑了出来。

你这丫头，耳朵这样尖。倪菊花嗔骂。

以往赵昆仑听到倪菊花这样嗔骂女儿，不仅不多心，而且很得意，为秀丽这样毫不掩饰地喜欢自己开心，现在听到倪菊花这样说，他多心了，他认为，大人们开始阻挡他们见面了，因而心里立马不快活起来。

嘿！我就是这样！秀丽把围巾往颈子上一围。程秀丽本来就是妙龄女子，鲜艳的红围巾立马把她的头、脸、颈子映得像三月的桃花一般的粉红。

漂亮！赵昆仑瞟了一眼。要是以往看了他会心花怒放，这会儿心里在冒出这个词时，涌上了一种说不出的悲凉。

这红围巾是我从外面带回来的！葛皮从里屋出来，带点卖弄的表情说。

我是付了钱的，别瞎说！程秀丽见赵昆仑低了下头，怕他多心，急忙纠正。

葛皮是先赵昆仑半个小时来到程秀丽家的。

这是洋河大曲，名贵的酒，送给程伯伯的！葛皮把酒瓶提了一下不无得意地说。

他除送给程家两瓶洋河大曲外，还送给程秀丽一条红围巾。程秀丽见到红围巾高兴坏了，抢过来，往颈子上这么围围，那么围围，然后又在镜子前这么照照，那么照照，美坏了。

葛皮觍着脸说：这红围巾是我特地为你挑选的！

程秀丽听这话，急忙把红围巾取下来，甩给葛皮，说：我不要了！

葛皮急忙推挡：算我替你买的，总行了吧！

这还不错！我付你钱！程秀丽说着把钱递给了葛皮。

……

我回去还有事！赵昆仑拎着腰箩急着出门。

程秀丽在后面失望地喊：你怎么才来就走啊?!

赵昆仑没有回应。这时他心里悲凉到了极点。他尽管知道程秀丽不会喜欢葛皮，尽管知道秀丽还喜欢着他，可他明白，有一双无形的大手正在悄悄地在把他与秀丽往截然相反的两个方向拽，他喜欢的秀丽正一步步地远离他。

你也回去吧！程秀丽没心情地对葛皮说。

十

平日里白兔老街上就拥挤，何况腊月。

腊底，街面上的人摩肩接踵。河西街上的人往河东街上拥；河东街上的人往河西街上拥，拥来拥去，好似钱塘江的潮。独轮车子在人群中绕在绕去，加剧了腊底老街的热闹。

在早前，腊底的老街上比这还热闹。老街是水陆码头，水路与陆路的客商纷纷往老街上运货与进货。

街面上这几天已经有街后的社员在摆摊卖爆竹，爆竹是从生产队批发来的。他们有的跑到供销社门市部、合作商店南货店、文化站、剧院、药材公司、卫生院的门前卖，也有的就在街面上居民家的门前卖。街后生产队社员有的与居民家沾亲带故，他们把居民家的门板卸下来架在板凳上便有了摊位，将爆竹横摆在上面，四周都围着买爆竹的人；至于那些与居民家不沾亲带故的社员，就扛了张凉床来当摊位。

有一些社员家十四五岁的男孩子把筛子架在稻箩上当摊位，筛子上摆着双响（蹿上去响一下落下来再响一下）与皮头子（单响）。老街上孩子这时候都放了假，好热闹，三五成群地在街面上逛，他们把筛子团团围住，然后把双响与单响拿在手里这样看，那样看。这些孩子算比较斯文的了，有些小痞子动手就抢，从这个摊位抢到那个摊位，真是对他们毫无办法。

赵昆仑噘着嘴扛了张实敦敦跟凉床差不多大小的大凳，来到上街头选区假弄子边上，这里已经有两个卖菜的妇女占了位子。大凳放不下，拎着腰箩的小兔不知所措地看着哥哥。

赵昆仑见此状况聪明地把葛大宝的名号搬了出来，他对那两个卖菜的妇女说：我葛伯伯在这选区当主任，麻烦你们把菜篮子挪挪。

意思这是我葛伯伯的地盘，你们让我一点。这话还真管用，两个卖菜的妇女不说二话，立马把菜篮子往两边挪了挪，赵昆仑把大凳子安了进去。

小兔把腰箩递给哥哥。

赵昆仑把自个在家里写好了的红门对子一副一副地摊开在大凳子上。

街面上买年货的人立马围上，有的胳膊上挎着腰箩；有的手上提着扁担，很显然他们是卖柴的，柴卖了，来买门对子。

刚来对子就抢手，赵昆仑心里非常的欢喜，开始他还担心自己写的门对子卖不掉。

小兔也欢喜地望着哥哥。

这大门对子多少钱一副？

这个呢？围观的人争抢着问，并动手拿门对子。赵昆仑弯着腰，牵着门对子，一个个地回答。

能不能便宜点？一个问。

你要买多少副，买多就便宜点。赵昆仑就像做生意的老手，沉着地应付。

钱递过来，小兔想伸手，赵昆仑一把接过来，数了数，揣进腰里。小兔望着他，他从腰里掏出一角钱，往小兔手里一塞。

赵昆仑怎么想到卖门对子的呢？

他现在已经是气宇轩昂的大小伙子了，个头一米七还朝上。他高中毕业，葛大宝帮忙，给找了在大队爆竹厂当会计的工作。爆竹厂各种古里怪之的书都有，他又闲，如饥似渴地读了大量的中国古典文学与哲史文章，博古通今，虽然他还没有出过老街，但胸襟与志向早已飞越老街。

有一年，大队按上级要求出墙报，可是一个个都是黑脚肚儿，无人会出，于是这任务就交给了喝了一肚子墨水的赵昆仑。赵昆仑也不推托，他买了大号毛笔与扁瓶子装的墨汁，搬了把梯子，在大队部院墙上画了起来。

大队干部们看后都一致夸赵昆仑画得好。

赵昆仑心里有点得意，他站在梯子上回头看，看到一个女孩子正目光热辣辣地望着他。这女孩子脸蛋儿俊俏，小嘴。她名叫翠红，初三毕业后被安排在大队部里烧开水。

他听母亲孙小兰说过翠红。春上，家里缺粮向社员家借，这家说没有，那家说没有，到翠红家，翠红抢着说：我家有！

翠红母亲瞪了女儿一眼。意思你这丫头多嘴，我们家粮食也不多。

孙小兰不怪翠红母亲，春上，家家都缺粮，不借正常，借就是"舍己为人"了。

墙报出好了，还剩下半瓶墨汁，赵昆仑不好意思把墨汁带回家。

啦！把带着！过年时写门对子正好用上！在他出大队部门时，翠红气喘吁吁地撵上来，把包着的墨汁瓶递给他。翠红脸红红的，有些娇羞，毕竟两个人从未说过话，一个女孩子主动与一个男孩子说话是需要勇气的，会被人家认为不怕羞。

赵昆仑望着翠红，心里涌上别样的感觉，他本来就对翠红有好感，现在他心想，这女孩子的心还真不错。

把大队的墨水私自带回去，也就是把公家的财物私自带回去，这在那个年代，弄不好被说成偷。

翠红无疑是冒着巨大的风险。

接？还是不接？接，自己也要冒风险；不接，拂了翠红的一番好意。赵昆仑略微犹豫，还是接了过来。

翠红轻咬着嘴唇朝赵昆仑笑了一笑。

赵昆仑心里很畅快。

……

前几天，他想，墨汁家里有，今年家里就不买门对子了，我自己写。大队印刷厂刷红纸，他跑到印刷厂买了两张红纸，在家里运笔起来，第一副是楷书，写得工工整整；第二副是行书，写得流畅自然。

孙小兰看了儿子写的字，有些得意地对赵小发说：小发，我们家昆仑的毛笔字不比毛校长的差。

毛校长写得一手好毛笔字，每年腊月的时候都在街上写门对子卖。一来放寒假闲着无事；二来也能卖弄一下自己的书法；三来还能赚点过年费。

赵小发对毛笔字不懂，听孙小兰这么说，回了句，不差吗？

赵昆仑听了来了劲，说：我今年也到街上去卖门对子！

葛大宝从选区里出来，见一大帮人在围着买门对子，他好奇也伸头看，发现原来是赵昆仑在卖门对子。赵昆仑忙着接钱，没有顾着看葛大宝。

小兔看到了，高兴地喊：葛伯伯好！

赵昆仑抬起头，见是葛大宝，有些不好意思。

这门对子是你写的呀？葛大宝有些惊讶。

嗯。赵昆仑有些羞涩地回答。

这字不错嘛！葛大宝夸奖。

上午十点半，赵昆仑把带来的门对子都卖完了，他非常开心，扛大凳准备回家，这时候葛大宝正好回选区，他招呼赵昆仑说：明天就不用扛大凳来了，选区里有方桌子，你搬一张出来就是！

爸爸战友就是战友！赵昆仑听了心里热乎乎的。

回到家，赵昆仑很激动，他一激动脑子就发热，他想出了新主意，毛校长在街上现写现卖，既然葛伯伯提供方桌子，那么我不如像毛校长那样，也现写现卖，这样更吸引人，卖得也更多些。于是第二天他现场写，引得许多人围观。赵昆仑更得意。

春风杨柳万千条，六亿神州尽舜尧；雄关漫道真如铁，而今迈步从头越……他铺开红纸，落笔、运笔、顿笔、提笔、收笔，流畅自如，颇像个书法大家。

十一点多，这时翠红也在围观的人群中，赵昆仑抬起了头，翠红脸立马红了。赵昆仑朝她笑了笑，写得更加的流畅。

一副写完，翠红对赵昆仑说：麻烦给我也写一副大门对子，六副小门对子。赵昆仑铺开红纸，流利地写了起来。翠红双眼崇拜地看着赵昆仑。

程秀丽高中毕业被安排在合作商店里当会计，十一点半下班，她没有急着回家，在人群中挤，看年货。

她看到了一大群人在围着一张方桌子。

这是在做什么？她出于好奇也围上前看，只见赵昆仑在挥毫泼墨写门对子。周围的人见这女孩子漂亮，都转头好奇地打量着她。程秀丽经常到赵昆仑家，翠红也去过赵昆仑家几次，两个人碰过面。翠红见是程秀丽，偏过脸，装着专心地望门对子。

程秀丽见翠红也在，有意亲热地喊了声：昆仑，你在写门对子啊！

赵昆仑听见是程秀丽的声音，心里暗喜了一下，他抬头朝程秀丽淡然地笑了一下，然后准备落笔；可能觉得疏了程秀丽，他转而又抬起了头，对程秀丽补笑了下。

赵昆仑现在的心理极其复杂，他既渴盼能见到程秀丽，又想主动地疏离程秀丽。当然程秀丽不舍得疏离他，假如程秀丽真的疏离他，那么他们之间这么多年的感情也就完了，他心里更难受。

翠红有点醋意地望着赵昆仑。

十一

腊月二十八上午十一点钟，程旭升打算到下街头茶馆去看看，他在人群中挤，就听见两个提着扁担的山里人在兴高采烈地交谈。

一个说：我这担柴刚挑到柴集就被拖了。

另一个说：你在柴集被拖算什么，我在街上就被一个老奶奶拖了，老奶奶家有大秤，价钱不说二话，还客气，问我早饭吃了没有，我支吾了下，她立马盛了一大碗饭给我吃，碗头上夹了好几块大肥肉，还有刚炸的鱼圆子。

第一个有些羡慕说：你遇到了好人家。

不假！这老街上有不少好人家！第二个接上。

程旭升猜想，这老奶奶应该就是江八奶奶了，转而一想，也可能不是江八奶奶，老街上像江八奶奶这样有菩萨心肠的不是一两个。她们同情卖柴人，一担柴，辛辛苦苦地挑到街上，扁担不知转换过多少回肩膀，淌了多少汗，热天打赤膊子，大冷天里面衣裳都湿透了，停下担子冷得打战。

对程旭升来说，有件事让他深切地感受到山里人的爽气。那年，他父亲一晚上困过来死了，父亲死，总要打副棺材，当时县上木材公司有木材，可是要有过硬的关系才能弄到票，程旭升无关系。

江八奶奶热心，跑到他家给出了个主意，她说：我有个亲戚在西山里，我带旭升你去他家，看能不能在山上砍棵树？

江八奶奶说的亲戚就是鼻子被豺狼啃了的那个山里人。

这下救了程旭升的急。程旭升、葛大宝，还有赵小发三个跟着江八奶奶屁股后面到了她的亲戚家。

……

到下街头茶馆，正好经理对一个职工说：码柴不多了，你明天早晨到柴集去，有码柴的话，多买两担回来。

这职工说：到上街头远，我就在茶馆门口瞭着，有挑码柴路过的，我把他截下来就是。

河东下街头茶馆就在河东古桥巷口边，只要山里人挑柴出来，就能看到。

经理说：你这主意不错。

买柴到上街头远的这句话，仿佛踢了程旭升一下。合作商店在河西街古桥巷口有一个南四门市部，它在早年是一家糟坊。糟坊相当于今天的日杂店。过日子开门七件事，"柴米油盐酱醋茶"，糟坊就卖平民百姓一日不可或缺的"油盐酱醋"。糟坊里边靠近柜台处，放着几口大缸，里面装着酱油与醋。缸沿上挂着铝皮打的提吊子（早年是竹端子），有一市斤、半市斤，也有二市两、一市两。

这糟坊院子有亩把大，要是把这院子清理出来，办个柴集，也方便下街头茶馆与河西街居民买柴草。

程旭升过了桥来到河西街古桥巷，中午了，河西街上的人还如河东一样的多，好像临近过年都不用吃午饭了。其实是大家都忙活过年的事，把吃午饭的时间推迟了。

他来到南四门市部，只见里面还有不少人在买年货。他没有进去，转到了院墙前。

土夯的墙，由于年代久远，上面长了不少的茅草，腊底，茅草枯黄，寒风刮着，两边摇摆。程旭升站在院墙的一处豁口旁探头朝里面望了望，只见墙西南拐堆着十来个黄釉大缸，大概是门市部里放不下，而缸放在外面又不怕风吹雨打。

程旭升看后思忖：这的确是个好场子，鲍主任肯定会同意的，只要他答应让自己干，到时候朝街面开个门，再临时抽两个人维持一下就行了。

往回走的时候，程旭升开心地想：这些年在自己手上还是办了一点事情的：先是恢复了中街茶楼，紧接着把几个茶馆的生意都拉了起来，现在假如再把柴集也办起来，合作商店的规模因为自己又扩大了。

正月初五，赵小发接程旭升与葛大宝到他家喝茶，孙小兰在锅灶底下塞柴火，赵小发在锅台上忙着炒细菜。赵小发让赵昆仑陪两位伯伯说说话。

赵昆仑不忘记感谢葛大宝，他说：感谢葛伯伯腊月里提供了桌子，我不用天天扛大凳上街头。

葛大宝对程旭升夸赵昆仑：你没有看见，昆仑的毛笔字写得非常的不错，这孩子以后有大出息！

赵昆仑被夸得不好意思，说，葛伯伯过奖了！

程旭升鼓励赵昆仑说：昆仑，好好干，机会总是等着有准备的人！

赵昆仑咬着嘴唇点点头。

程旭升与葛大宝边嗑瓜子边闲扯起另外的事情来。

程旭升很有兴致地对葛大宝说：老葛，旧年腊底，我到南四门市部去看了下，那里有一个空院子……

葛大宝不清楚程旭升话意，接上说：那个空院子，不知道空了多少年了。

程旭升说：老葛，你说那个院子空了是不是可惜了？

葛大宝不以为然地说：有什么可惜的，民国时就空了的。

程旭升有点兴奋地说：老葛，你不知道，我这几天有个想法，打算开春把它利用起来，办个柴集！他以为葛大宝听了也像他一样的兴奋，夸，你这主意不错！

程旭升本来是睿智的人，像办柴集这事情，他应该想到，与葛大宝有冲突,葛大宝一定会反对的。可是人在亢奋的时候,智商往往特别的低,他就是没有想到。

没料到葛大宝立马变脸,毫不客气地指责:你这么做不好吧!我们选区已经有了柴集,也这么多年了,其他人从未想过另外办柴集,你办,这个……

怎么个不好,你说?程旭升平时是极精明的人,这会似乎被办柴集的主意弄晕了脑子,没明白过来。

怎么个不好,你自己应该清楚!葛大宝脸僵硬了,嗓音也僵硬了。

十二

老街上正月习俗,初一不出门,初二拜新灵——到上一年"老"了人的家庭去拜祭,初三拜母舅,初四拜丈人。正月初四这天上午十点半,小莲与早年打过她的猴男人亲热热地回到老街。小莲面色红润,看样子过得还很舒心。一个很漂亮穿着红袄子的小姑娘牵着小莲男人的手,看得出是他们的闺女。

小莲自那年挨打后,过了年把又挨了一次打,在老街娘家待了三个月才回到市里。当时小莲坚决要离婚,小莲的几个哥哥也威胁要对猴男人动粗,猴男人害怕了,打那次后,他再也没有打过小莲。街坊邻居说,小莲后来从临时工转为正式工,男人对她好了起来。

新年正月,又不上班,平时也难得回家,回到老街怎么也得住几天，陪陪娘老子。家里人挽留小莲多住几天，小莲也不想走，她与女儿就留了下来，男人初六回市里去了。

小莲留下来还有件事情要办。初六好日子，她清早起来，梳洗好，拎着一个老街居民很难见到的女式猪皮包出了门，她到过去茶馆的老领导——程旭升家去拜年。

哟！小莲越过越漂亮了，看这气色多好，多红润！倪菊花见到小莲就夸。小莲出嫁头两年，回来的时候，本来就清瘦的脸又像被拉掉了一部分，脸色也苦啾啾的，一看就知道她过得不好。现在这几年，她的确过好了。

拜年，一点小礼品！小莲边说边把一条大前门纸烟、一块灰色的卡其布料，还有一条橄榄色的围巾从包里拿出来。

哟，市里人就是市里人，带这贵重物品！倪菊花目光惊喜地一一扫着小莲带来的物品。

程主任呢？小莲四下望了望。

正月里茶馆开门，炸春卷，他呀，大清早的就去了，看看。倪菊花像想起来，问小莲：你那时在茶馆，正月是不是初四开门？

小莲想了想说：应该是初八开门。又笑了笑说：程主任现在抓得紧，茶馆兴旺。

抓紧了得罪人哦，每个茶馆配一个经理就把高经理给得罪了，他在后面使坏，让食品组不给茶馆配好肉。

这个我听说了。小莲接上。

倪菊花想起来，从一个洋铁箱里抓出一把五香花生米，又从另外一个洋铁箱里抓出一把冻米糖让小莲吃。她又想起来，急抓抓地说：还有炆蛋，我去端来，说着就进了柴火房。

小莲站起来，朝几个房门望望。

啦！吃炆蛋！炆蛋的茶叶香味在屋子里飘着。倪菊花拿起一个炆蛋，磕了一下，然后剥去壳递给小莲。

小莲意有所指地问：秀丽呢？

你别提她了，大清早就出去拜年了，也不急，这新年，都二十二了。倪菊花无可奈何地摇头。

没有合适的呀？小莲装作随意地问。

……

倪菊花没有作声。

是不是她认准了昆仑？小莲试探着问。她清楚程秀丽与赵昆仑从小相好。

你猜得还真准。倪菊花说。

好像有点不配，你想，现在昆仑是农村户口，而你家秀丽是城镇户口，一个乡下，一个城镇，这要是以前还差不多，现在……小莲边说边留意倪菊花的表情。

……

倪菊花没有答话。

最近可有人给秀丽介绍对象？小莲趁机问。

最近没有哦，人家都知道她心思，谁还愿意介绍？唉——倪菊花一口气叹老深。

我有个人，不知道合适不合适？小莲不急不慢地说。

你快说！你快说！倪菊花像遇到救星似的。

我们厂办有个大学生，特别受领导器重，有发展前途；小伙子家就在市区，无兄弟，有两个姐姐，家口子轻，像这样条件的小伙子打着灯笼也无处找，你说是不是？小莲开始了游说。

有没有这小伙子照片？倪菊花问。

有！小莲顺势从皮夹里掏出了一寸黑白照片。

是不错！是不错！倪菊花心花怒放。

你要是觉得这小伙子不错，我就给秀丽穿个线。小莲装着热心地说。

这个……倪菊花迟疑了，她知道她说了不算，要她家秀丽点了头才算。

小莲当初就是这样被游说嫁到了市里，她似乎忘记了自己先前不愉快的经历，回到老街自觉地扮演起媒婆来，这很有点讥讽。

所以老街上的男孩子心里有些恨这些嫁出去又回到老街的女孩子。当然这些人中不乏他们的姨、姑，甚至姐姐。

程秀丽清早起来，就对倪菊花说，我去给赵伯伯拜年！倪菊花知道丫头的心思，不置可否地哦了一声。

孙小兰见程秀丽来，喜出望外，急忙对里屋喊：昆仑！昆仑！秀丽来了！

要是以往，程秀丽不等赵昆仑出来，就大咧咧地进赵昆仑房间，现在两个人似乎有了隔膜，程秀丽就站在堂屋里等候。

昆仑！昆仑！秀丽来了！孙小兰又喊了一遍，赵昆仑才慢腾腾地从房间出来，他对程秀丽淡淡地笑了笑。

程秀丽不同，她含情脉脉地望着赵昆仑，心里说：我哪里做错了，你对我这么的冷漠？

小兔在边上，小孩子不懂事，朝两个人脸上来来回回地睃。

走！跟我端炊蛋去！孙小兰拽小兔一把。小兔不明白，有些不愿意。

你懒得搭理我？程秀丽紧盯着赵昆仑的眼睛。都说眼睛是心灵的窗户，程秀丽竭力想从赵昆仑的眼神里读懂他的内心。

赵昆仑望着程秀丽，没有说话。

去年那个红围巾子是我买的，付了钱给葛皮的，你不相信，还生那个气？先前自己对赵昆仑的感情还不太清晰，现在她确信自己对赵昆仑的感情就是爱，她清楚她深爱的昆仑因为世俗的原因内心受到了极大的伤害，她想用平和的语调来安抚她爱的人。

是送的，还是买的，应该都与我无关。赵昆仑语调低沉。在他想来，程秀丽只是安慰他，她最终不属于他。他这样一想，心里如刀割般的难受。

赵昆仑是有涵养的人，越是这样的人，爱越深沉，同时内心就越痛苦。

你怎么这样说？程秀丽眼泪快要掉下来，她显得分外的委屈。

……

赵昆仑陷入了沉默。他不知道该如何对程秀丽表达，在心里他是深爱她的，这么多年即使他没有表达出来，但内心的感受告诉自己，这种爱是真真切切，根深蒂固的。他也知道程秀丽是深爱他的，从小到大，程秀丽都依赖着自己，从她打小到现在的眼神都可以看出来。还有她至今拒绝一个个上门说媒的，就是深爱自己的表现。可是……可是……他认为作为一个男人，负责任的男人，不应该拖累秀丽，所以他才冷对程秀丽。

他想拒绝与程秀丽见面，与程秀丽说话，可人是矛盾的，见不到面想见面，见到面又难受。见不到面他认为程秀丽变心了，他们今生就再也没有指望了；见到她面，他又认为是自己耽误了她，负疚。

翠红手拎着一包粉丝进了赵昆仑家门。她今天打扮得特别漂亮，红润的脸蛋上挂着羞涩的笑容。

这会赵昆仑与程秀丽二人正好都不说话，他们见翠红进来，目光一齐望向翠红。

翠红见程秀丽也在，一怔，慌忙说：这是我家亲戚打的绿豆粉丝，不糊汤，我妈让我送过来。边说边急促地往柴火房里走。绿豆粉丝很金贵，翠红能送过来，可见她心里多么的喜欢赵昆仑。

赵昆仑见翠红来，目光故意温热了一下。程秀丽瞟瞟翠红，又瞟瞟赵昆仑，她见赵昆仑看翠红的眼神，吃起了醋。

我知道你为什么懒得理我了，原来是有了心上人！她希望自己的话说出后，赵昆仑立马否定，说，你瞎说什么呢？没想到赵昆仑表情淡然。

看来是真的了！程秀丽来了气，抬脚就出了门。

秀丽！你怎么走了啊？！这大正月的，吃了午饭再走！孙小兰急忙从里屋出来，站在门口喊。

不了！我回去还有事。程秀丽带着哭腔说。

程秀丽回到家，小莲已经走了。倪菊花见女儿脸色不好，惊讶地问：你怎么了？

程秀丽没有回答，径直走进自己房间，然后把门闩上了。

你怎么了呀？倪菊花站在门外问。

屋里，程秀丽用被子蒙住头，哭泣了起来。她很委屈，像她这个年龄的女孩子都先后嫁到了市里、县里，她至今还在老街，还未出嫁，要知道得忍受多少世俗的目光，得承受多大的心理压力。这都是因为赵昆仑。可赵昆仑负了她，竟然对那个翠红有好感，她伤心，伤感。

倪菊花小心地对程秀丽说了小莲来的事，她生怕女儿生气，没想到程秀丽听了后很平静。

正月初八，翠红家接赵昆仑全家吃饭，赵昆仑迟疑着去还是不去。只要他迈出了腿，他与秀丽的事情就宣告完蛋了，他再也得不到他深爱的秀丽了；再者说，人家秀丽一个女孩子顶着那么大的世俗压力在等着自己，自己一个大男人不说为她遮风挡雨，竟然先放弃了，良心过不去，道德也讲不过去。

孙小兰见他迟疑，劝说：翠红家人这么客气，不去对不起人家。翠红模子好看，性情也好，很多人家托人提亲，翠红都拒绝了，她就中意赵昆仑。

赵昆仑的到来让翠红一家人喜出望外，翠红的脸兴奋得绯红，越发漂亮。两家人围坐在圆桌旁，听翠红父亲介绍，这圆桌是他们家为了这顿饭去年腊底特地请木匠打的，花了两天工，这是多么庄重的对待啊。翠红家还弄了一大桌子菜，把赵昆仑一家都看傻了。赵昆仑被拉着喝了点酒，他酒量不行，头有点晕乎。翠红母亲端上来一大蓝边碗面条，放在了赵昆仑面前，一只鸡腿子从面里翘出来，像是特地在诱惑他。小兔看着，馋得眼珠子几乎要掉下来，口水也从嘴里挂了出来。

　　不仅小兔看着赵昆仑，满桌子的人都看着赵昆仑，看着他动筷子。翠红更急迫地期待着赵昆仑动筷子，生怕他不动。赵昆仑不知情由，更主要是头晕，他没有留意大家面前有无面条，也没有留意大家有没有在望他，就拿起了筷子。翠红见赵昆仑动筷子，心欢快得能蹦出来。赵昆仑将筷子插向了面条，翠红的呼吸急促起来。赵昆仑闷头夹了几筷头面条后，筷子夹向了鸡腿子。

　　翠红幸福地闭上了眼睛。

　　赵昆仑吃了翠红家鸡腿子的事一下午就在街后街前传开了，也传到了程秀丽耳朵里。程秀丽听到，两行泪水从眼睛里挂了下来。

　　程秀丽没有哭出声。

　　翠红家要订婚，赵昆仑不同意。

　　孙小兰说：吃鸡腿子表示你同意，你把人家鸡腿子都吃了，现在不同意怎么行？赵昆仑懊悔万分地责怪母亲，你怎么不告诉我啊！

程秀丽同意见市里那个小伙子。

十 三

程旭升与葛大宝两个老战友，二十多年来一直友好，彼此照应，从未发生过争执，这次为了公家的事情闹得不愉快，不过二人都觉得在赵小发家争执不好。

程旭升主动退让，说：那个只是我的一个想法，与你先交换交换意见。

葛大宝听程旭升这么说，顺势退让，说：我也只是说说我的看法。然后二人再未提这个话题。

菜炒好，赵小发上桌，敬二人酒，二人也互敬，但心里有了疙瘩，饭桌上气氛有些僵。

按照程旭升"只是我的一个想法"的说法，合作商店开办柴集的事情就会因葛大宝的反对歇火，毕竟战友情谊重要。葛大宝是爽快人，他就这样认为，所以事后未把这事情放心上。按照往年惯例，五月节的前几天，挑柴到老街上的人会比之前明显增多，上街头柴集也就由冷寂变得热闹，薛爱英的早晨也就忙起来了。

可就在五月节的大清早，合作商店的柴集在一阵两万响的爆竹声中开张了。程旭升事先未声张，只在头天下午悄悄地抽职工收拾院子，把大缸移了一下，在正面扒了长一丈的围墙，清晨在围墙的缺口边放了一块"合作商店柴集"的牌子。就是这牌子也是悄悄准备的，事先只做了个坯子，别人不清楚用来干什么的，到头天晚上才在牌子上写上了这几个字。

程旭升认为竞争是正常的事情。他考虑周全，一来是怕葛大宝知道阻挡；二来这个南四门市部还归在经理高新潮的名下，他怕高新潮知道，透露给葛大宝。

尽管扒了围墙，也尽管挂了柴集的牌子，挑柴人不一定注意到牌子，注意到了也不一定往院子里面挑。试想他们辛辛苦苦地挑到老街上，假如没有人买不等于白费了气力，另外还要辛辛苦苦地往回挑，谁也不情愿。

程旭升的确考虑得周全，他让抽调的人在河西街古桥巷口堵着挑柴的人，往围墙里引，说这里面新开办了个柴集，挑到这里，除可以少跑点路外，头半个月还不收手续费。

挑柴的人心里自然欢喜，但转念一想这柴集是新办的，知道的人少，柴不一定卖得了，担心。堵的人许愿，假如没有人来买，你们挑来的柴，合作商店全收购了。这样一来，挑柴的人在望了望前面的古桥后，转过柴担子，挑到了院墙里。

葛大宝不清楚合作商店我行我素开办了柴集，他九点半钟喜洋洋地从选区里提前回到寺巷的家里过节，他非常吃惊，往年这时候薛爱英还在柴集忙，今天怎么回家在做菜。

你怎么回来得这么的早？

薛爱英讥讽说：回来得早还不是多亏了你老战友！

你这话什么意思？葛大宝一时还没有反应过来。

你脑子怎么这么的不开窍？程旭升说话不算话，合作商店还是开办了柴集！柴都到他们那去了！我们这只有零零星星的几担柴。

葛大宝一听，火气往上一喷，圆瞪着眼骂：这个程旭升，说话不算数，他那天声明，只是一种想法，一种想法！现在居然还是开办了柴集。

薛爱英添油加醋地说：就你傻，人家逗你呢？

葛大宝怒火更盛，他拎起桌子上一只杯子，然后一撂，杯子里水泼洒一桌子。

不行！我找程旭升去！他这么做，把柴都堵去了，选区柴集不就关门大吉了？！

今天大过节的，去找不好，等明天再去。薛爱英劝。

葛大宝不听。

葛大宝以为程旭升在家，他怒气冲冲地来到程家。程秀丽在堂屋里，见葛大宝满脸怒气，犹豫着喊还是不喊。

你爸爸呢？葛大宝强忍着怒火问。

我爸还没有回来呢？葛伯伯找我爸有事？

葛大宝未回答，抬脚就离开。

赵小发家蹲缸在屋左边，缸里有大半的粪水，本来可以过几天挑，赵小发爱干净，他想过节把缸里粪水清了，大清早的起来把粪水往自留地里挑。上午事情多，他性子急，再加粪水挑得太满，在倒的时候，一闪，磨了腰，然后腰就不能动了，假如动一下，痛得龇牙咧嘴，他就在粪缸旁半弓着身子痛苦地扶着腰。孙小兰见赵小发久不回来，就让小兔去自留地看看，小兔回家报告，孙小兰与赵昆仑把赵小发搀扶到家。

昆仑快去把柴五爷请来！孙小兰喊。

赵昆仑到柴五爷家，柴五爷正坐在小方桌旁手提着一个白酒壶自斟自饮，很是舒坦。屋里有香气，赵昆仑抬头朝上方看，只见黄色的盘香从房梁正中垂吊下来，香头子上冒着青烟。

柴五爷见赵昆仑进来，弯着的身子立马坐直，脸挂着笑问：谁伤了？

我爸爸腰磨了！赵昆仑指着指腰部位。

磨得厉害不厉害？

厉害，动一下痛得不得了。

你到刘三爷黄烟铺子里跑一趟，看他在不在，在，就说我已经在你们家。柴五爷说完站了起来，从堆满杂物的条几上拎起一个白色酒精瓶子。

刘三爷急急地走在麻石条上。

三爷，你这端午节还有生意？迎面与他关系不错的街坊打招呼。

有啊！刘三爷神气十足。

谁伤了？问的人好奇。

赵小发。

哦，赵小发啊，他怎么了？

这时程旭升从西街柴集过来，情绪很好，听见刘三爷话，急问：刘三爷！是赵小发伤了啊？严重不严重？

怎么不严重，严重得很，不然他家也不会找我，你说是不是？

我也去看看！我们一起走！程旭升对刘三爷说。

葛大宝铁青着脸，他生气得很。他找到了合作商店柴集，在院子里没有见到人，只见靠门市部那方墙堆了大约三十来捆柴草，这些柴草很显然是合作商店收购的。

他走到柴草前，抬起腿猛踹了一脚。

十四

找不到程旭升，葛大宝胸中的怒火越烧越旺，可是又没有地方发泄，他被烧得分外的难受。程旭升是他的老战友，他一直觉得程旭升这人仗义，口碑不错，现在怎么见钱眼开，做出这伤害战友感情的事情？

再到程旭升家去，质问他为什么要千方百计地开办柴集，清楚不清楚这抢了选区的饭碗。他急走了两步想到，程旭升是有主张的人，打定的主意是不会放弃的，自己跑程旭升家去争执，除了出口气，不起丝毫作用。

胸中的火势稍稍减了点。

回家，这大过节的，吃了午饭再说！走了两步，他想我还是去找镇里徐主任说道说道，让他来主持公道，不能让合作商店这么横行霸道。

葛大宝进了徐主任家，里面欢声笑语，热热闹闹。隔着天并看见二进厅堂中间摆放着一个很大的圆桌子——紧贴条几的八仙桌子移到了屋中间，上面架了个圆桌面子。四周围坐着徐主任家老老少少，徐主任的老父亲、老母亲坐在上盘。圆桌子上面已经摆满了菜，有切开了摆放得很漂亮的咸鸭蛋，还有芽菜、渣肉、炒细菜，另外还有好些水碗……

过节街坊四邻一般很少串门，临近吃午饭的时间，都各在各家，围坐桌旁，更不会串门，即使送礼也不会选择在这个时辰。葛大宝这时候来，徐主任全家人都很惊讶，都望着他，不清楚这时辰他来有什么急事。

是继续往厅里走，还是转身回去，葛大宝犹豫了一下。

老葛来了？有事情？徐主任急忙起身。

大过节的，到徐主任家来生气不好。葛大宝竭力放缓脸色。尽管如此，徐家人还是感觉到葛大宝在生气，而且气不小。

大过节的生什么气？徐家老少都好奇地望着葛大宝。

葛大宝走进厅里，他无意中朝桌子上瞄了一眼，瞄到了桌子上摆放着杜康酒。葛大宝清楚杜康是好酒，他未读过什么书，但酒桌子却上过不少，经常在桌上听人说，好酒除了茅台，就是杜康了。一次人家请客，桌子上除了他，还有毛校长，毛校长说到杜康，摇头晃脑地吟了一首诗，诗文好像是什么：对酒当……歌，人生几……何，要想……解忧，只……有杜康。杜康能解忧，他当时没有多想，现在烦恼，他真想拿起桌子上的杜康酒猛灌几口，看能否立马把烦恼去掉？

徐主任疑惑地问：老葛，这大过节的，到底出了什么事情？

受杜康酒牌子影响，一向爽朗刚直的葛大宝喉咙有点哽咽，他委屈地说：徐主任，你不知道，程旭升他在河西街开办了柴集，把我们选区的饭碗给抢了。然后双眼渴盼地望着徐主任，看徐主任什么反应。

程旭升开办了柴集？在河西街开办了柴集？徐主任有些不相信。

嗯！今天开张的，事前大家都不知道。

等一下子再吃，不能用手抓！几个孩子见大人迟迟不动筷子，急了，手伸向了其中的一盘卤黄干子。大人在阻止，孩子不听，继续抓。桌子上大人都焦急地望着徐主任。

徐主任注意到一家人的目光，他对葛大宝说：老葛，今天过节，你先回去！等我明天找程旭升！然后就坐在了圆桌旁。

看来只有按徐主任说的，先过节再说。葛大宝失望地离开徐主任家。这时街面上人已经稀疏，他大步走在麻石条上。正准备进自家所在的寺巷，听见前面不远处街面上传来妇女的争吵声，而且还很激烈。

这大过节怎么搞的？尽出烦心事！葛大宝皱着眉头朝前面望，只见一个女人在阁楼上朝下骂，另一个女人在下面朝上骂，街面上还有一个女人好像在劝架。虽然隔得很远，葛大宝还是能看见，阁楼上的女人是殷梅芝，劝架的是王月娥。

葛大宝准备转身进寺巷，这时就见什么东西呼啦啦地从阁楼上泼了下来。下面那个骂的女人赶忙躲往一旁，接着在麻石条上四下寻找，她在街檐边找到了一个圆圆的小石头，然后挥舞着手臂往阁楼上扔，边扔还边骂。

周围街坊都出来了，有的手上还提着筷子。

看来事情要闹大，葛大宝急忙转身，急急地赶往吵架的地方。到了近前，只见下面的女人边往阁楼上扔小石头，边骂：我砸死你这个泼妇！

算了，别砸了，这大过节的把头砸破不好！王月娥上前拉下面那个女人。

是她先撒泼的，她不撒泼，我不会动手！下面的女人辩解。

阁楼上的殷梅芝缩头后又伸出头骂：泼妇你骂谁，有本事到我家里来，到我家里来就把你腿子打断了！

你省一句行不行？王月娥因为与殷梅芝平时走得近，她这会对殷梅芝没完没了地吵嘴有些生气。

看热闹的街坊邻居见选区主任来了，都站到街檐下，看他如何处理。

王月娥急忙上前汇报：她们两个这大过节的吵嘴，我让她们每人省一句……葛大宝对王月娥赞许地点了点头。

殷梅芝看见葛大宝在下面，急忙缩头。

下面的女人低头捡小石头，捡到一个，正准备往阁楼上砸，见葛大宝来了，像是遇到了大救星，她把撒落在街面上的餐子鱼捧了一捧到葛大宝面前。

葛大宝皱鼻子，太臭了。

葛主任，这死鱼臭吧，这大热天，这丑婆娘就喜欢买这些死鱼回来晒着，臭得豁人，我全家都倒胃口。

听这话，下面这女人与殷梅芝是邻居。

殷梅芝听邻居女人在主任面前告自己状，她不饶让，伸出头来申辩：葛主任，你不要听她的一面之词，我买鱼回来在自家阁楼上晒，关她屁事，再者说，死鱼晒干了不就不臭了。

邻居女人也不是弱角色，说：那好，我把马桶盖子揭了，放在我家阁楼窗口，臭死你！

殷梅芝指着邻居女人骂：你敢放，我就用篙子把马桶捅翻，臭死你全家！

梅芝，你省一句行不行？王月娥在下面嗒嘴巴。

她省我就省！殷梅芝嘴巴不饶让。

葛主任你听听！你们街坊四邻都听听！这丑婆娘可讲理？！邻居女人有些无可奈何。

丑婆娘你可讲理？！笑话！殷梅芝冷笑起来。

一人省一句！今天就到这里，明天到选区里来处理。葛大宝接着补了句：如果谁再闹，影响老街上团结，以后选区有什么照顾不会考虑他家！葛大宝这句话很起作用，邻居女人嘴巴嘟哝地进了家里。殷梅芝也没有再伸头。

十五

第二天上午，徐主任把程旭升与葛大宝同时找到了镇里，程旭升像是事先猜到徐主任会找他，很坦然地望着徐主任。葛大宝斜瞟了程旭升一眼，偏过脸——一来他觉得自己有理，二来从行政隶属关系上他认定徐主任会站在自己这边。

程旭升没有想这么多，他认为该做的事就一定要做，做了也不怕指责。

徐主任招呼文书给两个人泡了茶，然后和蔼地对程旭升说：程主任，你把开办柴集的事情汇报一下。

程旭升语调平缓，说话也极有技巧，他没有把心里想的合作商店发展的话说出来，而是说河西街、还有河东街的下街头居民买柴都要到上街头柴集，非常的不方便，再者说山里人挑柴多跑路也辛苦。

话说得滴水不漏。葛大宝一听，急了，忙对徐主任说：他这是在说假话！他的真实想法，是抢我们选区的饭碗！

这不存在抢饭碗的问题！是方便街坊邻居生活。程旭升淡定自若。

这不是抢饭碗是什么？你们堵在了前面，把我们选区的路子堵掉了。葛大宝语气有些激动，额上的青筋鼓得老粗。

镇文书的家就在河西街，合作商店堵柴的事情以及对挑柴人的许诺都传到了文书的耳朵里，文书把自己听到的都对徐主任说了，徐主任对整个事情已经有了初步了解。

现在葛大宝"堵在了前面"这句话提示了徐主任，于是他郑重地对程旭升说：程主任，你看这样好不好，你们柴集既然办起来了，就继续办下去，这毕竟像你说的，方便街坊邻居生活，镇里支持；不过从明天起，你们不能再堵柴了，也不能对挑柴人许诺，至于柴是挑到你们柴集，还是挑到选区柴集，随他们自愿。

程旭升见徐主任已经拿了主意，虽然觉得不引导合作商店柴集一时难兴旺起来，但出于对镇领导尊重，还是点了点头。

两个人出了徐主任办公室门，程旭升在过道里径直往前走，葛大宝心情好多了，但心里还有疙瘩，他在后面说：老程，我们说起来还是老战友，这么多年关系一直不错，就这件事来说你做得太不地道！

程旭升回了句：这关系到街坊邻居生活，与我们战友情没有关系，然后迈开大步往出走。

老街周边风俗，男孩子到女孩子家去，女孩子家杀老母鸡，那是女孩子家人看上了男孩子。乡下人没有其他经济来源，买油、买盐的钱都从鸡屁眼里掏，老母鸡是乡下人家的储钱罐，不是十分贵重的客，是不舍得杀老母鸡的。

赵昆仑不知情吃了翠红家的老母鸡腿子，事后想反悔，赵小发不吭声，孙小兰说话了：昆仑，你不答应，让你爸与我的老脸往哪搁，我们以后还在不在队里上工？

赵昆仑一听这话，使劲地捶头，他后悔吃了老母鸡腿子。

孙小兰心里高兴，她对赵昆仑说：昆仑，翠红家说了，"下定"就搞桌把饭，给她做套衣服，不用花什么钱；结婚的事，翠红说也不要什么自行车、手表和缝纫机这大三件，只要打两样必要的家具就行了，这条件打着灯笼也无处找，你说是不是？

赵昆仑不吭声。他知道自己把与秀丽的路子断了。

就在赵昆仑与翠红"下定"的当天，小莲带着市里的那个大学生来到了老街，带来的东西比小莲男人当初带的还多。看那大学生长相，文质彬彬的，比早年"眼镜"还俊。

怎么样？小伙子不错吧？哈？小莲笑着问程秀丽。

程秀丽瞟了一眼大学生，脸色绯红。

六月的时候，大队下来了一个大学生名额，学校是科技大学，名牌大学，了不得。赵昆仑这年轻人好学上进，又有礼貌又谦逊，大队干部都喜欢他，有意推荐他上大学。

赵昆仑一家非常的高兴，感觉祖坟上冒了青烟。可翠红家担忧了，提出，昆仑必须在上大学前与翠红把婚结了，哪怕裁个结婚证也行，不然的话他们家坚决不同意大队推荐。

把婚结了，孙小兰倒不怎么反对，可赵昆仑就是不松口。

孙小兰苦劝：小老子，不结婚，他们家反对，大队就不能推荐你上大学，你前途不就耽误了？

赵昆仑倔，说：我又不反对结婚，现在他们这么逼着，我就退婚！

翠红到赵昆仑家，苦着脸说：我父母说，不同意结……婚，就……找大队里。

赵昆仑倔劲上来，说：你对你父母说，去找好了！

翠红见赵昆仑来气，怯怯地不敢再说了。

赵昆仑坚决不同意结婚，翠红家坚持要先结婚，大队没有办法，打算推荐另外的人。赵昆仑急了。他知道葛伯伯与大队干部关系不错，就去找葛大宝。葛大宝前几天刚找供销社主任搞了张飞鸽自行车票，准备给葛皮，现在赵昆仑求他帮忙，他改了主意，把自行车票给了大队主任家丫头。

飞鸽自行车又漂亮又轻便，票很难搞到，大队主任家丫头一直想买辆飞鸽自行车，就是搞不到票，现在葛主任主动把票给她，她激动得面色潮红，连说：谢谢葛主任！谢谢葛主任！

葛大宝拜托她回去带个信，让大队把赵昆仑给推荐了。

大队主任家丫头连声说：葛主任放心！葛主任放心！我一定让我爸爸推荐！

结果大队就在推荐赵昆仑的表格上盖了戳。推荐既成了事实，翠红家不敢再闹，一来怕得罪了大队主任；二来怕再闹，赵家退婚，竹篮打水一场空。

赵昆仑临上大学之前，赵小发与孙小兰嘱咐儿子到程伯伯家去一下。

赵昆仑噘着嘴说，我不去！

孙小兰怪道：你这孩子，怎么一点礼貌也没有！你程伯伯一家对我们家多好！

赵小发劝：你现在是大学生了，要有点气量，以前的事情不要再计较了。

赵昆仑听父亲这么说，不犟了，他往程秀丽家去。他走在麻石条上，不像前阵子脚步沉重，现在脚步子轻飘飘的。街上的人望着他，不管认识的与不认识的，他都微笑着点头。他现在有种自豪感，觉得不再比不上街上的男孩子，甚至超越了街上的任何一个男孩子，他在秀丽面前也不再自卑了，甚至可以高傲一下。

程旭升以往很少在家，这天正好在家。见赵昆仑来，他非常的高兴，夸赵昆仑：昆仑以后有大出息！我早预料到了！

赵昆仑瞟了一眼程秀丽的闺房门，他希望秀丽能够听到她父亲夸自己的话，并为同意嫁给市里那个大学生后悔。

你来啦！程秀丽从里屋出来，半带愧疚半带羞涩地望着赵昆仑。赵昆仑本想偏过头去，不搭理程秀丽，一见程秀丽这样，心软了下来。

嗯！他应了一声。

过了段日子，赵昆仑上大学去了。小莲回到老街，对程家人说，男大女大的，男方家里提出结婚，干脆把婚结了。

倪菊花问程秀丽什么意见，程秀丽说我现在还不想结。这桩婚事本来程秀丽就勉强，赵昆仑自始至终占着她的心，现在她的心上人赵昆仑不仅上了大学，而且还上了名牌大学，她心里乱糟糟的，不知道自己的下一步人生该怎么走。

第五章

一

1976年10月的一天夜晚，老街上灯火通明，人潮如流，像早前的火神庙会与东岳庙会一样的热闹。

前面两个人神采奕奕地抬着毛主席巨幅画像，后面是游行队伍与文艺演出队伍。这抬画像的两个人，一个是程旭升，一个是葛大宝。这一刻，他们都沉浸在幸福的氛围之中，先前的不愉快早抛到了九霄云外。

"四人帮"被粉碎的消息传到了老街。老街居民显得少有的兴奋，奔走相告。单位上都扎了彩门，大家都喜气洋洋。

街后赵小发全家也都跑到老街上来看热闹。程旭升与葛大宝见赵小发在人群中，两个人同时抽出手向赵小发摇动。赵小发也少有的开朗，也举起手对他们两个人摇动。

赵昆仑他们科技大也在搞庆祝活动。高校是高级知识分子集中的地方，思维最活跃，也最有敏感度。从老师和同学兴奋的表情与言谈，赵昆仑敏锐感到一个巨大的变革即将到来。他情不自禁地想起了他深爱的人——程秀丽。他想程秀丽这时候在老街上也应该很畅快，很激动。他清楚程秀丽心里还是深爱他的。他庄严地作出决定，他要鼓足勇气追求属于自己的幸福。于是他拿出了信纸，铺开，开始给程秀丽写信。

他落笔先写下"秀丽"二字，觉得太亲热了，不妥，将信纸撕了；落笔"程秀丽"，又觉得这称呼太生硬，不是他的口气，又将信纸撕了；就这样，他反反复复地写，反反复复地撕，最后还是落笔"秀丽"。他兴奋地在信中把他对时代的预感告诉了程秀丽，还把他深藏在心中多年的情感向程秀丽作了一次性倾泻；同时，他也希望程秀丽珍惜他们二人之间的青梅竹马情，勇敢地推掉与那个市里大学生的婚约。写完了信，他感到心里无比地畅快，为此他跑到街上，买了一瓶酒，回到宿舍，咬开瓶盖，灌了几口。老街邮递员与程秀丽熟，在把信递给程秀丽时，羡慕地说了句：程会计，你有一封科技大的信，不得了哦！

办公室里人都把目光投向了这封来自科技大的信。

程秀丽一听，知道是赵昆仑写的，昆仑终于给自己写信了，她深爱的昆仑终于理她了，她忘记了办公室其他人的存在，闭着眼睛忘情地把信捂在了胸口。

程秀丽本来也想给赵昆仑写信的，只是碍于女孩子的面子没有写成。自己之前与市里的那个大学生订婚，赵昆仑或许认为自己势利……她不计较赵昆仑与乡下的那个漂亮女孩子先订婚，现在赵昆仑成了名牌大学的学生，自己转过头来，昆仑怎么看自己？程秀丽有这样的顾虑。

其实，赵昆仑在刚入学后也有顾虑。他想，自己被推荐成为了大学生，与以前不同了；可是秀丽现在的对象就是大学生啊，而且已经在拿工资了，自己与那个大学生在秀丽心中孰轻孰重，弄不清。

二

先前早晨街上仅茶馆、鱼行、柴集几处热闹，南货店也还可以，再就是早晨卖菜的摊子了。过去到老街上来卖菜的主要是周边生产队的社员，现在远一点地方的社员也来，不逢年不逢节也到街上来卖。不仅卖蔬菜，而且还卖家禽，还卖毛栗、桃子、杏子、梨子、枇杷、枣子等树上摘的，还卖山芋、莲藕等地里挖的、水里采的，另外，还卖箩、筐、扁担……老街的早晨就像先前的年节一样的热闹。

政策放宽，葛大宝也准备尝试着开个商店。他的想法是把选区靠街面的那间屋腾出来，粉刷一下，开店。找木器社打一组曲尺模样的柜子，安上玻璃，摆些烟酒糖饼干之类的南货；再靠里墙打一组橱子，摆上布匹、鞋袜之类的北货。

镇里号召解放思想，把老街搞繁荣起来，葛大宝不担心开商店程旭升有意见。他想，即使我不开商店，其他几个选区也可能开商店，这是大势所趋。他没有悄悄地，他的个性也不习惯悄悄地，而是大张旗鼓地干了起来。把靠街的墙面磕了。一磕，就引来了许多人围观看热闹。

磕墙做什么事情？

开商店！以后多光顾！葛大宝站在麻石条上对着来往的人拱手。

程旭升到上街头茶馆去，经过上街头选区，他也看到了选区在磕外墙，也好奇。

不等他问，葛大宝就上前，笑着喊了一声：老程。

你这是要做什么？

你猜，老程！葛大宝面带微笑。

像是要开什么店。

你老程就是"彻"角子，一看就透彻，我这的确是开店！葛大宝高兴地恭维程旭升。

开什么店？

开杂货店。

哦，开杂货店。程旭升脸上现出一丝不快，然后迅速地恢复了先前的表情。葛大宝留意到程旭升表情的变化，他松了一口气，他不想因为选区开商店的事让老战友心里不舒服。

卖些什么东西呢？

当葛大宝很谨慎地说出卖些南货，还有北货时，程旭升连连点头。

货从哪里进？程旭升关心地问。

我们家那调皮的家伙，小时候的确皮，给街坊邻居留了不好的印象。现在大了，懂事了，"皮"在了正道上，这几年跟着陶爷老表在外跑推销，在湖北、江西一带跑出了一些路子，选区商店的货就打算从湖北进。葛大宝告知程旭升货源情况。

程旭升很大度地说：假如货源一时找不到，就从我们合作商店进！

太好了！老战友就是老战友！葛大宝很激动。

程旭升也在想，合作商店也要搞出大名堂才是。搞什么呢？他想到办爆竹厂，爆竹盈利大，街后的几个生产队都有爆竹厂，请个师傅就行了，不过他又担心爆竹危险性；他还想到了办缝纫社，老街上已经有一个缝纫社，归县里"二轻"管，生意还红火，再办一个生意应该还可以。

十月的时候，秋高气爽，选区商店选了个阳光明朗的日子开张，葛皮真有门道，装回了一大卡车南北货。

葛皮上身穿了件白底碎花汗衫子，下身穿着一条裤脚张开像大喇叭的裤子。男人穿带花的衣服，街坊邻居从未见过，即使民国的时候也从未见过，这下在老街引起了轰动。

更大的轰动还在于葛皮带回了一个漂亮洋气的女孩子。这个女孩子脚蹬红色的高跟鞋、头上烫着波浪卷，此外还描了好看的眉眼，嘴唇也搽得红殷殷。老街过去是大型货物集散地，南来北往的客商不少，到老街上来的夫人、小姐们也不少，老街上上年纪的人都开过眼，可是像这样装扮的女人就很少见了，老街上的年轻人更未曾见过，他们见到这个漂亮女孩，眼睛都直了。

葛皮带回了一个漂亮的女孩子！老街上所有人都在传说这件事。

这个洋气的女孩子是押货跟到老街上来的，还是葛皮在外谈的女朋友——现在老街居民与时俱进，都时兴喊"对象"为"女朋友"了。老街居民纷纷猜测。

别人不好问这漂亮的女孩子身份，江八奶奶没有那么多的顾忌，照样问，她对着葛皮喊：乖乖！现在发达了！葛皮！这是你带回来的女朋友吧？

葛皮笑而不答。

你不回答我江八奶奶，我把你老底子抖出来，看人家还跟你不！哈哈！江八奶奶得意地笑起来。

漂亮洋气的女孩子不怕人，对着江八奶奶大方地笑。

还是人家姑娘大大方方的，不像你！江八奶奶嘲笑起了葛皮。

葛皮带回了一个漂亮洋气的女朋友，葛大宝很开心，交代葛皮说：你也到你程伯伯家去看望一下，听说你程伯伯也想发展，你给他出出主意。

葛皮听他老子的话，在天要擦黑的时候拎着从外面带回来的两瓶洋河大曲到程旭升家。

两家离得并不太远，从寺巷出来，葛皮带着漂亮洋气的女朋友走在麻石条上，他头朝上仰着，洋洋得意。能从外面带一个漂亮洋气的女朋友回来，老街上就他葛皮一人有这个能耐。

葛皮到程旭升家，把漂亮洋气的女朋友带着，想炫耀给程秀丽看，他心里是这么嘀瑟的：你以前不是瞧不上我嘛，现在瞧瞧！我找的女朋友比你又洋气又漂亮！

葛皮在前年冬天送给程秀丽一条红围巾后，又送过一个精致的牛皮包，程秀丽瞟了一眼，好喜欢，但她想起上次赵昆仑不高兴，没有收牛皮包，最后还是倪菊花打圆场，给收下了，自此后，葛皮不再自讨没趣主动上门送东西给程秀丽。不过在他送牛皮包之前，跑推销跑回来一大笔合同后，他自认为很了不起，特地逛到合作商店程秀丽办公的地方，向程秀丽吹嘘，程秀丽听着，还夸了句，你很有能耐嘛！葛皮听着来了劲，借机把"抠"了半天写的一封求爱信往程秀丽桌上的条据里塞。程秀丽明白葛皮写的是什么，也不顾办公室里还有其他人，抽出信就硬塞回去，搞得爱面子的葛皮下不来台。

程旭升在家。

葛皮来他本就高兴，何况还拎着洋河酒来，他更高兴了。早些年葛皮顽皮，他对葛皮还有些看法，认为葛皮与昆仑比差一大截；现在葛皮跑推销出息了，他认为各有所长，对葛皮刮目相看了；还有，葛皮跑推销见多识广，他正在谋划合作商店发展，正好想让葛皮给自己参谋参谋。

倪菊花听说葛皮带回一个漂亮洋气的女朋友，现在一瞅，发觉果然如外面所传的那样。

葛皮女朋友虽然见过世面，大方，但初到程旭升家，还是有些拘谨，双脚并拢，双手摆在了腿子上。葛皮眼睛不停地朝程秀丽闺房门瞅，他希望程秀丽这时能走出来，看着他带来的女朋友，流露出惊讶的神情，那样他会很得意。他想要这种心理感受。可是他瞅了几次，程秀丽的闺房门都是紧闭的。

他想，程秀丽或许不在家吧！不禁有些失望。

我想办个缝纫社？你给参谋参谋，可行得通？

缝纫社嘛！老街上已经有，再搞像搞柴集一样，只不过把一个饼子分到两个盘子里，没有搞头。葛皮大咧咧地提出自己的见解。

葛皮长期跑推销，看问题果然透彻！程旭升心里暗暗佩服。

现在与过去不同了，思想要解放，搞活经济，搞活生产，乡下生产队的社员也讲究穿了，不是一个饼子的问题了。程旭升尽管知道葛皮的话有道理，但是他还力图说明自己的话正确。

我认为饼子再大也大不了多少，不如另外再办一个老街上没有的厂。葛皮视野开阔，思维跳出了老街。

另外再办一个老街上没有的厂，这主意好！可是办什么厂好呢？你在外面跑，见多识广，你给出出主意。程旭升渴求地望着葛皮。

办酱油厂！葛皮女朋友插话。

对！办酱油厂！葛皮女朋友的话提醒了葛皮。他在外遇到江苏常州的一个推销员，这人闲着无事就吹他们厂生产的酱油如何全国知名。当时葛皮在场，就好奇地打听酱油厂的情况，这个推销员就一五一十地把酱油的生产工序说了出来，葛皮听了，觉得酱油的生产工序并不像想象的复杂。

办酱油厂你认识人啊？程旭升满怀希望地问。

认识啊！常州酱油厂一个推销员与我还是朋友呢！葛皮开始嘴上跑火车了。其实二人只是认识。

工序可复杂？

一点也不复杂！准备些大缸，把黄豆一泡就行了！葛皮把酿酱油的程序说得极其简单，让程旭升对办酱油厂多了点信心。

于是程旭升确定办酱油厂。中街茶楼后面有一个独立的大院子，里面有口古井，井水不咸而且微甜。白兔镇是鱼米之乡，传说隋唐的时候这院子就是酒坊，以糯米酿造出来的酒香糯甜醇，顺滑可口。

关于白兔镇酒的醇香，毛校长就讲过这样一个美丽的故事。说好酒的铁拐李四处漂游，与何仙姑多日未曾联系，他打听到何仙姑暂住在白兔镇，于是寻访而来。遗憾的是，他在白兔镇没有寻访到何仙姑，不过爱酒的铁拐李却是寻访到了白兔镇酒坊酿造的美酒，然后大醉而归……

毛校长讲的故事既给老街增添了文化厚重感，同时也给老街增添了一些浪漫情调。

这里原就是酒坊，古井水又甜，程旭升想象利用古井水酿造的酱油一定鲜，他确定就在这里办酱油厂。他盘算沿围墙搭三排披屋。至于大缸，河西街柴集里就有现成的。万事俱备只欠东风，就差师傅指导了。葛皮居中搭桥，酱油厂那个推销员答应带他们到常州酱油厂参观，然后洽谈合作事宜。

到常州酱油厂请师傅，程旭升想请葛大宝一起去，一来还一个人情，别人都说自己心胸宽广，自己在某种程度上不如他，像办柴集的事情，尽管自己动机是好的，但在做法上不是那么的光明磊落；二来路上葛大宝也可以给自己出出主意。

就这样，葛皮、程旭升、葛大宝三人在酱油厂推销员的陪同下参观了对方的酱油厂。厂子并不大，属于私人厂子，只有二十来个工人，不过院子却比中街茶楼的院子大。程旭升留意到，这一带有好多这样的小酱油厂。厂长很爽快地答应派一个师傅过来，不过说了，你们要办酱油厂，必须添置一些设备，这些设备我们厂里有。程旭升明白厂长的意思，他正急着设备的事情，于是一口答应了。

事情谈妥，厂长宴请程旭升一行，把他们带到了一个写有"雅苑"的门楼子前。葛皮晓得是酒店，程旭升与葛大宝这么多年第一次出远门，不清楚这是个什么地方，疑惑地望着门楼子，琢磨。

跨进"雅苑"，见里面有饭桌子，还有一些装饰得很雅致的房间，程旭升与葛大宝这才明白是酒店。酒店里有一个柜台，里面站着一个长相不错的年轻女子，后面是一排柜子，摆放着不少品种的酒。这些都让两个人感觉稀奇，老街茶馆从来都没有酒柜子。

厂长站在柜台前，望着这些酒。程旭升与葛大宝也随厂长站在了柜台前，他俩像刘姥姥进大观园一般好奇地打量着这些酒。葛大宝目光落到了杜康上面，上次去镇里徐主任家，见过这酒。

你们说，喝什么酒？厂长笑着问。

葛大宝有些紧张。

想喝什么酒就说嘛！厂长语气轻松地说。

葛大宝眼睛瞟向杜康。

呵呵，你看中杜康，那我们就喝杜康！厂长爽朗地说。

一行人入座。酱油厂推销员先给他们的厂长倒了一杯，接着给程旭升他们三人各倒了一杯。程旭升与葛大宝都有些诧异，怎么不先给客人倒酒，再者说，厂长也应该假客气一下子呀！

十里有乡风，百里不同俗，大概是乡风民俗不同吧。程旭升心放宽了地想。

葛大宝望着酱油厂的推销员倒酒，只见杜康酒咕咕而下，很快地到了杯口，推销员未停止倒，杜康酒堆在了杯口。葛大宝以为酒要洒到桌子上，他有些心疼这好酒泼洒了，望了望葛皮，然后准备把嘴唇凑前舔一下。

不要紧的！会挂在杯子上！葛皮赶紧提醒。好酒会挂杯，葛大宝不懂，葛皮懂。

你们大老远的到我们常州来！敬你们一杯！厂长热情地举起杯子。众人都举起杯子。

程旭升与葛大宝往起一站，厂长与酱油厂推销员都只举着杯子，未站起来。程旭升与葛大宝两个人尴尬了，不知道是继续站好，还是坐下来好！互相望望，然后一齐望着葛皮。

葛皮把手往下按按，示意坐下喝。葛皮跑推销多了，见惯了各地的习俗。

一杯干后，夹菜。厂长自顾自地给自己倒了一杯，然后望着大家。

厂长不高兴了？没事让他不高兴啊？程旭升心里瞎估摸。

葛大宝未想这么多，他在回味：这杜康就是好酒，进口就是舒服。

三

赵昆仑回老街过春节，老街风俗，初一不出门，他急着见他的心上人，初一一大早就起来，准备上秀丽家去拜年。没想到秀丽也急着见他，提前到他家来拜年了。

两家腊月里已商定，选正月初八好日子办婚事。

赵小发与孙小兰在柴火房里炸春卷，孙小兰耳尖，听见秀丽声音，儿媳妇来了！她喜滋滋地对着外面喊：昆仑，你快来拿春卷给秀丽吃！

程秀丽笑呵呵地进柴火房里，乖巧地说：阿姨，我来烧火！

孙小兰逗她：过几天就要结婚了，还不改口叫妈！

程秀丽一听孙小兰这话，心里像吃了蜜似的甜。从小到大，她都依赖昆仑，把昆仑当哥哥，长大了又当成心上人，现在两个人终于能够走到一起，她如何不幸福呢！

程秀丽要往锅灶底下坐，孙小兰挥手，说：这锅灶底下脏，灰多厚，哪能让你烧火，你快去拿春卷吃！

赵小发指着锅台上一个盘子说：这盘春卷炸了有一会儿了，不烫，你夹着吃。顺手从壁上挂着的筷笼里抽出一双筷子递给了程秀丽。

赵昆仑走进柴火房里，程秀丽夹了一根春卷往赵昆仑嘴边送，说：你吃！

他晓得吃哦，秀丽，你吃！孙小兰疼爱起程秀丽。

程秀丽继续把春卷往赵昆仑嘴里塞，赵昆仑也不退让，一口咬住，嚼了起来，壳子掉了一地。他眉开眼笑地说：好吃！好吃！

就知道自己吃！孙小兰假瞪了赵昆仑一眼。

程秀丽也咬了一口，连连说：好吃！好吃！阿姨！

孙小兰嗔怪：怎么又喊阿姨了，喊一声妈妈我听听！

赵昆仑平时话不多，这时候也逗起程秀丽：喊啊！喊啊！程秀丽笑着瞪赵昆仑，意思，你也在出我的洋相。

算了！算了！别难为秀丽了！老实的赵小发为程秀丽解围。

你说这春卷好吃，这芯里面有土栗子，还有地心菜，鲜！当然好吃！顿了下，孙小兰向程秀丽介绍：猜到你要来，昆仑他爸爸年三十特地到田里剜了地心菜。

程秀丽吃了两根后，来到外面，她征求赵昆仑意见：昆仑，听说中街影剧院上午放《庐山恋》，都传好看，我们也去看，怎么样？

赵昆仑笑说：我在省城看过了，是好看，男的追，女的跑，好浪漫。

程秀丽噘起了嘴：是与哪个女同学一起看的吧？

赵昆仑急忙撇清：我与一帮男同学一起看的。

这还差不多！程秀丽转嗔为笑。

白兔镇的剧团一唱戏，老街就分外的热闹起来，一到晚上老街居民就全家齐出动到剧院里来看戏，剧院里坐得满满当当的。紧接着老街上又开始放电影了，老街剧院也就改成了老街影剧院，多了功能，老街居民的娱乐方式也就多了起来。

影剧院最先放老版黄梅戏电影《天仙配》《女驸马》《宝莲灯》……年纪大的以前看过，隔了多年再看更得味。黄梅戏电影一轮放过，紧接着开始放老版的战争电影《南征北战》《平原游击队》《激战无名川》……看战争电影年轻人尤其来精神，一到夜晚，电影院前面街道挤得水泄不通。卖票的窗口很小很小，又没有人维持秩序，买票靠挤，一挤就发生纠纷，动拳头，常常打得头破血流的。

老街从正月初一上午起轮番放映电影《庐山恋》，电影里面有个"恋"字，很让姑娘与小伙子们心狂跳不已，就连过来人心也狂跳不已。那个年代，姑娘与小伙子们不好意思说"恋"字，一旦说到"恋"字，立马面红耳赤，像做了见不得人的事情。

孙小兰在柴火房里听见他们两个在扯看电影的事情，就对屋外喊：你们再吃两根春卷，就看电影去！昆仑你带着秀丽！

程秀丽听了心里甜蜜蜜的，她羞赧地说：阿姨，我们去看电影了！

赵昆仑这回逗秀丽，一本正经地说：要喊妈妈！

到那天再喊！程秀丽溜起嘴皮子。

这会赵昆仑的心格外的甜蜜。他打小就喜欢秀丽，可是他不善于表达，他也不愿意表达，他觉得喜欢要放在心里——这与葛皮的行事风格正好相反。

他越是把喜欢放在心里，越是不表达，秀丽就越觉得他深沉，有内涵，就越把他当成依靠，当大哥哥看。他对程秀丽的每一个关爱举动，都打动程秀丽，虽然年纪小，但这种关爱都一个一个地储存起来，日积月累地发酵成了爱，之间虽经历了波折，但爱情的甘露更加的甜蜜。

在白塔弄里，赵昆仑瞟了一下，见前后无一个人，他想牵一下程秀丽的手，程秀丽娇羞了下，把手伸出来，赵昆仑正准备握住程秀丽的手时，弄子迎面过来一个人，两个人的手急忙缩了回去。

两个快乐的人儿往电影院走，只见电影院前挤得水泄不通，根本无法近前，更别说到窗口买票了。他们站在外围踮脚朝窗口方向望，只见有好几个年轻人爬到了人头上，然后又滚落下来。

看来难买到票。

电影可有多好看啊？越是难买到票，程秀丽的好奇心越强。

……

赵昆仑笑而不语。这更诱发了程秀丽的好奇心。你笑什么呀？程秀丽娇嗲地问。

赵昆仑朝程秀丽瞄了一眼，程秀丽脸瞬间红了。

赵昆仑嘴贴近程秀丽耳朵，轻轻地说：电影里就是这样的。

死无聊的！我不看了！程秀丽娇嗔地一摆手。

那我们现在回去！赵昆仑逗她。

我才不回去呢！

可是买不到票啊！赵昆仑摊开手。

正在这时，葛皮披了件黑呢子大衣过来，风度翩翩；与他一起来的还有披着红色风衣脸蛋儿被映得红扑扑的女朋友，一条毛皮像黑缎子似的狼狗紧跟在后面。葛皮已经多年没有养狗了，现在他又养起了狗，看皮毛这条狗很金贵。

那年月，在老街，年轻人还大都穿棉袄，穿呢子大衣的鲜少，披风衣的更少——披这么招眼的风衣就少之又少了。

所有人的目光都被吸住。

葛皮显得十分的得意。

老街上人瞅葛皮的神情，大都是这样：葛皮这小子现在搞发达了，不认识葛皮的人，他们心里估摸：这家伙，不定是镇上哪个大领导的儿子！

葛皮眼尖，看到了远远站着的程秀丽，在他看来，哪怕与程秀丽说上一句话都舒服，尽管他见赵昆仑也在，但他还是走近程秀丽。

他显摆地把女朋友手一牵，向程秀丽介绍：这是我女朋友！那女孩儿随即对程秀丽礼貌地笑了一下。程秀丽也礼貌地对葛皮女朋友笑了一下。

赵昆仑与葛皮互相点点头问好。

你们没有票吧！我去找电影院经理给你们弄两张票！葛皮装着非常随意地说。

他们是你什么人呀？女朋友鼓着嘴。

他们两个都是我同学。为了在程秀丽面前显摆，葛皮不顾女朋友不高兴，他大衣角一摆进了人群；黑狼狗就像明白他心思似的，抢着进了人群。

呀！呀！人群现出恐怖的神色，纷纷侧过身子避让。黑狼狗大摇大摆地在人群中穿行，葛皮很神气。

弄两张票对于葛皮来说是小儿科。

赵昆仑与程秀丽等票。这时候，翠红随一个小伙子过来，小伙子是赵昆仑他们大队的公办教师。翠红见到赵昆仑，脸马上红了，随即偏过头去。

回来过春节啊！小伙子认识赵昆仑，大方地走过去，与赵昆仑打招呼。

小伙子知道赵昆仑与翠红先前的关系，他打招呼，有点在赵昆仑面前显摆的意味。小伙子从小就喜欢翠红，他们二人也算青梅竹马，只是赵昆仑比小伙子更吸引翠红。

先前，赵昆仑中止与翠红的往来，翠红家认为这事不能这么了了。这倒不是翠红家想要赔偿，而是认为不能让赵昆仑这么轻易地把自己女儿给甩了！在队里名声不好。她家多次到赵昆仑家闹，赵小发老实，说不出来话。

孙小兰苦笑着赔不是：真对不起！真对不起！我们全家人都喜欢翠红，就是我那犟儿子一根筋，我们恨不得把他打一顿！

不知道翠红家哪个亲戚出了主意，让翠红搭车到了省城科技大。赵昆仑在同学面前很难堪，好在翠红讲理，不吵也不闹。

赵昆仑很会做工作，他对翠红说：我与程秀丽从小一起长大，有深感情。停顿了下，他话锋一转，哄起了翠红：像你这样的女孩子，很多男孩子都喜欢，你找一个喜欢你的男孩子，一生都会幸福的。后来，翠红离开了科技大。

两个人的事情就这么了了。

不一会儿，葛皮很神气地拿着两张票过来。程秀丽跟在赵昆仑后面从闸子里进去。到了影剧院里面一看，呵！好多人了。

电影开场。影剧院里鸦雀无声。大姑娘小伙子们脸都已经涨得通红；心都怦怦地跳着，似乎都能听得出声音。电影里女主角张瑜仰靠在绿草如茵的草皮上……黑暗中，赵昆仑瞟了程秀丽一眼，悄悄地摸向了程秀丽的手。

两只手紧攥在了一起。幸福的电流贯穿两个人的全身。

五

　　酱油厂经过一番的筹备，在茶楼后面的院子里办了起来，半个月后就出了酱油。合作商店、南货店的几个门市部，还有几个选区的商店也都在卖老街酱油厂的酱油——上街头选区办了商店后，其他的几个选区纷纷仿效，也都办起了商店。

　　老街自己也酿酱油了，江八奶奶很好奇，她想看看酱油是怎么酿出来的。她一只胳膊上挎着腰箩，箩里装有五个长瓶子。走进酱油厂，见到院子中央摆放着几十个大缸，还有一些罐子。工人们有的在挑拣黄豆，有的把已经挑拣好的黄豆倒进缸里；还有的在扯井水，古井四周摆放着不少水桶。

　　江八奶奶来啦！八奶奶来啦！工人们纷纷与江八奶奶打招呼。他们没有不认识江八奶奶的，也没有江八奶奶不认识的。

　　你们忙！你们忙！江八奶奶边摇手，边往缸前迈腿，探头朝缸里望，发现有的缸里浸了黄豆，这模样有点像过年时做豆腐，先把黄豆泡软了。江八奶奶不清楚，做豆腐是磨泡软了的黄豆，而酿酱油是把泡软了的黄豆发酵。酱油呢！酱油呢！江八奶奶急抓抓地喊。酱油在屋里面！这时厂长从北边披屋里出来。厂长见江八奶奶腰箩里装着好几个瓶子，明白她老人家不仅仅是来参观的，于是把带到南面的一间披屋里，掀开了一个大缸盖子。

　　哇！江八奶奶探头，看到了满满一缸比香油颜色稍深的酱油。您老要打酱油吧！厂长明知故问。嗯！来看看，顺便打酱油！江八奶奶把腰箩从胳膊上取了下来。来！我让人给您老打！厂长对外面喊。一个工人小跑着进来，给江八奶奶的五个瓶子都灌满了酱油。多少钱？江八奶奶手伸到大襟褂子腰里。不要钱！您老第一次来，要什么钱！厂长捏住江八奶奶掏钱的手。不要钱怎么行？那我不是讨？！说出去多难听！不行！不行！江八奶奶硬是要把钱掏了出来。

真的不要钱！厂长申明。不要钱，那这酱油我不要了！江八奶奶往箩外拎瓶。

厂长见江八奶奶执意要给钱，没有办法，就对江八奶奶说：您老非要给钱的话，就给四毛吧。不行！像商店里一样，五瓶我就要给五毛，多打的酱油算我赚的了！——商店打酱油，一般打不到瓶颈子。这趟江八奶奶不仅打酱油，她还想弄清楚酱油是怎么酿出来的，她在院子里转，见工人们都在忙着，不便问，于是很高兴地拎着腰箩出了院门。酱油厂与江八奶奶的家都靠街的后面，很近，从街后面走，几步路就到家，可江八奶奶高兴，偏偏走街道上。她乐滋滋地走在麻石条上，殷梅芝正好从下街头上来，与江八奶奶迎面相遇——殷梅芝在毛笔厂上班，这天她请了假。

殷梅芝见到江八奶奶，亲热地打招呼：八奶奶啊！您老打这么多酱油啊！她人小气，喜欢为鸡毛蒜皮的事情与邻居计较，江八奶奶清楚她秉性，平时懒得搭理她，要么就不客气地说上她几句。今天逛了酱油厂，五毛钱灌了五满瓶子的酱油，心情爽，就搭了腔：在酱油厂打的，去参观，厂长客气，都是街坊邻居，说第一次打酱油，不要钱，我硬给了他钱。

说着就擦身过去。都是街坊邻居，到厂里打酱油第一次不要钱。殷梅芝回味着江八奶奶的话。不要钱！不要钱！也拣几个瓶子去酱油厂，能省几个是几个。回到家，她想，平时王月娥对自己不错，去酱油厂也告诉王月娥一声，有便宜大家一起占。

我们平常说，好人想着别人，而自私自利的人，是不会想着别人的，可是自私自利的殷梅芝竟然想到了别人，这是为什么呢？殷梅芝有她的考虑，她在老街上小气出了名，她去了，厂里不一定不要她的钱；而王月娥不同了，她长得秀气，就像嫦娥，脾气又好，街坊邻居对她看法好，领导对她看法也好，她去了肯定不要钱的，既然不要她钱，就不可能要自己的钱，殷梅芝就是这么考虑的。现在是上午，殷梅芝想起来，王月娥正在选区商店里上班——营业员要性格好，服务态度好，王月娥脾性不错，长得又不错，还是大组长，被葛大宝从毛笔厂抽调了出来。现在王月娥走不了，要等到中午，可是中午酱油厂工人又下班了，到下午，王月娥又要上班，看来拉王月娥去是不行的了。

那拉谁与自己一道去好呢？她搜肠刮肚地想，一个人像兔子一样从她脑子里蹦了出来，这个人就是"妖精"，"妖精"闲在家。她进了仙姑弄子，立马眼前一抹黑，像掉进黑洞里。她长期住街面上，一时还不太习惯。

她想，还好自己家在街面上，要是住这弄子里，一天到晚见不到太阳，愁都把人愁死了。转而她又想，戏里的"妖精"都在光线幽暗有烟雾的地方出没，这老街上的"妖精"多像在戏里。走了一截漆黑的弄子，到了"妖精"家门口，门是关着的。殷梅芝犹豫了下。

她不是不敢推门，而是怪异地想：这会，会不会有野男人正好在她家，与她滚在床上，要是自己推门，撞着了，那多晦气——老街迷信说法，见到这类不雅观的事情会倒霉；继而她又想：我推门，假如她不开，不正好证实有野男人在她家，也不枉我白跑了这一趟。抱着猎奇的心理，殷梅芝推了"妖精"家的门。谁啊？"妖精"在屋里喊。看来屋子里没有野男人！

我！殷梅芝！"妖精"拉开了门。只见"妖精"手拿一面镜子，一把梳子。借着微弱的光线，殷梅芝看到"妖精"的眉眼画得像两条蚕。

她心里想：我要是男人，见到"妖精"这模样，也会动心的。

六

殷梅芝喊"妖精"去酱油厂，"妖精"不着急走，她对着镜子往脸腮上搽了点红胭脂，然后揉了揉，立马两边脸腮红红的，像熟透的苹果。

"妖精"跨进酱油厂大院子里，哇！几乎所有工人都停下了手中的活。平心而论，"妖精"会化妆，而且化妆出来也好看，虽不及仙女，但还是很漂亮的，尤其是那双眼睛，平时就顾盼流连，这会更加的撩人。

殷梅芝跟着"妖精"在院子里转，好奇地看着工人们做事。

大美人来我们酱油厂参观啊！厂长见到"妖精"说道。

你别挖苦我！她喊我来打酱油，就来了！"妖精"手指向殷梅芝。

殷梅芝讪讪地点头。

来打酱油啊！到这边来！厂长把"妖精"往南边披屋带。

"妖精"给钱，厂长客气地说：你六瓶就给三瓶的钱吧！

这时候常州的那个师傅瞄了"妖精"一眼，拍着胸脯说：大美人来打酱油，算我的，就不收钱了。

这师傅估摸四十出头，中等个子，平头，小眼睛。

大师傅你说不收钱，那就不收钱！厂长做顺水人情，对"妖精"使了一下眼色说：师傅说不收你钱，你得感谢师傅！

那谢谢师傅了！"妖精"噘嘴对师傅笑了一下。

合作商店的酱油厂办得相当的红火，酱油推销到了县里以及白兔河上游的一些县市，程旭升的人生又获得了新的辉煌。

改革开放的春风吹遍了乡村，周边生产队也开始分田到户，赵小发家分到了两亩三分田，粮食够吃，在赵昆仑结婚后，紧接着小兔考上了农校，孙小兰忙着给街前街后人家做衣裳，日子过得很红火。

改革开放的春风也在老街上劲吹，河东下街头文化站里添置了电视机，一张票一毛钱，一到晚上就播放电视连续剧《上海滩》。

> 浪奔　浪流
> 万里滔滔江水永不休
> 淘尽了　世间事
> 混作滔滔一片潮流
> 是喜　是愁
> 浪里分不清欢笑悲忧
> ……

这首歌老街上的年轻人，甚至小孩子都会唱，走路都哼哼。街上有的年轻人爱时髦，也学着许文强的样子在头上扣了顶帽子，把颈脖子歪着。

葛皮跑推销在外面学会了溜冰，他回到老街跃跃欲试要开办溜冰场。

葛大宝先前吃过亏，他阻止葛皮，说：你不能办溜冰场，那是歪门邪道！葛皮不理会老子。供销社中街门市部后面有个库房，空的，葛皮把租了下来，建了溜冰场。

应该说，作为老街上年轻人中的代表性人物，这时候的葛皮人生轨迹已经发生了质的转变，他脱离了前期的顽劣与浅薄，开始了青春创业的历程。

溜冰场对于老街年轻人来说，是新鲜事物。溜冰场办起来后，老街上的大姑娘小伙子们都被吸引到了这里。溜冰场里白天夜晚都笑语喧哗，老街年轻人乃至中年人的文化生活比先前丰富多了。

七

往年的七月中旬，太阳晒死鸡，没有一滴雨；这年的这个时候，天就像漏了似的，雨水不断。赵小发家趁上午雨暂歇，抢着把一块田的稻子割了。先前赵小发已找人把门口的场子浇了水泥作为稻床，稻把挑回来好放在上面。

割了一上午稻，回家刚端上饭碗，天空就乌云滚滚，预示将要下大暴头雨。

赵小发急着对孙小兰喊：不好！快点吃！赶紧把稻挑回来！稻不能被雨水打，打了连阴天容易发芽，还有稻把重，挑不动。赵小发狠劲地扒了几口饭就出了门，孙小兰，还有小兔也扛着扁担出了门。

云黑乎乎的，在头顶上铺着，越铺越大，越铺越厚。一家人扛着扁担在田埂上小跑着，赵小发心情急，他捆好两捆稻把就挑上了肩。分田到户后，相邻的两户庄稼人都想多打点稻，这样你占一点田埂，我占一点田埂，把田埂占成了体操运动的平衡木一样的窄，走在上面没有事，挑担子就得留意了，弄不好就栽到田里。

赵小发转了几条田埂，这时天上磕起了一个响雷，接着又连磕了几个响雷，按道理，这时在野外做事很不安全。可是在农村，民以食为天，庄稼人把谷物看得比命还重要。响雷过后，接着闪电，天上扯起了一道道刺眼骇人的红光，还有白光……闪电过后，大暴雨就要下来，他得赶在大暴雨下来之前把这担稻谷挑出田埂。咚咚一声响雷后，哗！大暴雨像豆子一样砸了下来，雨水肆无忌惮地在他的脸上淌，淌进了眼眶里，眼珠子咸得难受，他用力抹了一把，不顶用，雨水还是不断地往眼眶里涌，像战场上抢夺阵地一样。雨水淹得他眼睛委实难受，他注意力集中到眼睛上，在转过一个田埂的时候，身子歪了一下，担子失去了平衡，倒在了一侧的稻田里。这块稻田还没有收割，一大片稻秆被压平在了他的身子下。

孙小兰与小兔歪歪斜斜地挑着稻把过来，见赵小发倒在稻田里起不来，急忙停下担子过来搀扶，扶了几把也没有把赵小发扶起来。赵小发痛得龇牙咧嘴地说：我……我的腰……腰扭了。

多年前五月节时挑粪，他的腰已经扭过一次，旧伤加上新伤，这次赵小发腰伤得很厉害。

人要紧，稻把不顾了，孙小兰与小兔多半天把赵小发搀扶回家。三个人都成了落汤鸡。

程旭升与葛大宝听说赵小发跌伤，到赵小发家来看望，只见赵小发光着上身，侧着腰，柴五爷与刘三爷正在用酒精给赵小发推拿。

程旭升问柴五爷：小发的伤可厉害？

柴五爷蹙着眉头说：这回是旧伤加新伤，很厉害。

程旭升温和地与柴五爷商讨：我们都是街坊邻居，我说话直截了当，你别太计较哈，你有没有把握推拿得好？

既然你这么直截了当地问，我也直截了当地告诉，能缓解，至于能缓解到什么程度，就不好说了。柴五爷最后补了句：毕竟是新伤伤在旧伤处。

程旭升听柴五爷这么说，大致了解了伤情程度，他把葛大宝拉到一边商议，说：老葛，我看卫生院就不必去了，直接送县中医院，那里有个跌打损伤科，治疗效果据说还不错。

葛大宝说：这个事情你做主，我来找车子。

程旭升说，车子不用找，我们酱油厂正好有运酱油的车子到县里。

战友就是战友！战友情胜过亲情！关键时刻又是战友情在发挥作用。

赵小发在县中医院住了半个月，出院时医生嘱咐：你的腰损伤严重，回家千万不要再做挑抬的事情了！

庄稼人，不挑抬，哪里行？赵小发唉声叹气，骂自个的腰不争气，往后田里的活儿怎么办？

程旭升白天繁忙，晚上看望已是亲家的赵小发，了解他腰恢复情况，闲扯，说些安慰话，赵小发心情稍好些。

这天晚上，程旭升喜滋滋地来到赵小发家，一进门就嚷：好消息！好消息！以后你们两口子不用愁了！

赵小发夫妻俩莫名其妙地望着程旭升，不知道有什么好消息。

你们不清楚吧，新政策下来了，你们家户口就快可以迁回来了！程旭升因为激动，两只眸子闪着泪光。赵小发与他是生死相依的战友，三十年来共患难，赵小发性子憨，他这么多年一直关照着赵小发，现在赵小发一家正愁着往后的日子怎么过，回城的政策正好下来，他自然很开心。

真的啊？二人有些不相信。

当然是真的了！我都看到文件了！那还有假！程旭升语气十分的肯定。

那太好了！太好了！终于熬到头了！孙小兰因为过分激动眼眶里涌出泪花。

赵小发高兴地从腰里摸出大铁桥纸烟，准备递一支给程旭升，想到这烟太差了，手又缩了回来。

程旭升善意地提示道：小发，以后"回城"吃好点烟。

那户口迁回来，工作可安排？孙小兰急抓着问。

这个你放心，放一百二十四个心，我是合作商店负责人，小发之前在我们合作商店饮食业，回来照旧安排在饮食业！程旭升信誓旦旦地保证。

这谢谢亲家了！孙小兰赶忙道谢。

我与小发是什么关系，生死战友！再说，现在咱们又是亲家！说这话就见外了！

喝水！喝水！赵小发指着杯子说。

程旭升高兴地端起杯子，咕了一大口。

过了一个月，赵小发与姚二等一批户数陆续地回到了老街。

姚二比先前苍老多了，脸上起了许多皱纹，手掌上有许多老茧，还有裂口。

人还是不能生贪欲的，贪欲是魔鬼，它诱引着人往灾祸坑里跳，因而不能生贪欲，生了贪欲的话一定一定要克制住。

相信姚二对这个道理有深刻的体验。

姚二回来没几天，就在老婆的拉拽下拎着食品走进了白塔弄。姚二老婆认为丈夫当年对不起赵小发，她心里一直愧疚，现在应该到赵小发家赔个不是，这样心安些。

姚二心里也有过愧疚。他不好意思进赵小发家，他清楚赵小发家人品行，不会骂他，但他怕赵小发家人不理他，搞得面子下不来。

开口不打笑脸人，进了赵小发家，姚二老婆满脸堆笑，首先赔不是，姚二则低着头，像在等着挨训。孙小兰本来就是大度的人，见姚二夫妻有悔过意思，她急忙笑脸让坐，连说，过去的事情就让它过去！

孙小兰大度，赵小发本来就老实，相逢一笑泯恩仇。

赵小发与姚二到农村前工作关系在合作商店，自然都被安置在合作商店下面的单位。姚二被安排在河边的豆腐店挑水，豆腐店里浸泡黄豆、洗浆每天都要用十几大缸水，这些水仅靠井里扯远远不够，得到河里去挑，一担水有一百三十来斤重，姚二也有五十三岁了，挑起来有些吃力，不过回来没有好的岗位安排，只能将就着。

合作商店考虑到赵小发腰扭过，不宜挑担子，就把赵小发安排进中街茶楼里洗碗，这活儿相对轻巧。

赵小发被安排做轻巧事情，自己做苦力，姚二心里犯嘀咕，他寻思找程旭升调换轻巧的事情做。

姚二老婆也心疼男人，但她通情达理，劝姚二：人家赵小发腰的确扭过，合作商店这么安排情有可原。再者说，你以前对不起赵小发，现在不能拼比。

你怎么胳膊肘往外拐！姚二有些气鼓鼓。

姚二老婆掰解给他听：就不说赵小发腰扭过，就凭他们战友加亲家关系，你拼比着，起什么作用？再说程主任肯定不高兴。

姚二气馁：那我就这么挑水？

姚二老婆劝解：你先挑着，过阵子再找找程主任，就说，我也这么大年纪了，能不能照顾点。

姚二听老婆这么说，不吭声了。

腊八，老街上下起了一场大雪。平日里错落有致的屋顶被白雪覆盖，少了一些棱角，却多了一些柔媚；河东街河西街的街道被白雪覆盖，显得格外的狭长，个把人踩在白雪上，背影逐渐地变小，这构图像一幅别致的画。

瑞雪兆丰年，预示着白兔镇、白兔老街将迎来大昌盛。

豆腐店这光景正好是最繁忙最热火的时候，外面寒风呼啸，里面热雾缭绕。雪再大，天再冷，姚二照样要去挑水，不挑水就没有水洗浆，就没有豆腐、黄干子供应，合作商店与镇里就要过问。

河里结了冰，他在雪地里抠了块石头，使劲地砸冰面，砸了好一会儿，才砸了个窟窿。他用葫芦瓢一瓢一瓢地舀，舀了两个大半桶——不敢舀满，也怕挑扭了腰。他小心谨慎地上河堤，河堤上上了冻，打滑，他连人带桶滚到堤下。

是疯子把姚二从堤下搀到堤上的。街上家家关门闭户，疯子蜷缩着身子蹚着雪，冷不过，他想到豆腐店里面去暖和，就哆嗦着从街前来到街后——他不坏事，豆腐店里人不驱赶他。他踩着积雪往豆腐店里走，远远地望见姚二摔到堤下，于是踉跄着上前扶起姚二。

疯子一手拖着姚二的腰，一手牵着姚二的一只手。姚二起身的时候，牙齿龇了一下。

痛。姚二的腰扭了。

姚二被送到卫生院。

大雪天挑水扭了腰，这样的职工是模范职工，程旭升知道后赶到卫生院去看望。

姚二老婆精明，急忙上前恭迎：感谢程主任来看望！然后嗒嘴巴诉苦：主任，我们家老姚翻过年也五十四了，现在腰又扭了，这挑水的事情……

我知道，我心里有数……

姚二老婆立马明白程旭升的话意。程旭升离开病房，姚二老婆恭敬地把程旭升送到卫生院门口。

正月尾的一天晚上，姚二腰好点了，他被老婆拉着到中街程旭升家。老婆把一条飞马牌纸烟悄悄地搁在程旭升家条几上，倪菊花看到，提示了下，程旭升急忙塞给姚二，说：不要这样，你的情况我了解……

拉了几个回合，程旭升坚持不收，只反复地说：你的情况我了解……

那……姚二有些失望。

感谢程主任了！姚二老婆高兴地拉着姚二往门外走。出了门，姚二问老婆，他不收烟，你干吗还那么的高兴。

姚二老婆用指头戳了姚二额头，说：你个大孬子！

八

溜冰场是个新奇好玩的东西，它的出现，让老街年轻人空前地活跃起来。

夜晚溜冰场里可热闹了，老街上的年轻人全涌到了这里，还有少许的老人与中年人，也来看热闹。房梁上吊着三盏一百支光的灯泡，把场子照得亮堂堂的，就像白天一样。场子简单，先前是土地面，现在在上面浇了层水泥，再在表面涂了层黄蜡——一个土溜冰场。

其实，溜冰对于老街上年轻人来说不是稀罕事，数九寒冬，白兔河面结冰，冰层有一指厚，河东街与河西街的居民往来可以直接走冰面。小孩子们更开心了，他们不管天寒地冻，拖着鼻涕，欢天喜地地在上面溜冰。

所以快乐与物质无关。物质贫乏，对快乐的要求简单，快乐往往越多，这也就是今天人们为什么喜欢怀旧的原因所在。

葛皮从外面进了整整五十双溜冰鞋，他把三根毛雇了收钱发溜冰鞋。

一部分人站在边沿上看，他们心痒痒着，可是不敢轻易上场子。胆大的上去，刚溜了几下，咚！就滑倒了，再爬起来，再溜，咚！又滑倒了。边沿上人捂着肚子大笑。

酱油厂的师傅走进溜冰场里。师傅穿了一套藏青色的西服，颈部打了一个紫色的布结，像蝴蝶，很好看。穿西服在老街上已经不稀奇了，因为葛皮与老街上好几个年轻人也都穿了。布结，大家还是感到稀奇，不知道这是什么，纷纷转过眼睛盯着看。不过有的年轻人感觉在哪幅画像上见过。

师傅的头发亮亮的，年轻人猜是抹了一点香油。其实是头油，这是老街居民后来才清楚的。

只见常州师傅很利索地穿好了溜冰鞋，他站直身子，然后一条腿子稍弯曲，身子往一个方向侧着，在冰面上潇洒地溜了起来。

看！他好会溜！冰沿上的人都指向了酱油厂的常州师傅。

冰面上学溜冰的年轻人也都停止了溜冰，一齐朝常州师傅看。常州师傅更加的得意，只见他双手插进西服裤腰，站直身子，在冰面上随意地溜转起来……

第六章

一

一大清早，陶爷就把黑皮坐椅拖到了街檐下，像扔垃圾，街坊邻居不明白他要干什么。

柴五爷到河西街去，给一个跌伤的人换药，打他门口过，见他这样，开起玩笑：你不要这吃饭家伙了？

不要了！陶爷郑重其事地答。

柴五爷本以为陶爷会眯着小眼睛接话说，哪能不要这吃饭的家伙。谁知陶爷答话不像玩笑，柴五爷有些纳闷了，他瞅着陶爷的小眼睛，看来看去。

是真不要了！陶爷见他这样，复述了一遍。

柴五爷准备再问，就见老街建筑队的两个工人，每人拎着一个泥桶走进陶爷店里。

哦。柴五爷似乎看出了门道，陶爷请建筑队来粉刷屋子，把剃头店弄亮堂点，好招揽顾客，这年头屋子暗了年轻人不乐意上门——陶爷的剃头店年间久，墙壁上有不少脱落，颜色也暗淡了。

其实柴五爷没有看出门道。陶爷把剃头店弄光亮了，的确是招揽顾客，不过不是招揽来剃头的顾客，而是招揽来买油盐酱醋的顾客。

也就是说，陶爷要开商店了。

程旭升到河西街柴集去看看，也打陶爷门口过，见里面在粉刷，也估摸陶爷把剃头店弄光亮些，好招揽顾客。陶爷以往见到程旭升，就点点头，最多眯着小眼睛笑笑，今天掩饰不住地高兴，小眼睛皮挤在一起，他乐乐地走到街面上，递红梅烟给程旭升。程旭升不吃烟，陶爷知道，但还是客气地递烟。

程旭升把手一挡。陶爷把烟收进盒子里。

粉刷了好，弄得亮亮堂堂的，顾客多。程旭升说好话。

陶爷嘴巴动了动，要说，犹豫了下未说。程旭升没有在意，走了过去。

一个礼拜后，木器社运来了货架子与橱子，陶爷兴高采烈地指挥搬运工将货架子沿一方墙壁摆放好，再将橱子在门面房里摆成曲尺形，其中一面朝着街。

陶爷心思大得很，他不仅卖油盐酱醋，连锅碗瓢盆、鞋袜都卖。要开一个杂货店。

酱油厂办得越来越红火，程旭升有种踌躇满志的感觉。他在想，现在政策好，趁着这大好时机再办它一个厂，这样合作商店就发展了，自己的人生也有个交代了。然后再看看情况，能发展就发展，不能发展，也算是为老街做贡献了。程旭升是个有思想的人，他不仅想到了老街居民现在对他的评价，还深谋远虑想到了将来老街居民对他的评价，在他老了不负责这一摊子的时候，他在老街麻条石上蹚，走过去的时候，希望能听到老街居民指点着他的背影说：他……程主任，把合作商店带到了顶峰。

程旭升这么想，当然有功利思想在里面，不过在位子上能够为合作商店的发展与老街的繁荣着想，不得过且过，就相当地了不起。

办什么厂呢？他苦思冥想：最好能办个像酱油厂这样简单的厂。办酒厂，不行！县里已经办了，再办销路成问题。还是办其他的厂。

程旭升在麻石条上走着，边走边琢磨，走到陶爷门口时，看见了屋里摆放着柜橱，脸立马阴了下来——这是要开商店，孬子都会看出，何况当合作商店领导的他。

程旭升走进屋里，扫了一眼柜橱。

陶爷在里屋，听声音知道前面进来了人，急忙笑呵呵地跑出来，见程旭升阴着脸，知道他不高兴，便凑前带笑说：我打算开个店。

你营业执照办了吗？程旭升语气有些生硬。

正在办，工商所说，过两天就好！

哦！停顿了一下，程旭升像想起来似的问：你货从哪里进呢？在程旭升的脑子里，陶爷要开店就得从供销社进货，私人开店，供销社给供货不可能！反正我合作商店是绝对不会供货给他的。这样一想，心里好受了点。

啊！货，我老表说了，他供应，明天就装来，我腾了半间屋，用来堆货。

程旭升听这话心里一沉。

货在后面堆着会霉掉的！吃的东西，搞不好还把人吃出毛病！程旭升说这话，自己都觉得有点酸溜溜的。

陶爷听程旭升这么说，表情有些不自在。他明白，合作商店几乎一统的老街，现在出现了他这么一家私人商店，程旭升在心理上一时难接受。

走在麻石条上，程旭升有些不开心，他隐约估摸到陶爷开店不是孤立的事，紧接着第二家、第三家、第四家……一批的个体商店就会像鸡下蛋似的一个个地掉到老街上。

他想，看来私人开店势不可挡，还是在办厂方面作文章，抵消私人开店对合作商店的冲击。要办厂，在老街，有见识的当属葛皮了，他跑了多年的推销，有经商头脑。

任何东西都有新鲜感，老街上年轻人在溜了一阵冰后开始厌倦，溜冰场生意变差多了。葛皮与时俱进，在中街又开办起了个迪斯科舞场。一天到晚音乐轰隆隆地响，老街上年轻人又一个个泡在了里面，疯狂地摇动着脑袋与手臂。跳迪斯科上了瘾，有的走在大街上还摇晃着身子，像喝醉了酒一样。时代不同了，晚上电影院里很少能见到年轻人了。

由葛皮想到跳迪斯科，由跳迪斯科想到溜冰，一想到溜冰，酱油厂的那个常州师傅就噌地冒了出来。程旭升想，经商，葛皮有专长，要说办厂的话，还是那个常州师傅有专长。

二

程旭升急匆匆地迈进酱油厂院子。两个工人正点着烟闲扯，见程旭升进来，急忙将烟头一掐，也不注意看有无掐灭，就揣进裤腰里。

程旭升急着见常州师傅，没有心思顾上班时间工人在偷懒。他扫了一眼院子，见常州师傅不在，就急匆匆地走向东边办公室。

常州师傅也不在办公室里，厂长说，他家里来电话，说他妹妹从福建回来，让他回去。

他妹妹回来了，这不正好！程旭升狂喜。之前在与常州师傅闲扯时，扯到他家里情况。常州师傅很得意地介绍，他有一个妹妹嫁在福建，妹婿家开鞋厂，就是生产塑料拖鞋的厂子。在老街，迄今为止，还没有私人办厂的，程旭升一听常州师傅妹妹家办厂，羡慕得不得了，认为比农村万元户要强多少倍。

当时程旭升只是羡慕，并未留心，现在想来，这资源或许能利用上。

在与常州师傅喝酒闲扯时，程旭升还了解到他妹妹的一些情况。常州师傅妹妹脸模子小小的，身材小巧玲珑，前些年跑福建打工，在一家集体企业的鞋厂认识了他妹婿。他妹婿的体魄子与妹妹恰恰相反，牛高马大。妹婿一家七口就有四口在鞋厂上班，收入高，在村子里竖起了一栋二层的小楼，这在他妹妹眼里绝对是富豪人家，就动了念头；他妹妹在打工妹中长得水灵，他妹婿一眼就瞅中了他妹妹，然后成婚。常州师傅没有告诉程旭升，他妹婿不是个东西，刚娶他妹妹时，不知道对他妹妹多好，后来自家办了厂子，在外面搞销售，又搭上了个女的。夫妻俩吵了好几年，关系不是太好。

从酱油厂往街面上走，程旭升心情很不错，他想到了闺女程秀丽。闺女前儿天来信说，她现在在女婿赵昆仑他们华夏工程学院图书馆上班，这可是一份让人羡慕的体面工作。程旭升很佩服女儿当初的坚持，觉得女儿是个目光长远的人，在这点上，应该遗传了他。想到此，程旭升不禁得意地笑起来。

女婿赵昆仑科技大毕业分在省城的华夏工程学院，因为是工农兵大学生，尽管他学习勤勉，但四年下来，底子还是薄，当不了教师，被安排在了学院办公室。开始时赵昆仑很自卑，在办公室蹲了一段时间后，感觉比当教师优越。在领导身边，领导布置的事情他做得顺顺帖帖，很得领导赏识。学院房屋紧张，别的教师两个人住一个房间，赵昆仑单独住一个房间。这样秀丽来省城就有地方住了。过了年把，赵昆仑把秀丽接到自己身旁，在学院食堂收开水票。

收开水票这工作轻松，工作有时间段，另外，不像先前在老街当会计费脑筋，秀丽对这份工作极其满意，认为她青梅竹马两小无猜的男人极有能耐，她比先前更加的崇拜赵昆仑了。

收开水票不到半年，赵昆仑认为做这事情不体面，又想办法把秀丽调到了学院图书馆，管理图书。

三

合作商店的酱油厂办得相当的红火，相比之下，上街头选区的商店因为店面小，营业额不是太好，葛大宝也想办个厂。办什么厂呢？他想到了两个，一个是渔网厂，老街临河，本地能销售一定数量，还可以往外销售一部分；还有一个是香厂，老街有不少庙宇，一年要销售不少的长香，另外盘香在老街还有方圆几个县都很行销，尤其是五月节的那天，家家户户堂屋正中的房梁上都吊着一挂喇叭形状的盘香，间间屋里都弥漫着清香。此外，河边泊着的小木船还有竹筏上也都点着香，船家用来祈求平安。

老早前，老街上就有人家编织渔网，也有人家生产盘香。

因而无论办渔网厂还是办香厂都不难，都不需要到外请师傅。葛大宝进了选区，坐在椅子上正盘算这事，这时镇里几个干部走进了选区。

是徐镇长，也就是先前的镇里徐主任。徐镇长一进选区就喊：老葛，你这选区也太挤了！

葛大宝一听是徐镇长声音，立即迎出来，亲热地喊：徐镇长好，欢迎上门指导工作！

徐镇长指着身后一个阔脸、额头上有个不起眼小痣的干部向葛大宝介绍：今年班子大调整，这是刚刚调到镇上来的阎宣委——宣传委员，然后指着身后一个胖胖的干部亲热地向葛大宝介绍：这是我们的潜伟同志。

葛大宝困惑地望着徐镇长。

徐镇长解释：潜伟是我们的纪检干事。

徐镇长此行，一来带两个新干部熟悉选区；二来顺便了解一下选区的工作。

葛大宝就势把办厂的想法汇报了，徐镇长点头赞许：你工作有干劲，想干就把干起来！稍稍停顿了下说：我们镇里也想办厂，目前计划办皮箱厂，还有喷雾器厂。

那好啊！葛大宝托色。

徐镇长坐了一会要回镇里，葛大宝送出弄口。

周小安也出来了。潜伟特意问了周小安一句，你在选区里是什么职务？

周小安稍稍迟疑了下答：我是副主任，名叫周小安。

哦。潜伟对周小安点了点头。纪检干事特地问到自己，说明纪检干事对自己印象还不错。周小安乐乐地想。

几天后，老街上开始在传，说上面马上要下文件，对于过去闹过事的要进行处理。

葛大宝一听，心凉了，他想自己过去闹过供销社，看来这回选区主任干不成了。

当了这么多年的选区主任，一旦下来，脸往哪儿搁？想到这里，葛大宝两条腿像秤砣一样沉重。

已经有了一次失意的教训，这回又极有可能落魄，葛大宝悲叹，我的命运怎么这样的不好？

一个人要想把握自己的命运，也难也不难。欲望比较强，把握自己的命运就难，容易得势，也容易利令智昏跌入旋涡；欲望淡，不容易得势，自然也不存在失势。当然欲望淡，不是指可为而不为，而是指不能有奢求。

他心事重重地往家走，走了几步停住脚步，不打算回家了，他想到程旭升家去坐坐，与他扯扯，心里会好受些。

还好，程旭升在家。见老战友心事重重地到来，程旭升就明白了是怎么回事。他早在一个月前就听到了，只是压在心里未对葛大宝说。程旭升认为，假如消息可靠，作为战友，对葛大宝说了也没用，反而增加他的心理负担。

四

葛大宝被撤职，恼死了，他责怪自己当年要是没有参加闹事就好了，又责怪自己糊涂被三根毛拉下水。他怨来怨去，就是未怨自己定力不够，当年自己也劝程旭升参加的，可程旭升就是没参加。

薛爱英每天照常到柴集。

葛大宝被撤职后，不知道自己该做什么，闷在家里。他不愿意出门，也觉得无脸出门，只在天黑了，到白兔河边去走走，散散心。

在被撤职的第三天，程旭升来到了葛大宝家。葛大宝见到程旭升，就像一个受委屈的孩子见到父亲，眼眶有些湿湿的。

程旭升急忙安慰：老战友，别这样，你又不是未见过世面……

第二天晚上，赵小发接葛大宝到家喝酒，让程旭升作陪。程旭升陪着葛大宝说话，赵小发在锅台上忙着炒细菜，孙小兰往锅灶里塞柴。赵小发是厨子，习惯抢大勺，家里锅铲子也改成了大勺，锅灶大火起来时，锅底通红，他抢着大勺子在锅里翻炒，肉香飘到了堂屋里。

葛大宝不停地唉声叹气。

炒肉丝、炒肉片端到了桌子上，冒着热气。要是以往，葛大宝早提起了筷子，今天他无动于衷。

桌子上除了炒细菜外，还有五香花生米。花生米还是钱大姑家的。现在老街上已经有上十家人家卖花生米了，味道都不错，不过还是钱大姑家的地道。钱大姑过去卖花生米躲着卖，现在不同了，她大模大样地端了把椅子放在街面上，再把一个洋铁箱架在椅子上，边上放一把小秤。钱大姑端了一把小椅子坐在边上，笑眯眯地望着打她面前过的人。过往的人如果目光停留在洋铁箱子上，她就会意地站起来，一手拎秤，一手拧洋铁箱盖子。

一天晚上，程旭升为了办厂的事又来找常州师傅，常州师傅语气和缓，他指着屋子里仅有的一张椅子对程旭升说：主任，你坐下来说！

是这样，我这几天有个想法，合作商店规模还要扩大，不能只满足于办了个酱油厂，最好还办个什么厂子？程旭升不把办拖鞋厂的想法说出来，是想套常州师傅的话。

最好还办个厂子，这个想法好啊！你想办什么厂子呢？常州师傅反问。

你家在江浙，经济发展好，你给帮忙想想法子。程旭升恭维道。

我给你想想……我给你想想……常州师傅在连说了两句后，出起主意：不行，办个拖鞋厂，凉拖鞋厂，怎么样？

这个主意好！程旭升猛地拍了一下大腿。不谋而合，他想既然常州师傅这样说，那办拖鞋厂的事情他肯定能帮得上忙。

常州师傅带程旭升跑了福建妹婿家一趟，兄妹相见自然分外的亲切，妹婿虽然在外面有相好的，但毕竟自家拖鞋厂在当地，要顾面子，因而对常州师傅妹妹还过得去。常州师傅说明来意，妹妹鼓动妹婿给帮忙。

妹婿很精明，提出两种方案：一种是合股，五五分成，他出机器，并包销拖鞋，老街这边出资金；另外一种是纯粹帮忙，派一个技术工过来指导，机器他帮忙买。程旭升一听，觉得这两种方案都很好。第一种，不要合作商店出钱买机器，省事；第二种，更好，就像是亲戚给帮忙。不过他略想了下，觉得第一种不把稳，虽说不要合作商店出钱买机器，但这个合股的事情自己从未搞过，心里没底子，这经商的人贼，就怕被卖了还帮着数钱。

最终敲定第二种方案，派一个技术工过来指导。

常州师傅妹婿带着常州师傅与程旭升参观他的拖鞋厂。这回程旭升算是开了眼，拖鞋厂的厂房不是他想象的砖瓦房，而是钢筋撑起的大棚子，顶上盖着也不是瓦片，而是天蓝色的板材。大棚里面发出一种燥热的刺鼻的气味。程旭升在里面走着，看到了五六台很大的模压机器，还有几十台不停轧压的缝纫机子。

没有经验，等常州师傅妹婿运来机器，程旭升眉头皱成了两只桑蚕。不是新机器，似乎是他家厂子里的那些旧机器。常州师傅妹婿趁机把自家的旧机器当作新机器卖给了合作商店。

你这不是新机器，就不能按新机器的价钱卖给我们！程旭升本想提出来，但考虑到旧机器能用，担心提出来把关系搞僵了，拖鞋厂办不下去，于是把话吞回喉咙里。

但是程旭升在心里还是狠狠地骂了句：滑头！

那时候办厂子，没经验，有不少企业因此吃亏，甚至受骗上当。不过这是在交学费。吃一堑长一智，他们在交往中学到防范不当经营行为的方法，从而让自己的企业逐渐发展壮大。

早些年，天热打赤脚——大伙儿穿不起凉拖鞋或者不习惯穿凉拖鞋；改革开放后，人们生活逐渐好转，夏天也开始穿凉拖鞋了。老街拖鞋厂生产的正品凉拖鞋销往了外地，次品凉拖鞋就地处理，两块钱一双，非常的便宜。不少老街居民图便宜直接跑到厂子里去买。有些人因为没有买过凉拖鞋，闹了笑话——拿回家的两只凉拖鞋竟然是同一边的，没法子穿，只得到厂里来换。

热天老百姓喜欢穿凉拖鞋，镇里领导也喜欢穿凉拖鞋，徐镇长在街上见到程旭升就嚷：程大主任，你们的凉拖鞋热销，哪天我去买双！听锣听声，听话听音，程旭升明白徐镇长喜欢厂子生产的凉拖鞋，镇长喜欢，就是对自己办厂的肯定，就两块钱的事情，哪能让镇长掏钱，他就掏了两块钱买了一双准备送给徐镇长。

出纳说：主任你拿，还给什么钱！

程旭升板着脸说：三个不给，厂子三天就倒，你信不信？

送给徐镇长，徐镇长高兴道：拖鞋我收下！钱也请你收下！接着补了句：不能让你掏腰包！紧接着把两块钱递给了程旭升。

镇长，你怎么知道我掏腰包？程旭升不解地问。

我还不知道你！镇长呵呵笑着。

镇里开大会，老街上的大小头头都到了，徐镇长把程旭升大大地表扬了一番，说：在我们老街，合作商店程旭升敢想敢干，前几年办了酱油厂，现在又办了拖鞋厂，两个厂都办得很成功，他就是好猫！徐镇长用"好猫"打比方他时，"喵！"还极有意思地学猫叫了一声。

喵! 哈哈! 哈哈! 底下大伙哄笑起来。

哈哈! 程旭升忍不住自己也开心地笑起来。他留意到, 会场上的所有目光都投向了他, 这些目光中有欣赏, 有羡慕, 有敬仰, 也有崇拜。他还留意到, 徐镇长投向他的目光是欣赏的。

程旭升感到了一种莫大的荣耀, 莫大的幸福。他全身血液像大江大海在奔涌。

多亏了这个伟大的时代! 程旭升文化程度不高, 他极度兴奋的脑子冒出了这句有文化有觉悟的人说的话。

现在我向大家宣布一个决定: 经镇里推荐, 县里下文, 任命程旭升同志为合作商店主任, 免去鲍满发同志的合作商店主任职务。徐镇长说完带头鼓起掌来。

底下响起一阵热烈的掌声。

早该宣布为合作商店主任了!

事实上这些年他就是合作商店主任!

不过当时没有下文件, 不算数!

各单位头头热烈地议论着。

第七章

一

　　开始时是一心忙着办厂，没心思顾及其他事；等拖鞋厂红火起来程旭升脑子又处在亢奋状态，不在乎其他事。等脑子热度下来，程旭升走在老街上，朝两边望，发现不得了。先前就老陶一家开商店，现在有不下十家开了商店，不仅如此，河东街从上街头到下街头，有不下七户开了早点铺子，有的单纯炸油条，有的不仅炸油条，还炸糍糕，甚至还炸起只在春节时才炸的春卷。有两户，一户早晨做包子卖，一户早晨居然也做起米饺来，而且铺子还起了个雅致的名字——红菱米饺店。

怎么一下子冒出了这么多的店铺？像下了场雨一样，竹林里悄无声息地钻出了许多细嫩的笋子。程旭升眉头紧皱。他意识到，这些嗖嗖冒出的店铺将会对他的合作商店造成威胁，或许已经威胁上了。

岂止嗖嗖地冒出了商店、早点铺，现在老街上已经天女散花开起了五花八门的店铺，有私人开的铁匠铺、篾匠铺、棉匠铺、雕匠铺、钟表铺，还有私人开的药铺、诊所、服装店，葛皮还胆大包天地办起了私人制衣厂——明明是做服装的厂子，葛皮也学着南方人，把厂子叫什么制衣厂，乍一听还不知道是什么厂子。

这阵子疏忽了，也不知道合作商店门市部与饮食业经营情况怎么样？程旭升心想，得赶紧问问。

他对上街头茶馆最有感情，迈着大步往上街头茶馆而去。

上午九点半钟光景，鱼行前面还有一些人，程旭升觉得这正常。他朝茶馆里面睃，以往的这个时候，大锅台前面的八仙桌子旁还围坐着四五个闲扯得热火的老头，现在只孤零零地坐着一个老头，目光无神地望着街面。

怎么没有人？程旭升纳闷。他走进茶馆里。闲坐的职工见主任来了，急忙站了起来。

忙闲了？程旭升问。

职工互相望望，没一个人回答他——他们不知道如何回答好，回答"闲了"，怕主任认为他们懒散，不高兴，另外还怕主任失望。茶馆已经大不如从前，私人早点铺服务比公家的热情，老茶客们都纷纷地跑它们那去了。

职工没有回答，等于间接回答，程旭升尽管心里很失望，但他未生气——他知道这不是职工的过错。

他默不作声地走出上街头茶馆，向仙姑弄旁的合作商店第一门市部走去。

一个老奶奶拎着酱油瓶从门市部里出来。他朝门市部里望去，见里面竟一个顾客也没有，他心里堵得慌。这时柜台里面一个三十来岁的女营业员正在打毛衣，见他来，急忙把毛衣往台下一塞，然后慌张地站了起来。

程旭升肝火少有的旺，他三步并作两步来到女营业员面前。女营业员吓坏了，身子像筛糠一样地发抖。

你刚才在做什么？程旭升圆瞪着眼珠子。

没……没做什……么呀？女营业员面色煞白。

真的没做什么？！你老老实实地回答！程旭升吼了一声。

二三十年来，程旭升很少发脾气，即使当上经理、副主任后，也没有轻易对职工发脾气。在职工看来，程主任就是一个性情和蔼的大主事——在职工心里，合作商店就是一个大家庭，职工能这样看待合作商店，与程旭升平时关照职工有关。

现代化企业，职工和企业的关系就是合作伙伴关系。企业关心职工，职工也就为企业卖力，企业效益也就蒸蒸日上，职工的薪水也就越高，荣誉感也就越强。

在老式的合作商店，程旭升能做到这步，赢得职工尊敬说明他已经有超前意识了。

程旭升关照职工例子很多，有这样的一个例子，在老街上被传为美谈。

合作商店南二门市部里有一个四十四五岁的女营业员，男人是个痨病胎，常年吃药，把家底子都吃空了。高考恢复后，这个女营业员儿子考上了哈尔滨的一所大学，这本来是欢天喜地的事情，可是这个女营业员却愁眉苦脸，因为她家无钱给儿子做路费。程旭升听说后，当即让合作商店会计支了一百块钱与他一起去贺喜。先把五十块钱递给这个女营业员，说这是合作商店奖励给她儿子的，接着又把五十块钱递给营业员，说你为合作商店尽心尽力，这钱是借给你的。这个女营业员接过钱，泪珠子当即滚了下来。

……

年轻女营业员颤颤地把毛衣拿了出来。

这个月扣你十块钱的工资！

十块钱相当于一个月工资的五分之一，女营业员哭丧着脸。

一定不能败给私人店铺，程旭升在晚上召开了合作商店全体职工大会，号召职工要振作起来，要像私人店铺那样热情地招揽顾客。

他信心十足地说：我们合作商店家大业大，一定能比过私人店铺！

顾客懒得跑路，能在私人店铺买的，就不到我们门市部来，再热情也没有法子。他在上面"大说"，有职工在底下"小说"——这部分职工已经意识到合作商店的劣势。

何止合作商店，过去的许多热门单位现如今都不如从前。电影院里冷冷清清，招手站已经没有先前吃香，主要原因是过往的客车班次多了，更严重的是过去被人瞧不起的搬运站也经营起客车运输；食品组生意也差多了，有私人开始卖猪肉了。

一种深深的失落感爬上了他的心头。他开始惧怕，至于惧怕什么，他不愿意深想。

二

程旭升几乎未来得及细想，上街头选区大组长王月娥要开茶馆的消息就传到了他耳朵里，他脑子又晕了一下。这事非同小可，开早点铺，搞白案子，小打小闹，已经抢了茶馆的生意，让茶馆不景气了；要开茶馆，搞红案子，做酒席，与上街头茶馆打擂台，上街头茶馆恐怕竞争不过。

应该是道听途说吧，不会是真的。程旭升安慰自己。不！现在什么事情都有可能是真的，眼见为实，还是到王月娥门口去看看。

他心事重重地来到王月娥门前。王月娥家平时只开道小门，现在门板全卸下了，门面出来了——能瞄见里面很长的进深。几个街后的村民——也改称呼不叫社员了，正在粉刷墙壁——老街建筑队的活儿被抢了，听说现在薪水都发不出来了。

看来王月娥开茶馆是真的了！按道理，王月娥这么一个斯文大气的女人是做不出与茶馆对着干的事！程旭升心想。

程主任您来看看啊！王月娥从里屋出来，见程旭升在张望，她犹豫了下，礼貌地走到街面上，热情地喊了一声。

你要开茶馆？程旭升瞅着王月娥的脸，想从她脸上瞅出事情真假。

嗯！想试试，不知道能不能开得起来。王月娥轻描淡写地说。开茶馆毕竟是大事，一来能不能开得起来，她没有把握；二来她想在程旭升面前尽量地低调些，自己开茶馆会影响合作商店茶馆的生意，作为合作商店主任的程旭升心里肯定不痛快。

王月娥就是这样脾性温和的老街女子，换了殷梅芝肯定丝毫不顾情面地答，是！那样会气坏程旭升。

你这屋这么窄，怎么开？程旭升看着四壁，接着又朝里屋门看看，然后又朝楼板看看。心里还竭力地希望她开不起来。

我把二楼腾出来，在上面开两桌，这下面可以开一桌。王月娥解释。

……

未开过茶馆，以后还请程主任多多指点。王月娥恭敬地说。

程旭升默不作声。

程旭升尽管很懊恼，但他不得不承认，王月娥的想法是可行的。开茶馆，红案，搞酒席，要有厨子，这个不成问题，王月娥自己就可以当厨子。程旭升吃过王月娥的炒细菜，很不错。有一年正月，大组长王月娥客气，请葛大宝与程旭升等人吃饭。王月娥下厨，上桌的几个炒细菜他品了，感觉味道几乎与赵小发炒的不相上下。

当时程旭升开玩笑：我把你请了，到我们茶馆里当大厨。

王月娥腼腆地说：有赵大师傅，我可不敢！当时众人哈哈大笑，未当回事，现在"弄假成真"的了。

王月娥家阁楼收拾得整洁，窗口外吊了两个红灯笼，一个上面写了"茶"字，一个上面写了"馆"字，特别的惹眼。

茶馆开张，王月娥未想到生意特别的好，每天晚上都有酒席，有时中午也有。上王月娥家的酒客，一来冲着王月娥的炒细菜手艺，二来冲着王月娥茶馆的卫生；当然也有冲着王月娥人来的，看着她养眼。王月娥说话很温和，有点像电影《天云山传奇》里面的王馥荔。

几乎不要程旭升猜想，王月娥的茶馆开张后，斜对面的上街头茶馆的红案子就不行了。

假如说这可怕，还有更可怕的。王月娥茶馆生意兴隆，老街上的其他居民户眼红，一个撵着一个，不到一个月时间，在河东街的中街、下街头，还有河西街开起了三家茶馆，在一起共计四家，数目已经超过了合作商店茶馆的数目。

合作商店门市部里空荡荡的，茶馆里也空荡荡的，豆腐店现在也不行了，老街上已经有三户居民家在做豆腐，他们把豆腐挑到街上卖，老街居民脚都懒，谁都不愿再跑豆腐店。

过去十分红火的酱油厂现在也不行了，生产的酱油销不出去了。因为县里也冒出了个酱油厂，在各乡各镇都设了代销点，与老街酱油厂竞争。也是怪事，先前老街上的人都信合作商店酱油厂的酱油，现在就像谁宣传了似的，都耳传县上的酱油比老街酱油厂的酱油上色，烧鱼，滴两滴就上了色，老街酱油要倒好几汤匙子才上色。

这样下去，酱油厂迟早要倒闭的，酱油厂倒闭，合作商店就成问题了。不行！我要到县里酱油厂去看看，看看它们的酱油为什么那么的管劲。

程旭升火急火燎，他骑了自行车就往县里去，骑到离白兔镇五里地的一个石桥旁，这时正好有一辆客车过来，他一躲让，连人带车子驰到了桥下。

三

街坊邻居都在传，镇政府要迁到河东街的外面。在招手站东面两里地的地方有一个山岗子，地势高，又靠县里方向，镇政府迁到那里很适合。

镇政府房子太老了，太破旧了，里面也太挤了。更重要的是现在机构变革，增加了不少的部门与人员，里面显得更挤了。继续在这老房子里办公，与日新月异、蓬勃发展的局面格格不入，因而镇政府迁到老街外面势在必行。

作出这个决策的是新上任的镇书记崔国旺。崔书记是从县政府办主任的位子上下来的，听说他在北京读过大学，视野很开阔。

崔国旺上任，不仅仅要把镇政府迁出去，他认为机关单位缩在老街里面无法发展，建议都跟从镇政府一块迁出去，用地的事情不用操心，镇政府负责划分，沿着到县里的公路新建一条街。这个想法的确大胆，也的确鼓舞老街上的机关单位。

镇政府带头，税务所、工商所都搬到了岗子上，一个在镇政府的左边，一个在镇政府的右边，如同镇政府的两个守卫。

紧接着，供销社、信用社、邮电所搬了出来，再紧接着行情已经差了的粮站，还有歪歪倒倒的食品组也都搬了出来。

葛皮想借镇政府外迁的东风扩厂子，他找镇政府要十亩地建制衣厂新厂房。镇政府经过讨论，觉得葛皮的制衣厂前景看好，批了地。两个月工夫，一座钢筋房梁的厂房就竖了起来，顶上不盖瓦，老街居民都感觉新奇。

一个新街模子就出来了，有单位驻扎就有人要买菜与吃早点，于是清晨乃至整个上午，公路两边有了菜市，早点铺见缝插针，纷纷找空隙搭建临时棚子。

宋朝时就是商业重镇的白兔镇现在正在进化，同时也在剧痛。

先前多年大家都以自己是老街居民为荣，现在一个个都期盼着能迁出老街，成为新街的居民。在新街上不仅住着舒服，而且有一种象征意义：说明这些人家比一般家庭富足，家庭兴旺发达，正迈着奋进的步伐。

有能力迁出的家庭当然在街坊邻居面前有面子，没有能力迁出的家庭在街坊邻居面前低着头。

隔一段日子就有一户老街人家的新房子在新街下脚，隔一段日子就有爆竹噼噼啪啪地响起，代表着又一户人家在欢天喜地地外迁。

葛皮办制衣厂现在成了镇上风云人物，他手里攥了个砖头大小的大哥大一天到晚地喂喂喂，他还买了一辆红色的小车子。葛皮之前忙着办厂、扩厂房，未像其他人家急着把家搬到新街。现在老街上相当一部分人家搬到了新街，他也想搬——还有他那个洋气漂亮的老婆天天催着他搬到新街。

葛皮建了一栋三底三层的楼房，后面还箍了一个很大的院子。三层的楼房在新街上是第一家。

啧！啧！到镇政府办事的街坊打葛皮家楼房前过，都猛啧嘴巴。

葛大宝身体还硬朗，他现在给葛皮的制衣厂看大门。

当初制衣厂准备找人看大门，葛大宝知道后说：老子闲着无事，难受，你就别找人了！

葛皮急忙摆手：哪能让您看大门，说出去难听，您现在就在家享清福。

葛大宝把眼一瞪：老子怎么不能？！你是钱烧着难受？

葛皮见老子生气，只好说：那您看！那您看！就这样葛大宝成为了葛皮制衣厂的"门卫"——这词儿还挺好听的。

怕葛大宝看大门寂寞，葛皮给葛大宝抱回来了一条小狗，毛色纯白，矮墩墩的，颈子上还挂着一个小铃铛，跑起来叮叮当当地响。

葛皮对他老子交代：这狗是宠物狗，五千块钱，不能随便让人抱了。

葛大宝骂儿子：你这败家子！

葛大宝现在完全走出了被免职的阴影。他想出来做事情，可又不知道做什么事情好。他是个要面子的人，不好意思去找镇上领导，也知道领导不会理他。程旭升清楚葛大宝的顾虑，他冒昧地跑到镇里找新书记。

　　崔书记人还好，听了程旭升的介绍，把葛大宝安排在毛笔厂当车间主任，车间主任虽说无法与选区主任比，但毕竟是个职务，更重要的是有事情可做，葛大宝就欣然接受了。

　　葛皮把制衣厂移到新街的时候，毛笔厂已经不行了，薪水发不出来。

　　葛皮对葛大宝说：您干脆到我的厂子来！我给您个副厂长的职务。葛大宝很在意儿子"赏赐"的这职务，很爽快地来到了制衣厂。他当选区主任行，但当副厂长有一点不行，当了半年后就歇了。

　　周小安如愿代理了三个月的选区主任后，机构改革，老街上的几个选区合并，成立了老街居民委员会，人员精简，他未被安排职务。另外周边一个乡中的两个村，被划归了老街镇政府。老街镇政府的管理范围第一次扩大了。

　　为了生存，周小安做过很多事情，都不顺利，穷困潦倒。葛大宝了解周小安想当官、有点花花肠子，可是人坏不到哪里去，当年当选区副主任的时候他还听自己的，有点同情，在葛皮扩厂需要人时，找了葛皮，把他安排在厂子里做些杂事，拿一份薪水养家糊口。

四

程旭升腿子骨折，柴五爷给推拿了，再贴上膏药，歇在家里。他心里火烧火燎，担心自己不去过问，本来就懒沓沓的合作商店职工更加的懒沓，这样下去，合作商店要不了多少日子就会关门。

他跛着脚走在麻石条上，他对街两边新冒出来的店铺有些恼火，睃一眼后立马移开——他不想看见这些店铺。他朝合作商店的门市部与茶馆里面睃，见里面冷清清的，心里冰凉。

看来合作商店真的不行了！合作商店怎么就不行了呢？先前多兴旺啊！买东西几乎都到门市部里来买，买一盒火柴，打半市斤煤油都要凭票，拿着票还要对我们的营业员开口笑。

为救李郎离家园，谁料皇榜中状元，中状元着红袍，帽插宫花好哇好……走到仙姑弄口，就听见上街头茶馆里面黄梅戏《女驸马》的声调拉得很高，听出来唱的人一来很悠闲，二来也很快乐。程旭升一听来了气，他连跛了几步走进茶馆里。

唱《女驸马》的正是姚二，他正唱在兴头上，见程旭升进来，"新鲜"两字卡在了喉咙中，边上闲着无事听唱的几个职工急忙散开。

上次姚二夫妻二人到程旭升家跑了一趟后，姚二被重新安排进上街头茶馆里，继续放油条。

你——你——茶馆要倒了！你还在这里开心地唱——唱！程旭升因为恼怒，脸上青筋暴涨。说完跛着腿出了茶馆。

事后程旭升想想，这也不能全怪职工，他们是闲着难受，唱唱打发日子，其实他们心里也着急。

水往低处流，人往高处走。现在不仅老街上单位接二连三往新街上迁，老街居民家接二连三往新街上迁，就连老街上后开的有些店铺也在往新街上迁。老街现在的情况是很多单位与人家都铁锁绑了门，不少店铺关了门。

老街出现了从未有过的冷清。再这样下去，老街就会荒凉。程旭升心里打了一个冷战。

现在到新街上的人有种迈进新时代的感觉，留在老街上的人有落伍的感觉。两种截然不同的感觉，是老街居民当时心理状态的真实反映。

要适应形势！程旭升在心里默念了几次。他连着几个晚上都未睡着，他琢磨在新街上开一家茶馆，另外开一个门市部。

听说镇政府准备在河东街的东面拉一条街，与新街接起来，这样白兔镇的框架又大了。到时把老街上的茶馆与门市部全部移出来，这样合作商店不就又活了，程旭升这样一想，心里痛快起来。

他决定开个会，参会人员他在心里盘算了一下：合作商店的会计、出纳、高新潮，每个门市部的负责人、还有几个茶馆的经理。程旭升估摸，高新潮应该会支持自己的主张，因为高新潮像他一样的对合作商店有感情。

然而，他完全想错了。

程旭升开口时尽量把语调放轻松，他温和地说：合作商店现在的情况不用我说了，大家都清楚；我们合作商店要不倒，就要适应新形势，往新街迁，在新街先开家茶馆与一个门市部。说完，他蛮有把握地扫了一眼大家。他发现大家都以一种敬仰的目光望着他，他心里很快活。目光扫到高新潮时，他发现高新潮的脸是板着的。高新潮不支持！他心里咯噔了一下。一股凉气飕地冒出。

老高，你说说想法！程旭升保持平静，他目光温和地望着高新潮，期盼从高新潮的口中出来：这主意可行。

然而高新潮在短暂的沉默后表态，高新潮说：合作商店哪有钱到新街开茶馆啊！再说现在职工薪水都开不齐了。高新潮说的是实话，连着四个月，职工都只发百分之七十的薪水了。

不行就贷款！程旭升口气坚决地说。

哪能贷到款？高新潮有些丧气。

贷款的事情我负责！这个不用大家操心！程旭升仍旧温和地望着高新潮，他以为自己这么说，高新潮会立马支持自己，然而高新潮说出的话让程旭升大为光火，高新潮说：贷款？拿什么还？！

你这话是什么意思？！程旭升很意外高新潮是这个态度。

我是把有些事情提前想到。高新潮见程旭升生气，压低了声音。

你这是态度问题！程旭升提高声调。他委实生气。他认为，在合作商店要垮的紧要关头，大家一定要撑住，不能说这种泄气的话。

那依你，到时与我们无关。高新潮让步。

不是依我，是我们振作起来，共渡难关！程旭升不是得理不饶人的人，他见高新潮让步，也就放缓了语气。

七个月后，合作商店在新街开起了一家茶馆与一个商店门市部。几乎在同一个时间，新街陆续开起了两家个体饭店与多家个体商店。

相比较"茶馆"的名字，"饭店"，吃饭的地方，这名字直截了当。两个字变化，就把合作商店茶馆里的生意给抢了。合作商店新街茶馆在红火了半年后，生意一般化。这主要是竞争的原因，饭店服务更加热情。

还有新街商店门市部的生意也没有想象的好。门市部门面比私人的店面大，可是人们都喜欢往私人店里面跑，主要还是私人店里热情。为此程旭升召开了多次职工会，要求营业员要像私人店里一样热情，可是生意仍旧未好起来。

程旭升心里很苦恼。

五

现在黄烟铺子是真真正正冷清了。

这几年老街居民陆续地往新街上迁，街上人稀少了，买黄烟的少了；还有现在条件好了，商店里的烟有玉溪、金皖、普皖、红塔山、阿诗玛、红三环。大家都喜欢吃纸烟，吃黄烟的人很少了。

怪事，人都有凑热闹的习惯，一个地方人多，大家都喜欢往那个地方贴，就像买菜一样。先前刘三爷的黄烟铺人多，姚二哪怕是上班时间都往黄烟铺子里溜，现在他见黄烟铺里没有几个人，也不伸头了。先前陶爷也来凑凑热闹，现在也不来了，主要是忙，走不开了，他前些年赚了点钱，现在也跑到新街上去开了个店，哪还有心思到黄烟铺里来闲扯。

柴五爷隔三差五来黄烟铺，老伙计，离不了。他身子骨也差多了，没有先前精神。他不像先前天天来，现在隔三差五地来。一来到黄烟铺里来闲扯的人少了，没有什么坐头；二来柴五爷与刘三爷也有了点隔阂。先前柴五爷一直抽黄烟——当然有时候刘三爷不收钱，现在柴五爷也吃起纸烟来，刘三爷心里不舒服，懒得搭理他，他来的次数也就少了。

三个月后的一天下午，黄烟铺子里除刘三爷之外空无一人，他眼睛可怜巴巴地望着街面，有个把人打铺子前经过，他希望路过的人瞄一样黄烟铺，然而路过的人目不斜视，他很伤感。他把目光收回来。几分钟后，他不甘心，又望向街面，这时走过来一个年纪估摸七十的老头，不认识。老头望了一眼黄烟铺，然后又望了一眼他。

他要买黄烟！刘三爷心中一阵惊喜，他随即站了起来，正准备笑着问，您要买黄烟？就见这个老头把目光收回，往前走了。

刘三爷跌坐在凳子上。他想哭。没有人来买黄烟是其次，主要是黄烟铺子里没有人气了。几十年来，他这黄烟铺里都不缺人气，他这里就是一个小社会，他自然也就是小社会的中心；现在他成了孤家寡人，成了被"老友"们抛弃的人，他心里格外难受。

这天后，刘三爷没有再来卸门板。

河东街的东面又拉起了一条街，这条街与河东街平行，与先前的新街正好搭上了头。

在搭头的地方过去有一口月牙儿状的水塘，很漂亮，塘底子也很清。高新潮家别出心裁，在塘里下了钢筋水泥柱子，竖起了四底两层的小楼，很别致。楼在水上，距塘边有一丈远的路，这不要紧，他让泥瓦工搭了一座带扶栏的小桥通向楼。

老街居民说，高新潮家能做得起这样漂亮的房子多亏了他大儿子，他大儿子改革开放后办了个塑料厂，生产的塑料制品非常畅销，赚了钱。

像水上楼阁！老街居民这样形容高新潮家新建的楼。

住在这样的楼房里一定舒坦，老街居民想象。等房子粉刷好，"聚雅酒楼"四个钢筋构筑的空心大字出现在楼顶时，老街居民才明白这房子不是住的。

高新潮身为合作商店门市部经理，在合作商店要倒的情况下不想法子挽救，却打着自己的如意算盘，抢合作商店茶馆的生意。程旭升知道后，不是一般的恼怒。

高新潮现在经常迟来上班，这要是在先前他绝对不敢。现在就如东周时的诸侯国，高新潮已不把程旭升放在眼里。

程旭升早早地等着高新潮来，八点到了高新潮没有来，八点一刻到了高新潮还没有来，程旭升怒气冲天在办公室里晃来晃去，假如再不来，程旭升打算到他家去。

程旭升不停地看腕上的上海牌手表。8 点 23 分的时候，高新潮终于来了。

你怎么才来?! 程旭升黑着脸问。

家里有点事情。高新潮懒懒地答。

家里有事情也要按时上班! 程旭升话中带火。

……

高新潮没有作声。

听说你家要开酒楼，你可知道你这是与合作商店对着干?! 程旭升质问。

谈不上对着干。高新潮轻描淡写地说。

你开酒楼还不是与合作商店对着干?! 程旭升把"干"字音调提得老高。

大形势，我不开人家也要开; 再说，现在开酒楼的又不是我一家。高新潮有些老气横秋。

……

这回程旭升无话可说了。高新潮说得在理。他不开人家照样开，再说，高新潮不与合作商店竞争，还有其他人家呢。

高新潮这聚雅酒楼开起来特别的红火，首先起名就抓眼球，"酒楼"字眼比"饭店"字眼大气;"聚雅"字眼本身就有"雅"字，当然很雅气，试想"聚雅""聚雅"，来相聚的都是雅士，怎么不体面、雅致? 于是很多人附庸风雅，都冲着"聚雅"这两个字到酒楼来吃喝。

几个菜摊子摆在一起，菜差不多白嫩，假如有两个人蹲在一个菜摊子边买菜，其他的人不管三七二十一，也都蹲下来买。再后来搞不清楚情况的人会挤着进来买。这反映了人的盲从心理。

上聚雅酒楼也一样，你上"聚雅"，我也上"聚雅"，一时聚雅酒楼十分的兴旺，最兴旺的时候中午吃饭需要头天晚上预约，不然坐不上趟。

聚雅酒楼很明显地抢了合作商店新茶馆的生意——当然也抢了其他饭店的生意。程旭升原本盘算，新茶馆开张，至少三年，生意会很兴旺，把新茶馆的生意保持住，再一步一步地发展，但未想到短时间内生意就被私人的酒楼给抢去了。照这样下去，合作商店不仅不能恢复元气，在信用社贷的款也难还上，那款是自己出面贷的，到时信用社会找自己要钱，自己拿什么还呢?

急火攻心，程旭升病倒了，嘴上大泡小泡起了很多的泡。伍子胥一夜急白了头，程旭升先前脸上平展展的，现在皮子塌下来了。

他住进了老街卫生院。老街卫生院先前在下街头，三开间的房屋，七进深，里面同样阴暗潮湿。现在搬到新街镇政府的同一边。

葛大宝与仍在中街茶楼里面糊日子的赵小发，一同到卫生院里来看望程旭升。

听说你住院了，我们俩来看你。两个人都知道程旭升病倒的原因。

你们俩坐。程旭升指着床沿。

我们不坐。两个人望了望床沿。

……

一时三人无话。

你们说，当年……那么的兴旺，现在怎么就不行——了呢？说到"不行"两个字时，程旭升嗓子哽了一下。

……

两个人不知如何安慰他好。

合作商店假如真的倒了，日子怎么过？程旭升想得比较深，他既想到了合作商店的命运，同时又想到了职工以后的日子。确实，合作商店假如真倒了，有的双职工家庭日子还真难过。

程旭升为合作商店病倒了，合作商店职工一批批地前往卫生院来看望他——当然也包括没有脑子穷快活的姚二。姚二老婆没有工作，他自己腰又不行，合作商店假如真倒了，他的日子就成问题，所以他现在也很焦心；他责怪自己当初不该瞎唱什么黄梅戏，惹程主任生气。

职工来卫生院看望，程旭升心里还是比较暖和的，他心情变好些。

住了两个礼拜后出院，倪菊花无意间说了句：人往高处走，小发也一样，他到高新潮家酒楼炒细菜去了，听说薪水高得很。

什么——小发——

程旭升眼前一黑，身子晃了一下，倒在了地上。

任何人都可以投奔高新潮，就小发不能！程旭升心里承受不了小发"背叛"他。

他又住进了卫生院。

清晨七点，赵小发与孙小兰到卫生院来看望他，门掩着，赵小发朝门缝里瞅，见程旭升在酣睡着。

还在睡着，怎么办？赵小发问孙小兰。

我不进去了，你进去，他不就醒了。孙小兰指着门。

你不进去，我一个人……赵小发有些胆怯。

再不然就上午来。孙小兰建议。

赵小发推开了病房门。恰好程旭升醒来，见是赵小发，身子往床头移了下，急迫地问：小发，听说你给高新潮家炒细菜，不会的吧？

……

赵小发怯怯地望着他。

你干脆回来！程旭升渴求地望着赵小发。

……

赵小发没有作声。

你怎么能与高新潮搞在一块呢？！你到高新潮酒楼做事，合作商店薪水你就不要了？！程旭升话里带着质问的口气。

合作商店哪还有什么薪水呀，已经好几个月没有发薪水了……赵小发话里有些哀怨。

这只是暂时的，以后会补给你的。程旭升提了一下语气。

……

赵小发不作声。

你答应我回来！

……

赵小发仍然不作声。

你走吧！以后再也不要来了！程旭升很生气地对赵小发摆了一下手。

六

赵昆仑与程秀丽一起回到了白兔镇。

赵昆仑头发乌黑，身穿一套藏青色挺括的西服，打着红色的领带，脸上刮得光洁；程秀丽变洋气了，她烫着波浪发，斜挎一个银灰色的坤包，脚蹬一双棕红色的高跟鞋，一抬臂一迈腿，贵气十足。

两个人坐省城到县里的客车回来的。在镇上的新车站下了客车，便急急地往老街上走。

招手站先前的房子拆掉了，新建了一栋二层小楼。前些年的那个站长现在退休了，调来了两个新人。搬运站与招手站竞争，现在招手站的工作人员对乘客开始笑脸相迎了。现在市场竞争，服务态度的问题自然而然地得到了解决。

两个人这趟回来是接到了倪菊花的电话。现在电话普及，程旭升家与老街上剩下的一些人家都安了电话，也因而老街上的电线、电话线拉得就像蜘蛛网一样的密，看着虽然不舒服，也不安全，但居民生活方便多了。

倪菊花在电话里对程秀丽说：你爸爸生病住院了，你和昆仑无论如何要回来一趟。

程秀丽焦急万分地问：爸爸身体好好的，怎么生病了？

被气的。

被谁气的？

还有谁？你公公呗。

我公公？程秀丽很吃惊，他们两个是老战友，几十年来好得像兄弟，怎么会？再者说，公公懦弱，从不招惹谁，怎么会招惹自己的父亲？她不相信。

到底是什么事情？程秀丽想搞清楚。

电话里说不清楚，你回来就知道了。倪菊花接着补了句：昆仑也一定要回来！

昆仑现在是学校里系办公室主任，许多事情，走不开！程秀丽在电话里嗒嘴。

再忙也要回来一趟！倪菊花不容分说，挂上了电话。倪菊花的这个电话其实是程旭升让打的，程旭升固执地认为，赵昆仑回来，加上秀丽劝说，赵小发一定会回头。

倪菊花的看法与男人不同，虽说亲家赵小发有些不义气，但作为一个过日子的女人，她还是能体谅赵小发的，毕竟人家一大家口子要过日子，开门拎个腰箩都要花票子，再守在茶馆里也不是个事。

程旭升已经从卫生院回到了家里，他躺在床上，面色苍白。

他仍在为赵小发的事情气恼。

赵昆仑与程秀丽走进家门，倪菊花一见赵昆仑回来了，喜出望外：哈，昆仑回来了，好！好！

我回来都不说好，偏心！程秀丽故意鼓着嘴。

还不快去看看你爸爸，你爸爸病了都好几个礼拜了！倪菊花指着里屋门。

程秀丽高跟鞋急咔咔地走进父亲屋里。赵昆仑紧跟着进去。以前的时候，程旭升在屋里听到女儿女婿声音，会立马有精神，从床上坐起来。

昆仑，你爸爸在合作商店的紧要关头投奔高新潮，是不是做得不对？程旭升望着女婿，期待赵昆仑说出迎合他的话。

然而，赵昆仑只目光热热地望着岳父，却没有表态。程旭升大失所望。他心有不甘，用恳切的语气说：昆仑，你好好劝劝你爸爸，让他离开高新潮那家伙的私人酒楼，回到合作商店茶馆里来。

倪菊花跟在女儿女婿后面进了房间，她目光热切地望着赵昆仑，希望赵昆仑懂事地说，我回去劝劝。哪怕他劝不成，最起码自己的男人心里会好受些。

……

然而，赵昆仑默默地望着程旭升不作声。

你说句话呀！程秀丽从未见过父亲这样的放低姿态，她心里不禁难受了一下，然后急切地用胳膊碰了一下赵昆仑。

好的，我回去说说。赵昆仑开口说话了。他用了"说说"，而不是"劝说"，一字之差，意思差别却很大。说说，是说这事，问问父亲前后经过，主意还得父亲拿；劝说，就带有拿主意的意思了。赵昆仑认为，父亲投靠高新潮虽说事情做得有些不义，但这是为了生活，现在就是要有闯劲，再不能像过去那样墨守成规。

但这话又不能对岳父说，说了对岳父的精神无疑又是个打击。

赵昆仑回到白塔弄后面的家，他只问了问父亲，并没有劝说父亲离开高新潮家酒楼。父亲赵小发平淡地告诉儿子：我并不是对合作商店茶馆没有感情，而是现在市场大潮下，合作商店经营很困难，现在已经跑了不少人，我再不跑，到时想到人家酒楼都没有人要。

孙小兰在一旁帮腔说：合作商店现在已经发不出工资了。

赵昆仑见父母这么说，便不作声了。

你劝劝啊！程秀丽用眼神示意。赵昆仑不作声。

爸爸，您看这样行不行，您就是到外面做事，也不要到高新潮的酒楼去，这样我爸感情上也过得去。您老想想，我爸爸是合作商店主任，高伯伯是合作商店门市部经理，在合作商店不景气的时候，高伯伯他不是与我爸共渡难关，而是把您拉出去，这是不是不地道？程秀丽说起道理来。

赵小发一语不发。

程秀丽见此，便不再作声。

程旭升急切地等待劝说结果。二人回到程旭升家。倪菊花在外屋迫不及待地问女儿：你公公怎么说？

不作声。程秀丽淡淡地说。

忘恩负义！忘恩负义！也不想想当年遇事，还有回城我是如何照应他！躺在床上的程旭升猛地坐起来，手指着窗户咬牙切齿地骂，骂完身子往下一倒，砰，头先落到地面上。

几个人慌张地跑进屋里，只见程旭升已不省人事。

七

聚雅酒楼生意好，高新潮又盘算着在楼房后面建了一个八角亭子，四周设美人靠，再在楼房与亭子之间建了一个拱桥，这就有了江南园林的味道。

吃饭带休闲，聚雅酒楼的生意越发的好。

赵小发被高新潮聘来当厨子，他腰不好，说好了只炒细菜，其他的由别的厨子负责，这样除活不重外，开的薪水是在茶馆时的两倍，赵小发感觉有干头。

之前在合作商店歪歪倒倒的情况下离开，赵小发心里反反复复地斗争过。他清楚，在这关头，老战友程旭升尤其需要支持，哪怕说一句安慰话也好。大家纷纷离开，各找出路，老战友心里尽管不是滋味，但能接受；自己离开，无异于背叛他，他肯定接受不了。

但这一大家子要过日子啊！总不能守在茶馆里喝西北风吧？赵小发从一个洋铁箱子里摸出一盒金皖纸烟，瞄了瞄后拿到鼻子边闻闻，然后撕开封头，从里面抽出一支，又凑到鼻子边闻闻。他现在很少吃烟了，这盒烟还是上次儿子回来给他的，他舍不得吃，怕受潮了，特地放在洋铁箱子里。

拿定主意后，赵小发想到程旭升家说一声，临到关头又犹豫了，他怕开不了口；还有他认为程旭升绝对不会同意，说了反而把两个人关系弄僵，不如既成事实再说。

120来了把程旭升紧急接到县医院，一家人吓得脸如白烛，倪菊花与程秀丽眼角挂着泪水。她们担心，程旭升就这么走了。经过紧急抢救程旭升醒了过来，不过神情木木的，像不认识人似的。

医生说：有点脑梗，应该是血压高造成的。

医生还说：建议做个全身检查。程秀丽望着赵昆仑，让他拿主意。

赵昆仑说：做个全身检查不错，看看身体可还有其他问题。于是就做了，单子一时不得出来。

程旭升昏倒被120接走的消息一阵风传遍了老街与新街，许多人感慨：程旭升程主任，二十多年，在老街上都是头面人物，把合作商店带到了顶峰，没想到这几年玩不转了，还差点把老命玩掉了。这真是三十年河东三十年河西啊！人的命运谁能说得清?！

不过，也有老街居民指责程旭升在后期有些独断专行，还有的嘲笑程旭升在新街开茶馆，没有认清大形势。但老街上大部分居民还是善良的，他们给予程旭升中肯的评价，认为程旭升有魄力，有能耐，对合作商店贡献大，还有的老街居民感激程旭升过去给他们家的好。

滚滚长江东逝水，浪花淘尽英雄。历史上的风云人物，是非成败皆由百姓评说。程旭升作为老街上过去的一个头面人物，是非功过，全在老街人心中。

上午十一点钟赵小发正准备上大灶炒细菜，一个打下手的同事告诉他：合作商店的程主任人事不省被送县医院了。

赵小发听说，急忙解下了围裙，要上县里。

高新潮媳妇负责酒楼，赵小发要请假，她急了，急忙劝止：你走了，我这炒细菜谁来炒？再说，现在都十一点钟了，等你到了县里，也快十二点了，你十二点钟到医院，不好！要尊重乡俗乡风！

老街习俗，看病人要十二点以前去，说这时阳气上升；超过十二点，阳气就往下落了，病人忌讳，其实这都是迷信说法。

赵小发想想也对，于是又系上了围裙。

聚雅酒楼生意好，赵小发炒细菜比先前忙多了，中餐有时炒到下午一点半，晚餐有时炒到八点，活累，一般情况下他上午都要困到九点，然后起来到酒楼。

要到县里去看望老战友兼亲家程旭升，赵小发第二天清晨七点就起了床。他们夫妻俩，还有葛大宝夫妻俩坐着葛皮的小轿车来到县里。葛皮买了一个花篮。程旭升躺在病床上，闭着眼睛。病床正中钩子上挂着大小颜色不一的六个瓶子。倪菊花坐在边上的活动椅子上，程秀丽坐在病床的拐角，眼睛专注地看着父亲的脸。

一行人进去，葛皮拎着花篮走在最前面，葛大宝夫妻俩随后，赵小发夫妻俩跟在后。倪菊花与程秀丽同时站起来。葛皮把花篮放在床头边。倪菊花见赵小发夫妻俩也来了，急忙朝程旭升脸上瞟了下。

现在好些了吧！葛大宝声音大，惊醒了眯着的程旭升。

程旭升睁开眼睛，对葛大宝愣愣地望了秒把钟，然后反应过来了，他试图把身子往起撑一点，没劲，未撑起来。

葛大宝急忙上前，按住他肩头说：你躺着！你躺着！好好休息！

赵小发望着程旭升，不知道是上前好，还是退后好。

我们来看望亲家！孙小兰往床前走了一步。程旭升目光移过来，他看见了赵小发，有些生气地把头朝里头一偏。

几个人对倪菊花与程秀丽说了几句安慰话，便退出了病房。

三天后单子下来，程旭升意外地被检查出了胃癌。得知自己得了癌症，程旭升情绪非常的不好，他拒绝做手术，说要回老街，合作商店的事情还在等着他。倪菊花与程秀丽反复劝说，程旭升才同意做了手术。

术后，程旭升在家休养。他人在家里，心却惦记着合作商店里的事情，他不能出门，想合作商店的人来向他汇报，可是没有一个人上门，他在家焦急万分。

倪菊花苦口婆心地劝：你都这样了，还关心合作商店的事情干什么？再说合作商店又不是你家的！

程旭升固执地说：合作商店有我的心血，我不能让合作商店在我的手上就这么倒了！

倪菊花无可奈何地苦笑。

葛大宝来看望程旭升，他带着那只皮毛纯白的宠物狗。小狗晃动起来铃铛响个不停。程旭升觉得好玩。

葛大宝劝他：想开些，把身体恢复得好好的，比什么都强！然后抚摸着宠物狗说：你看看我，一天到晚跟它搭伴，乐呵呵的，多好！哈哈！张开嘴巴笑起来。

赵小发也来看望，程旭升还是不理他。赵小发低着头坐着，手拘谨地放在腿子上；孙小兰拉着倪菊花的手，问问程旭升身体恢复情况，说着一些不着边的事情。

现在老街居民一窝蜂地往新街搬迁，已经迁了三股二；乡下人也有不少迁到了新街上。白兔镇发展令人欣喜，新街上已经出现了两家大型超市；另外镇里在新街上建了一个面积达二十亩的农贸市场。

老街空荡荡的，走在街上，看了让人心里苍凉。镇政府、工商所、税务所、信用社、工商行、供销社、邮电所……都一个个地搬迁出去了；葛大宝家、高新潮家、陶爷家、王月娥家、食品组孙组长家……甚至连卖零货的郑武、殷梅芝、柴五爷、刘三爷也都搬到了新街上。

可不能小看郑武，他在东面新街上开了批发部，夫妻俩忙着进货、发货，日子过得可红火了。殷梅芝能在新街建房子，这不需要大惊小怪，她一贯算小，这些年积攒了些家私；柴五爷治个跌打损伤、给死人收个殓，表面上看没多少进项，其实内子里肥得很，这些年也积攒了些钱；刘三爷看来早些年卖黄烟也积攒了些钱。

这些人家都搬迁了出去，老街上没有了人气。老宅子已不再贴门对子，往年门对子已不见了红；门锁锈蚀，假如随意扭一下，就会掉落，不过无人扭；门板变形或朝一边歪斜了。街檐下长着高高低低的青草，甚至在乡下田畈里才能见到的地心菜，也堂而皇之地长在了街檐与麻石条搭缝里，白色籽粒在阳光照耀下仿佛天上的星星闪亮。

没有人通知程旭升，他不清楚，按照合作商店的现状，合作商店目前已在处理破产问题。高新潮代理合作商店主任，现在唯一做的就是这件事，这件事做完了，合作商店将自此走入历史，成为一代人的记忆。

八

任何事物都有一个发起兴盛然后走向衰落的过程。酱油厂红火了一些年走向衰落，拖鞋厂红火了四五年然后也不行了，在高新潮到新街开聚雅酒楼的那年就不行了，生产的拖鞋无人问津。主要是到处都在发展乡镇企业，拖鞋厂遍地开花，且生产出来的拖鞋既轻柔又漂亮，老街的拖鞋显得笨重，颜色也俗气了。

程旭升手术后气色还好，在休养了一段时间后，身体恢复了些，在家里着急，他想到外面走走，倪菊花要陪着他，他不让。他不想到新街上去，他心里还是很抵触新街的，他怕见到新街上私人开的那些大大小小的商店与饭店。

学院集资建楼房，赵昆仑分到了一套单元房，考虑到老丈人在老街心情不好，赵昆仑准备把老丈人接到省城去住。

程旭升坚决不去。

可能是癌症有这么一个过程，也可能心情不好容易导致癌症复发，未到半年时间，程旭升的胃癌就复发了。赵昆仑与程秀丽这次把程旭升接到了省城，在省医学院的附属医院里放疗。

疗程结束，女儿女婿留他，可怎么也留不住。程旭升急不可耐地要回老街，老街是他的老街，他回到老街上，心里就踏实。

葛皮的制衣厂现在已经搬到县里开发区去了，现在葛皮又办了个羽绒厂，生产羽绒服、羽绒被子。他还在城里买了一栋小别墅。葛大宝随葛皮到县里享清福去了。

赵小发这几年在聚雅酒楼当厨子赚了钱，也搬到新街上去了。

三个老战友，现在就剩程旭升一人孤零零地住在老街上。

程旭升在省城放疗回家不到两个月，病情恶化，赵昆仑与程秀丽尽小辈孝心，要把他再接到省城去治疗，这回程旭升坚决不同意。

程旭升瘦得皮包骨，眼珠子也陷得老深，他在世的时间已经不长了。以往老街上的人记着他的好，纷纷地从新街来到老街上来看望他。

江八奶奶也来了。听说江八奶奶也得了癌症，不过精神还不错，她从来都笑呵呵的。但这回她未再笑呵呵的，她走到程旭升床前，把程旭升手托起，搓着，不停地说着：老主任人好！老主任人好！

江八奶奶的话很明显地打动了程旭升，程旭升想把身子往起抬，抬了两下未抬起来。

江八奶奶说：老主任休息！休息！我回去了。转背抹起了眼泪。

葛大宝从县里回到老街上来看望程旭升，葛大宝的脚有些不灵便，走起路来一跛一跛的。

倪菊花问：你这脚怎么了？

葛大宝说：跌了一次，就好不起来了，老了！老了！

葛大宝走到程旭升床前。程旭升伸出了手。战友情深，尤其在生重病的特殊时刻。葛大宝赶忙牵起了程旭升的手。

程旭升有气无力地对葛大宝说：老战友，我这回是不行了。

葛大宝安慰说：别瞎说，别瞎说，会好起来的，会好起来的！

程旭升摇了摇头。

在老战友弥留之际，赵小发自然也要来看望，他们除了战友关系，还是亲家。

赵小发来看望，他不像葛大宝那样想来就来，他在家里犹豫了再三。来了程旭升会不会还像上次那样不理自己？仅仅不理还没有什么，就怕他一生气，病情加重，人很快就走了，那样大家都会说他不是。他左思右想，最后在孙小兰的劝说下，还是来了。他估摸，程旭升见到他，一定又像上次那样把脸一偏，甚至骂他：你来，是看我笑话的吧！没想到程旭升见到他，吃力地露出笑容，目光温和地望着他，然后伸出了已经瘦得皮包骨的手。

赵小发赶紧捏住。

老战友原谅我了！老战友原谅我了！一颗激动的泪珠从赵小发的眼角滚了出来。

世间上的战友情胜过一切感情。

我们生生世世是战友！我们生生世世是战友！程旭升吃力地说了两遍，然后身子弛了下去。

倪菊花哇天哇地地哭了起来。

第八章

一

程旭升去世时，老街上"老"人还实行土葬，葬程旭升的地方是赵小发给找的，赵小发说他要给老战友找一个"风水宝地"。

赵小发说的风水宝地，实际上就是坐北朝南的地理位置，这样的环境，日照通风都好。

葛皮成了县十大经济人物，受到表彰，还上了电视。白兔镇不少人感叹：葛皮虽然调皮，却"调"在了正路上。

此外葛皮还有了小车子帕萨特——这在当时是好车子。他载着葛大宝与赵小发这两个老人在西山里为程旭升找山头。两个老人在山里转来转去，累得够呛，最后终于找到了一个风景极佳的山冈。

这里的环境十分的幽静。

赵小发四周瞄了瞄，然后跺了一下地说：就这个地方了！

下葬那天，先挖"井"，再用稻草暖"井"。暖"井"是子女的事情。主事人让程秀丽与赵昆仑把带来的稻草往"井"里铺，然后点火烧，把"井"底烧热了。

程秀丽的眼睛哭肿了，嗓子哭不出来音了，她与赵昆仑抱着稻草往"井"里撒。赵小发虽然没有哭，但从他肃穆的脸色可以观察出来，他内心非常的悲痛。毕竟程旭升是他的生死战友，程旭升生前又一直关照着他，现在程旭升走了，他怎么能不悲痛呢？

赵小发走近稻草捆子，他抱起了一把稻草，主事人与前来送葬的人都以为他递给媳妇程秀丽或儿子赵昆仑，未想到他直接走向"井"，往"井"里撒稻草。

在场的人都异常吃惊地望着赵小发。

你不能暖"井"哦！主事人喊。

赵小发像是未听见，他沿着"井"口慢悠悠地走，边撒稻草边喃喃有声：老战友，我给你暖"井"……老战友，我给你暖"井"……老战友，我给你暖"井"……稻草撒完了，他抬起了头，脸上老泪纵横。

情绪感染了大伙儿，在场的人也都抹起了泪。

葛大宝眼睛也红红的。

葬了程旭升，赵昆仑与程秀丽要把倪菊花接到省城，倪菊花不像程旭升，她很痛快地答应了。一来她住的房屋太破旧了；二来老街上的人家都迁得差不多了，找个人说话都不易，以前还有程旭升陪着，现在一个人孤零零的。

二

三国时吴国将士身着盔甲驻扎过的老街，曾如《清明上河图》一般繁华的老街，现今巷弄深深，寂静安详，如同睡着了一样。

2000年县文物部门组成专题调研组，在白兔镇政府的协助下，对老街的历史文化资源进行了为期两个月的细致调查，为抢救、保护和修复老街提供了第一手文物基础资料。

白兔镇政府也千方百计地与对老街有感情的商界人士接洽，前提是在保护老街、恢复老街的建筑文化肌理的基础上开发老街，重现昔日老街的繁华。

然而，一个个的商界人士，来了，又走了……

葛皮与赵昆仑两个都是老街上有出息的年轻人。葛皮有闯劲，单枪匹马闯出了一番事业；赵昆仑刻苦读书走出了老街，也闯出了一番事业。

他们，是老街的骄傲。

老街就像久旱的禾苗，期盼一场喜雨的到来。

这一天终于到来！

2002年阳春四月的一个日子，暖风拂面，已经成为华夏工程学院副院长的赵昆仑乘坐一辆红色的商务车回到了白兔镇。商务车刚停下，崔书记以及葛皮就迎了上去。

从商务车上下来几个气派不凡的人，其中两个老头子，一瞧不是专家就是学者；还有一个大高个子，目光深邃，一看不是大官，就是大老板。

这是江苏××公司的乔总！赵昆仑指着大高个子向崔书记介绍。

赵昆仑先向乔总介绍了崔书记，接着介绍葛皮：这是我同学！本县制衣公司的葛总！

我现在也从事桥梁工程！葛皮生怕把自己身份弄低了，急忙补充。赵昆仑很长时间未与葛皮联系了，对葛皮的情况不太了解。

乔总好！各位专家好！葛皮掏出印有桥梁工程公司总经理的名片——散发给众人。

你看！你看！赵小发儿子、程旭升女婿赵昆仑在外发达了，带了这么多大人物来看老街，但愿老街能被他们看中，给修复起来！路边人看热闹，对着赵昆仑指指点点，说着期盼的话。

崔书记、赵昆仑引着乔总一行走进老街，赵昆仑神采飞扬地介绍起一幢幢古建筑、一条条巷弄……说起一个个民俗、一个个典故……

这位乔总的脸上现出了充满敬意的神情。

尾 声

2004 年 10 月，金色的秋天。

大清早的，老街上就已经有了不少游客。店面都已经打开，开始做生意。

今天老街举办庙会，好新鲜！在万年台有演出呢！我们一起去看好不好？一大早，殷梅芝就到王月娥家来邀。

好！我们一起去看演出！你等着！不一会儿，王月娥穿了一件青花瓷颜色的旗袍出来。

啊！这旗袍穿在你身上真好看！殷梅芝打量着王月娥，夸赞道。

走！我们一起去万年台！

王月娥家开饭店，现在老街旅游搞起来了，铺子里吃饭的游客络绎不绝，她不再小打小闹自己当厨子了，用高薪资雇了厨子，自己只需要招呼招呼顾客就行了。

　　满大街的房檐下都挂着红灯笼，显得格外的喜庆与热闹。阳光照到街面上，片刻的工夫，街面上都是游客。王月娥与殷梅芝两个人在人群中穿来钻去到达了河西街古桥巷边的万年台，只见场子上已经人头攒动，每一个人神情都十分的亢奋，毕竟老街已经有多年未举办这样盛会了。万年台两侧穿彩色衣裳等待上台演出的文艺表演队员，有的挑着花篮，有的抬着彩色龙舟，有的裹在彩色贝壳里一开一合，还有的头戴五猖面具做出吓人的动作……

　　"妖精"好热闹，她挤到文艺表演队伍边上。她今天穿着一套红色的衣裳，画着很浓的眉眼。她老远望见人群中的王月娥与殷梅芝，兴奋地抬起手臂大喊：大组长！大组长！殷梅芝！殷梅芝！你们也来啦！

　　两个人也兴奋地对着"妖精"招手。

　　那不是小莲吗？小莲怎么也回来了？三个人在一起兴高采烈地说着话，"妖精"眼尖，瞄到了人群中的小莲心情很好地在与一个戴眼镜的老年男人说话。

　　是小莲！小莲边上的那个男人不就是从前的工作队队员"眼镜"嘛！殷梅芝眼也尖。

　　王月娥仔细打量，发现是的。

　　他们怎么凑巧碰到一起了？殷梅芝好奇地发问。

可能相约的吧！哈哈！"妖精"开起了玩笑。

别瞎猜！可能都是听说老街举办庙会，回老街上来的，正好碰到。王月娥制止"妖精"再胡说。

他乡遇故知，"眼镜"能在老街凑巧遇到当年钟情的小莲，也算了却了一桩心愿。

……

万年台前方瓦檐上披着红色的条幅，台下一排桌子上摆放着席卡。县上的干部、镇上的崔书记……另外还有那位乔总以及赶回来的赵昆仑、程秀丽、葛皮也都坐在嘉宾席上。

还是你家昆仑有能耐，把这位投资人请来，帮老街重现繁华！

你家葛皮也同样有能耐！

葛大宝与赵小发两个老人家也来凑热闹，他们挤在人群里，彼此夸赞对方家的孩子有出息。

哎！今天这么热闹，要是老战友旭升也能看到就好了！

是哦！他那时心里是难过，要是现在看到老街又繁华起来，该是多么的高兴。

……

两个人你一句我一句。

热闹的场合自然少不了疯子，他"与民同乐"，按住黄布包亢奋地在人群中钻来钻去。他头发几乎白透，不过邋遢的胡须不见了，应该是事先跑到了哪个老式的剃头店刮了脸面。

崔书记红光满面地走上了万年台，场子上人都目不转睛地望着他。场子太吵了，他把手按了按，场子在喧哗了片刻后静了下来。

崔书记讲话后，赵昆仑迈步上了万年台。老街能有今天的辉煌，他心情很激动，他想到了岳父程旭升，他想岳父如果在天有灵的话，一定会欣慰的。

他望着台下，说了一段激情飞扬的话。他说他很开心家乡的老街又恢复了从前的繁华！他很开心停办了多年的庙会在今天又重新举办！他说他很自信，白兔镇、白兔老街在新世纪必将绽放华彩！走向全国，走向世界……

底下响起一阵接一阵热烈的掌声。

一个县上的领导上台，宣布老街庙会开始。接着身穿红色衣裳，腰系红色腰鼓，手握两个鼓槌子，槌子上系着红绸子的腰鼓队员迈着轻快的步子上了万年台。

欢快的腰鼓敲了起来……

动感的舞步跳了起来……

忽上忽下，忽左忽右飘舞着红绸子，在赵昆仑眼里幻变成了一只只飞舞的红蜻蜓……